»Mit spitzerer Feder ist selten geschrieben worden.«

Nürnberger Zeitung

Die große neuseeländische Autorin Katherine Mansfield ist als Meisterin der Kurzgeschichte in die Weltliteratur eingegangen. Augenzwinkernd beschreibt sie in ihren Geschichten die kleinen menschlichen Schwächen und blickt hinter die Kulissen gesellschaftlicher Konventionen. Die besten und beliebtesten Erzählungen versammelt dieser Band: *Glück, Das Gartenfest, Deutsche bei Tisch, Je ne parle pas français* und andere.

»Ich war eifersüchtig auf ihre Art zu schreiben – die einzige, auf die ich je eifersüchtig war.« *Virginia Woolf*

Katherine Mansfield, am 14. Oktober 1888 in Wellington/Neuseeland geboren, ging 1903 nach England, um dort zu studieren. Sie bereiste ganz Europa, lebte u. a. in London, Bad Wörishofen und später in Frankreich. Im Alter von nur 34 Jahren starb Katherine Mansfield am 9. Januar 1923 in Fontainebleau/Frankreich an Tuberkulose.

insel taschenbuch 4149
Katherine Mansfield
Glück

Katherine Mansfield
GLÜCK
und andere Erzählungen
Aus dem Englischen von Heide Steiner
Insel Verlag

Die Erzählungen wurden zitiert nach:
Katherine Mansfield, Ausgewählte Werke in zwei Bänden
Herausgegeben von Wolfgang Wicht. Aus dem Englischen
übertragen von Heide Steiner
© Insel-Verlag Anton Kippenberg, Leipzig 1980
Umschlagfoto: David Arthur/Getty Images

insel taschenbuch 4149
Originalausgabe
Erste Auflage 2012
Für diese Ausgabe © Insel Verlag Berlin 2012
Für diese Übersetzung © Insel-Verlag Anton Kippenberg, Leipzig 1980
Alle Rechte vorbehalten, insbesondere das des
öffentlichen Vortrags sowie der Übertragung
durch Rundfunk und Fernsehen, auch einzelner Teile.
Kein Teil des Werkes darf in irgendeiner Form
(durch Fotografie, Mikrofilm oder andere Verfahren)
ohne schriftliche Genehmigung des Verlages reproduziert
oder unter Verwendung elektronischer Systeme
verarbeitet, vervielfältigt oder verbreitet werden.
Vertrieb durch den Suhrkamp Taschenbuch Verlag
Umschlaggestaltung: bürosüd, München
Satz: Hümmer GmbH, Waldbüttelbrunn
Druck: CPI – Ebner & Spiegel, Ulm
Printed in Germany
ISBN 978-3-458-35849-7

INHALT

Glück 9
Der Mann ohne Temperament 27
Das Gartenfest 45
Mr. Reginald Peacocks großer Tag 66
Eine Tasse Tee 78
Dillgurke 90
Psychologie 100
Ehe à la mode 110
Eine indiskrete Reise 125
Die kleine Gouvernante 146
Deutsche bei Tisch 165
Der Fremde 171
Je ne parle pas français 189
Die Flucht 228

Anmerkungen 237

GLÜCK

Zwar war Bertha Young schon dreißig, aber noch immer gab es für sie Augenblicke wie eben, da es sie danach verlangte zu rennen, statt zu gehen, die Bordsteinkante auf und ab zu tänzeln, einen Reifen zu treiben, etwas in die Luft zu werfen und wieder aufzufangen oder stillzustehen und zu lachen – über nichts – einfach so über nichts zu lachen.

Was kann man denn auch tun, wenn man dreißig ist, in seine eigene Straße einbiegt und plötzlich von einem Gefühl der Seligkeit überwältigt wird – reiner Seligkeit! –, als hätte man mit einemmal ein strahlendes Stück dieser Spätnachmittagssonne verschluckt, und nun brannte es einem in der Brust, und winzige Funkenregen stoben durch den ganzen Körper, in jeden Finger und jede Zehe? ...

Ach, gibt es denn keine Möglichkeit, das auszudrücken, ohne ›öffentliches Ärgernis zu erregen‹? Wie idiotisch doch die ganze zivilisierte Welt ist! Wozu hat man denn einen Körper, wenn man ihn wie eine seltene, ach so seltene Geige in einen Kasten schließen muß?

›Nein, das mit der Geige trifft nicht ganz, was ich meine‹, dachte sie, als sie die Stufen hinauflief, in ihrer Tasche nach dem Schlüssel kramte – sie hatte ihn vergessen, wie üblich – und dann mit dem Briefkastendeckel klapperte. »Das ist's nicht, was ich meine, weil – Danke, Mary« – und sie ging in die Diele. »Ist die Kinderfrau wieder zurück?«

»Ja, Ma'm.«

»Und ist das Obst gekommen?«

»Ja, Ma'm, 's ist alles da.«

»Bringen Sie das Obst bitte ins Eßzimmer, ja? Ich möchte es arrangieren, ehe ich hinaufgehe.«

Im Eßzimmer war es dämmrig und ziemlich kühl. Dennoch warf Bertha den Mantel ab; sie konnte seinen beengenden Druck keinen Augenblick länger ertragen, und die kalte Luft fiel ihr auf die Arme.

Doch in ihrer Brust spürte sie noch immer diese strahlende Glut – diese winzigen Funkenregen, die davon ausstoben. Es war beinahe unerträglich. Sie wagte kaum zu atmen, aus Angst, die Flammenglut höherzufächeln, und doch holte sie ganz, ganz tief Luft. Sie wagte kaum, in den kalten Spiegel zu sehen – aber sie schaute hinein, und er warf das Bild einer Frau zurück, strahlend, ein Lächeln um die bebenden Lippen, mit großen dunklen Augen und einer Miene, als lausche sie, als warte sie darauf, daß etwas – Himmlisches geschehe ... das, sie wußte es ... ganz sicher ... geschehen müsse.

Auf einem Tablett brachte Mary die Früchte herein, dazu eine Glasschüssel und eine blaue Schale, sehr hübsch, die ganz seltsam schimmerte, als wäre sie in Milch getaucht worden.

»Soll ich das Licht anmachen, Ma'm?«

»Nein, danke. Ich kann genug sehen.«

Da waren Mandarinen und Äpfel mit erdbeerroten Flekken. Gelbe seidenweiche Birnen, helle, mit einem silbernen Hauch überzogene Weinbeeren und eine üppige purpurrote Traube. Letztere hatte sie gekauft, weil sie so gut zu dem neuen Teppich im Eßzimmer paßte. Ja, das klang wohl ziemlich ausgefallen und lächerlich, aber sie hatte sie wirklich deswegen gekauft. Sie hatte in dem Geschäft gedacht: ›Ich muß purpurrote mitnehmen, damit sich die Farbe des Teppichs auf dem Tisch wiederfindet.‹ Und es war ihr dabei ganz vernünftig vorgekommen.

Als sie damit fertig war und aus diesen glänzenden runden Formen zwei Pyramiden gebaut hatte, trat sie vom Tisch zurück, um die Wirkung zu prüfen – und die war wirklich

recht seltsam. Denn der dunkle Tisch schien mit dem Dämmerlicht zu verschmelzen, und die Glasschüssel und die blaue Schale schwebten gleichsam in der Luft. Das war besonders in ihrer augenblicklichen Stimmung so unglaublich schön...
Sie brach in Lachen aus.
»Nein, nein. Ich werde langsam hysterisch.« Und sie ergriff Tasche und Mantel und lief hinauf ins Kinderzimmer.

Die Kinderfrau saß an einem niedrigen Tischchen und fütterte Klein-B nach dem Bad die Abendmahlzeit. Das Baby hatte ein weißes Flanellkleidchen und ein blaues Wolljäckchen an, und sein feines dunkles Haar war zu einer lustigen kleinen Tolle gebürstet worden. Es sah auf, als es seine Mutter erblickte, und begann zu strampeln.
»Nun, mein Schatz, iß schon auf wie ein braves Mädchen«, sagte die Kinderfrau. Dabei kniff sie ihren Mund auf eine Art zusammen, die Bertha kannte und die soviel hieß, daß sie wieder einmal zum falschen Zeitpunkt ins Kinderzimmer gekommen war.
»Ist sie brav gewesen, Nanny?«
»Sie ist den ganzen Nachmittag über ganz lieb gewesen«, flüsterte Nanny. »Wir waren im Park, und da hab ich mich auf einen Stuhl gesetzt und sie aus dem Wagen genommen, und da kam ein großer Hund an und hat seinen Kopf auf mein Knie gelegt, und da hat sie ihn am Ohr gepackt und daran gezogen. Oh, Sie hätten sie sehen sollen!«
Eigentlich wollte Bertha fragen, ob es nicht zu gefährlich wäre, sie einen fremden Hund am Ohr ziehen zu lassen. Aber sie traute sich nicht. Sie stand da, die Hände an der Seite, wie das arme kleine Mädchen vor dem reichen kleinen Mädchen mit der Puppe, und sah ihnen zu.
Das Baby blickte wieder zu ihr hoch, starrte sie an und lächelte dann so entzückend, daß Bertha gar nicht anders

konnte, als zu rufen: »Ach, Nanny, lassen Sie sie mich doch zu Ende füttern, während Sie die Badesachen wegräumen.«

»Na ja, Ma'm, sie sollte beim Füttern eigentlich nicht in andere Hände kommen«, sagte Nanny, sie flüsterte noch immer. »Das bringt sie durcheinander. Das regt sie bestimmt auf.«

Das war ja nun wirklich absurd. Wozu hat man denn ein Baby, wenn es – zwar nicht in einem Kasten, wie eine ganz, ganz seltene Geige – in den Armen einer anderen Frau gehalten wird?

»Ach, ich muß einfach!« sagte sie.

Zutiefst beleidigt, reichte Nanny sie herüber.

»Nun regen Sie sie aber nicht so auf nach ihrem Abendessen. Sie wissen doch, daß Sie das immer machen. Und ich habe es dann immer so schwer mit ihr!«

Gott sei Dank! Nanny ging mit den Badetüchern aus dem Zimmer.

»Jetzt hab ich dich ganz für mich, mein kleiner Schatz«, frohlockte Bertha, als sich das Baby an sie schmiegte.

Es war ganz entzückend, wie sie aß. Sie machte den Mund weit auf für den Löffel und zappelte dann mit den Händchen. Manchmal wollte sie den Löffel gar nicht wieder loslassen, und manchmal, gerade wenn Bertha wieder mit dem vollen Löffel kam, patschte sie den Brei in alle Himmelsrichtungen davon.

Als der Brei alle war, drehte sich Bertha dem Feuer zu. »Du bist so süß – du bist so, so süß!« sagte sie und küßte ihr warmes Baby. »Ich mag dich. Ich hab dich ja so gern.«

Und tatsächlich liebte sie Klein-B so sehr – ihren Nacken, als sie sich vorbeugte, die köstlichen kleinen Zehen, wie sie vom Feuer durchschienen wurden –, daß das ganze Gefühl der Seligkeit wieder da war, und wieder wußte sie nicht, wie sie es ausdrücken sollte – was sie damit machen sollte.

»Sie werden am Telefon verlangt«, triumphierend kam Nanny zurück und nahm sich *ihre* Klein-B.

Sie flog geradezu hinunter. Es war Harry.
»Oh, bist du's, Ber? Hör mal. Bei mir wird's etwas später. Ich werd mir ein Taxi nehmen und so schnell wie möglich kommen, aber laß das Dinner um zehn Minuten verschieben, ja? In Ordnung?«
»Ja, natürlich. Oh, Harry!«
»Ja?«
Was hatte sie denn noch zu sagen? Sie hatte nichts weiter zu sagen. Sie wollte nur noch einen Augenblick länger Kontakt mit ihm haben. Sie konnte doch nicht so albern sein und rufen: »Ist das nicht ein himmlischer Tag gewesen!«
»Was ist?« ließ sich die leise Stimme hören.
»Nichts. *Entendu*,« erwiderte Bertha und legte den Hörer auf, dabei dachte sie, wie ungemein idiotisch die zivilisierte Welt doch war.

Sie erwarteten Gäste zum Dinner. Die Norman Knights – ein sehr tüchtiges Paar – er war dabei, ein Theater aufzumachen, und sie interessierte sich irrsinnig für Innenarchitektur; einen jungen Mann, Eddie Warren, von dem gerade ein kleiner Gedichtband erschienen war und den alle Welt zum Essen einlud; und eine ›Entdeckung‹ von Bertha, die Pearl Fulton hieß. Was Miss Fulton machte, wußte Bertha nicht. Sie hatten sich im Klub kennengelernt, und Bertha hatte sich in sie verliebt, wie sie sich immer in schöne Frauen verliebte, die etwas Eigenartiges an sich hatten.

Das Aufreizende daran war, daß, obgleich sie miteinander hier und da gewesen waren und sich etliche Male getroffen und wirklich unterhalten hatten, Bertha aus ihr nicht klug werden konnte. Bis zu einem gewissen Punkt war Miss

Fulton von einer seltenen, wundervollen Offenheit, aber diesen gewissen Punkt gab es, und darüber hinaus würde sie nicht gehen.

Gab es überhaupt etwas darüber hinaus? Harry meinte: »Nein.« Hielt sie für ziemlich langweilig und ›kalt wie alle blonden Frauen, womöglich mit einer leichten Anämie des Gehirns‹. Aber Bertha teilte seine Meinung nicht; jedenfalls noch nicht.

»Nein, die Art, wie sie dasitzt, den Kopf leicht auf einer Seite, und lächelt, da ist etwas dahinter, Harry, und ich muß herauskriegen, was dieses Etwas ist.«

»Höchstwahrscheinlich ist's ein guter Magen«, antwortete Harry. Er hatte es sich zum Prinzip gemacht, Bertha mit dergleichen Antworten unterzukriegen ... ›Leber verhärtet, mein liebes Mädchen‹, oder ›die reine Blähsucht‹ oder ›nierenkrank‹ ... und so weiter. Aus einem unerfindlichen Grunde gefiel das Bertha, und sie bewunderte es nahezu an ihm.

Sie ging ins Wohnzimmer und zündete das Feuer an; dann hob sie die Kissen, die Mary so ordentlich in Reih und Glied hingelegt hatte, eins nach dem andern auf und warf sie wieder auf die Stühle und Sofas. Gleich sah alles ganz anders aus; das Zimmer wurde auf einmal lebendig. Als sie sich gerade anschickte, das letzte hinzuwerfen, drückte sie es zu ihrer eigenen Überraschung plötzlich leidenschaftlich, ganz leidenschaftlich an sich. Doch das Feuer in ihrer Brust wurde davon nicht gelöscht. Ach, im Gegenteil!

Die Wohnzimmerfenster gingen auf einen Balkon zum Garten hinaus. An der Mauer, am anderen Ende stand ein hochgewachsener, schlanker Birnbaum in vollster, üppigster Blüte; er war vollkommen, wie er so dastand, als triebe er still vor dem jadegrünen Himmel. Bertha konnte sich des Eindrucks nicht erwehren, so weit weg sie auch davon war, daß keine einzige Knospe mehr geschlossen und kein einziges Blütenblatt welk wäre. Unten auf den Gartenbeeten schienen sich die roten und gelben Tulpen mit ihren schweren Blütenkelchen gleichsam auf die Dämmerung zu stützen. Eine graue Katze, ihren Bauch mühsam dahinschleppend, schlich über den Rasen, und eine schwarze, ihr Schatten, folgte ihr. Ihr Anblick, so unverwandt und flink, ließ Bertha seltsam erschauern.

»Was für unheimliche Wesen Katzen doch sind!« stammelte sie, und sie wandte sich vom Fenster ab und begann im Zimmer hin- und herzugehen ...

Wie stark die weißen Narzissen in dem warmen Zimmer dufteten. Zu stark? O nein. Und doch warf sie sich, gleichsam überwältigt, auf eine Couch und preßte die Hände an die Augen.

»Ich bin zu glücklich – einfach zu glücklich!« murmelte sie.

Und vor ihrem inneren Auge schien sie den wunderbaren, voll erblühten Birnbaum als Symbol ihres eigenen Lebens zu sehen. Ja wirklich – sie hatte alles. Sie war jung. Harry und sie liebten einander noch genauso wie früher, sie verstanden sich blendend und waren wirklich gute Kameraden. Sie hatte ein allerliebstes Baby. Um Geld brauchten sie sich keinerlei Sorgen zu machen. Haus und Garten entsprachen ganz ihren Wünschen. Und dazu hatten sie Freunde – moderne, anregende Freunde, Schriftsteller und Maler und Dichter oder Leute mit ausgeprägtem Interesse für soziale Fragen – genau die Art Freunde, die sie brauchten. Und dann gab es Bücher und Musik, und sie hatte eine wunderbare kleine Schneiderin gefunden, und im Sommer fuhren sie ins Ausland, und ihre neue Köchin bereitete die vorzüglichsten Omeletten ...

»Ich bin verrückt. Verrückt!« Sie setzte sich auf; aber ihr war richtig schwindelig, wie trunken. Das war wohl der Frühling.

Ja, es war der Frühling. Jetzt fühlte sie sich so müde, daß sie sich kaum die Treppen hochschleppen konnte, um sich umzuziehen.

Ein weißes Kleid, eine Kette aus Jadeperlen, grüne Schuhe und Strümpfe. Es war keine Absicht. Sie hatte sich diese Zusammenstellung schon lange vorher ausgedacht, ehe sie am Wohnzimmerfenster gestanden hatte.

Ihre Blütenblätter rauschten leise in die Halle, und sie küßte Mrs. Norman Knight, die gerade dabei war, einen höchst ergötzlichen orangefarbenen Mantel abzulegen, um dessen Saum und die Vorderbahnen hinauf schwarze Affen wie in einer Prozession dahinzogen.

»... Warum! Warum! Warum ist denn der Mittelstand so stumpfsinnig – so völlig ohne Sinn für Humor! Meine Liebe, daß ich überhaupt hier bin, verdanke ich nur einem Glücksumstand – Norman war dieser rettende Glücksumstand. Denn meine allerliebsten Affen haben die Leute im Zug so in Aufregung versetzt, daß sie alle, bis auf den letzten Mann, aufgestanden sind und mich mit ihren Augen geradezu verschlungen haben. Sie haben nicht etwa gelacht – sie fanden's auch nicht spaßig – das hätte ich mir gefallen lassen. Nein, nur gestarrt haben sie – mich regelrecht mit Blicken durchbohrt.«

»Aber das tollste dabei war«, sagte Norman, er klemmte sich gerade ein gewaltiges Schildpattmonokel ins Auge, »du hast doch nichts dagegen, daß ich's erzähle, Face, oder?« (Zu Hause und bei Freunden nannten sie sich Face und Mug.) »Das tollste war ja, als es ihr reichte, da hat sie sich einfach zu ihrer Nachbarin umgedreht und sie gefragt: ›Haben Sie denn noch nie einen Affen gesehn?‹«

»O ja!« stimmte Mrs. Norman Knight in das Lachen ein. »War das nicht einfach zu toll?«

Und noch ulkiger war ja, daß sie nun, da sie den Mantel ausgezogen hatte, wirklich wie ein höchst intelligenter Affe aussah – sogar dieses gelbe Seidenkleid schien aus dünn geschabten Bananenschalen gemacht zu sein. Und dazu die Bernsteinohrringe: sie glichen kleinen herabbaumelnden Nüssen.

»Es ist ein gar zu trauriger Fall!« zitierte Mug, als er vor Klein-Bs Kinderwagen stehenblieb, »wenn der Kinderwagen kommt in die Hall' –«, den Rest des Zitats tat er mit einem Winken ab.

Es klingelte. Es war der magere, blasse Eddie Warren, in einem Zustand akuter Bedrängnis (wie gewöhnlich).

»Das *ist* doch das richtige Haus, *nicht wahr*?« flehte er.

»Oh, ich denke – ich hoffe«, sagte Bertha strahlend.

»Ich hatte ein so *gräßliches* Erlebnis mit einem Taxifahrer; er war *äußerst* bösartig. Ich konnte ihn nicht zum *Halten* bringen. Je *mehr* ich pochte und rief, desto *schneller* fuhr er. Und wie diese *bizarre* Gestalt mit dem *plattgedrückten* Kopf im Mondlicht über das *kleine* Rad *geduckt* war...«

Er schauderte, als er einen enormen weißen Seidenschal ablegte. Bertha stellte fest, daß seine Socken auch weiß waren – ganz bezaubernd.

»Aber wie schrecklich!« rief sie.

»Ja, das war wirklich schrecklich«, sagte Eddie und folgte ihr ins Wohnzimmer. »Ich sah mich selbst in einem *zeitlosen* Taxi durch die Ewigkeit fahren.«

Er kannte die Knights. Ja, er wollte für Norman Knight ein Stück schreiben, wenn es mit dem Theaterprojekt klappte.

»Na, Warren, wie geht's dem Stück?« fragte Norman Knight, ließ sein Monokel fallen und gestattete seinem Auge, einen Augenblick aus der Versenkung aufzutauchen, ehe er es wieder unter Glas verschloß.

Und Mrs. Norman Knight: »Oh, Mr. Warren, was für fürtreffliche Socken!«

»Ich bin *so* froh, daß sie Ihnen gefallen«, erwiderte er und starrte auf seine Füße. »Sie scheinen um so *viel* weißer geworden zu sein, seit der Mond aufgegangen ist.« Und er wandte sein hageres, bekümmertes junges Gesicht Bertha zu. »Der Mond *scheint* nämlich.«

Sie wollte ausrufen: »Ganz sicher scheint er – oft – oft!«

Er war wirklich ausgesprochen reizend. Aber das war auch Face, die in ihren Bananenschalen vorm Feuer hockte, und ebenso Mug, der eine Zigarette rauchte und, als er die Asche abstreifte, fragte: »Warum lässet der Bräutigam auf sich warten?«

»Da kommt er schon.«

Mit einem Knall ging die Haustür auf und wieder zu. Harry rief: »Hallo, alle miteinander! Bin in fünf Minuten unten.« Und sie hörten ihn die Treppe hinaufpoltern. Bertha mußte lächeln; sie wußte, wie gern er etwas unter Zeitdruck tat. Was machte es denn schließlich aus, wenn es noch fünf Minuten später würde? Vor sich selber aber würde er so tun, als käme es ungeheuer darauf an. Und dann würde er den größten Wert darauf legen, außerordentlich kühl und gefaßt ins Wohnzimmer zu treten.

Harry hatte so eine Freude am Leben. Oh, wie sie das an ihm schätzte. Und seine Leidenschaft zu kämpfen – in allem, was ihm widerfuhr, immer wieder eine Probe seiner Kraft und seines Mutes zu suchen – auch das verstand sie. Selbst wenn es ihn zuweilen vor anderen Leuten, die ihn nicht so gut kannten, vielleicht ein bißchen lächerlich erscheinen ließ ... Denn es gab Augenblicke, da er sich in die Schlacht stürzte, wo gar keine Schlacht zu schlagen war ... Sie redete und lachte, und bis er eingetreten war (genau wie sie es sich vorgestellt hatte), war es ihr ganz und gar nicht aufgefallen, daß Pearl Fulton nicht erschienen war.

»Ob Miss Fulton es vergessen hat?«

»Ich nehme es bald an«, antwortete Harry. »Hat sie Telefon?«

»Ah! Jetzt kommt ein Taxi.« Und Bertha lächelte ein wenig vor Besitzerstolz, den sie immer zur Schau trug, solange ihre weiblichen Entdeckungen neu und geheimnisvoll waren. »Sie lebt in Taxis.«

»Wenn das so ist, wird sie Fett ansetzen«, sagte Harry kühl und läutete zum Dinner. »Riesengefahr für blonde Frauen.«

»Harry, nicht«, warnte Bertha lachend.

Dann noch ein winziger Augenblick, während sie warteten, lachten und sich unterhielten, eine Spur zu ungezwungen, eine Spur zu unbekümmert. Und dann kam Miss Fulton lächelnd herein, den Kopf ein klein wenig schräg, ganz in Silber, ein silbernes Band in ihrem fahlblonden Haar.

»Komme ich zu spät?«

»Nein, keineswegs«, antwortete Bertha. »Kommen Sie.« Sie nahm ihren Arm, und sie gingen ins Eßzimmer.

Was war das nur in der Berührung dieses kühlen Armes, das die Glut von Seligkeit anfachen – anfachen – auflodern – ja auflodern lassen konnte, diese Glut von Seligkeit, mit der Bertha nichts anzufangen wußte?

Miss Fulton sah sie nicht an; aber sie sah eigentlich selten jemanden direkt an. Ihre schweren Lider verdeckten die Augen, und dann und wann umspielte ein seltsames halbes Lächeln ihre Lippen, als ob sie eher davon lebte zu hören, statt zu sehen. Auf einmal aber wußte Bertha, als wäre ein sehr langer und verständnisinniger Blick von der einen zur andern gegangen – als hätten sie zueinander gesagt: »Du auch?« – daß Pearl Fulton, wie sie da in der wunderbaren roten Suppe auf dem grauen Teller herumrührte, genau dasselbe wie sie empfand.

Und die anderen? Face und Mug, Eddie und Harry, auf und nieder gingen ihre Löffel – mit der Serviette tupften sie die Lippen ab, sie zerbröckelten Brot, hantierten mit Gläsern und Gabeln und redeten.

»Ich hab sie bei der Alpha-Show kennengelernt – ein ganz eigentümliches Persönchen. Sie hatte nicht nur das Haar kurz geschnitten, sondern sie schien auch ein mächtiges Stück von Armen und Beinen, vom Hals und von der armen kleinen Nase weggeschnippelt zu haben.«

»Ist sie nicht mit Michael Oat sehr *liée*?«

»Dem, der ›Liebe mit falschen Zähnen‹ geschrieben hat?«

»Er will ein Stück für mich schreiben. Einakter. Nur eine Person, ein Mann. Beschließt, Selbstmord zu begehen. Führt alle Gründe an, warum er es tun sollte und warum nicht. Und als er sich gerade durchgerungen hat, es entweder zu tun oder zu lassen – Vorhang. Gar keine so üble Idee.«

»Wie soll das heißen – ›Magenbeschwerden‹?«

»Ich *glaube, dieselbe* Idee kenne ich aus einer kleinen französischen Zeitschrift, in England ist sie wohl *ziemlich* unbekannt.«

Nein, ihnen ging es nicht so. Sie waren liebe, nette Menschen – ganz reizend –, und sie hatte sie sehr gern hier, an ihrem Tisch, um sie mit vorzüglicher Speise und köstlichem Trank zu bewirten. Ja, sie hätte ihnen gar zu gern gesagt, wie entzückend sie waren und was für einen malerischen Anblick sie boten, wie vorteilhaft eins das andere hervorzuheben schien und wie sie sie an ein Stück von Tschechow erinnerten!

Harry genoß sein Essen. Es gehörte zu seinem – nun, nicht gerade zu seinem Wesen und sicherlich auch nicht zu seiner Pose –, seinem – nun, irgend so was –, übers Essen zu reden und sich seiner ›schamlosen Leidenschaft für weißes Hummerfleisch‹ zu rühmen wie für ›das Grün von Pistazieneiscremes – grün und kalt wie die Lider ägyptischer Tänzerinnen‹.

Als er aufsah, sie anblickte und sagte: »Bertha, das ist ein ganz vortreffliches Soufflé!«, hätte sie beinahe weinen mögen vor kindlichem Vergnügen.

Ach, warum empfand sie nur heute abend so eine Zärtlichkeit gegenüber der ganzen Welt? Alles war gut – alles war recht. Alles, was geschah, schien ihren Becher voll Seligkeit wieder zu füllen, daß er überfloß.

Und noch immer war da auf dem Grunde ihrer Seele der Birnbaum. Er würde jetzt wie Silber aussehen im Mondlicht des armen, lieben Eddie, silbern wie Miss Fulton, die dasaß und eine Mandarine in ihren schlanken Fingern drehte, die so bleich waren, daß sie zu leuchten schienen.

Was sie einfach nicht begreifen konnte – was ihr wie ein Wunder schien –, war, wie sie so genau und so auf Anhieb Miss Fultons Stimmung hatte erraten können. Denn keinen Augenblick zweifelte sie daran, daß sie recht hatte, und doch, woran konnte sie sich eigentlich halten? An so gut wie nichts.

›Ich glaube, das kommt wirklich nur sehr, sehr selten zwischen Frauen vor. Nie zwischen Männern‹, dachte Bertha. ›Aber während ich im Salon den Kaffee serviere, gibt sie vielleicht ‚ein Zeichen‘.‹

Was sie damit meinte, wußte sie nicht, und was danach geschehen würde, konnte sie sich nicht vorstellen.

Während derlei Gedanken sie bewegten, sah sie sich selbst reden und lachen. Sie mußte einfach deswegen reden, weil es sie so danach verlangte zu lachen.

»Wenn ich nicht lache, sterbe ich.«

Aber als sie auf Faces merkwürdige kleine Angewohnheit aufmerksam wurde, etwas in den Ausschnitt zu stecken – als bewahre sie auch dort einen winzigen geheimen Vorrat an Nüssen auf –, mußte sich Bertha ganz fest die Fingernägel in die Handflächen pressen, um nicht zu unbändig zu lachen.

Schließlich war es vorüber. Und: »Kommen Sie doch und sehen Sie sich meine neue Kaffeemaschine an«, sagte Bertha.

»Wir haben nur alle vierzehn Tage eine neue Kaffeemaschine«, bemerkte Harry. Face nahm diesmal ihren Arm. Mit gesenktem Kopf ging Miss Fulton hinterher.

Das Feuer im Wohnzimmer war bis auf ein rotes, flackerndes ›Nest von Phönixjungen‹ abgebrannt, wie Face sagte.

»Lassen Sie das Licht noch einen Augenblick aus. Es ist so wunderbar.« Und wieder hockte sie sich ans Feuer. Sie fror immer ... ›natürlich, ohne ihr kleines rotes Flanelljäckchen‹, dachte Bertha. In diesem Augenblick ›gab‹ Miss Fulton ›das Zeichen‹.

»Haben Sie einen Garten?« fragte die kühle, schläfrige Stimme.

Das war so außergewöhnlich für sie, daß Bertha nichts weiter tun konnte, als zu gehorchen. Sie ging durchs Zimmer, zog die Vorhänge auf und öffnete die hohen Fenster.

»Da!« hauchte sie.

Und die beiden Frauen standen da, Seite an Seite, und sahen auf den schlanken blühenden Baum. Obgleich ganz still, schien er sich wie eine Kerzenflamme zu strecken, zu recken, in der Helligkeit zu züngeln, wie sie hinsahen, immer höher zu wachsen, beinahe den Rand des runden silbernen Mondes zu streifen. Wie lange standen sie so? Beide, gleichsam im Banne dieses überirdischen Lichts, verstanden einander vollkommen, Wesen einer anderen Welt, voller Staunen, was sie in dieser hier sollten mit dem ganzen Schatz an Seligkeit, der in ihrer Brust lohte und in silbernen Blüten von ihrem Haar und ihren Händen herabfiel.

Eine Ewigkeit – nur einen Augenblick? Und murmelte Miss Fulton: »Ja. Genau *so*«, oder träumte Bertha das nur?

Dann flammte das Licht auf, Face machte den Kaffee, und Harry sagte: »Meine liebe Mrs. Knight, fragen Sie mich bloß

nicht nach meiner Kleinen. Ich sehe sie nie. Ich werde mich erst für sie interessieren, wenn sie einen Liebhaber hat.«
Und Mug ließ einen Augenblick sein Auge aus dem Glashaus und steckte es dann wieder unter Glas, und Eddie Warren trank seinen Kaffee und setzte mit schmerzverzerrtem Gesicht die Tasse ab, als hätte er, nachdem er ausgetrunken hatte, eine Spinne gesehen.

»Was ich möchte, ist, den jungen Leuten eine Chance zu geben. Ich glaube, London wimmelt nur so von erstklassigen ungeschriebenen Theaterstücken. Ich möchte einfach zu ihnen sagen: ›Hier habt ihr das Theater. Nun mal los.‹«

»Wissen Sie, meine Liebe, ich werde für die Jacob Nathans einen Raum ausgestalten. Ach, ich würde am liebsten ein richtiges Bratheringsprojekt machen, die Stuhllehnen in Form von Bratpfannen und auf den Vorhängen überall köstliche Kartoffelchips.«

»Der Haken bei unseren jungen Schriftstellern ist, daß sie noch viel zu romantisch sind. Man kann sich eben nicht auf hohe See wagen, ohne daß man seekrank wird und ein Speibecken braucht. Also, warum haben sie nicht den Mut zu diesen Becken?«

»Ein *schreckliches* Gedicht von einem *Mädchen*, an dem sich ein Bettler *ohne* Nase in einem kleinen Wäldchen *vergangen* hat...«

Miss Fulton ließ sich in den niedrigsten, tiefsten Sessel sinken, und Harry bot ringsum Zigaretten an.

An der Art, wie er vor ihr stand, die silberne Dose schüttelte und barsch hervorstieß: »Ägyptisch? Türkisch? Virginia? Sie liegen alle durcheinander«, merkte Bertha, daß sie ihn nicht nur langweilte; sie war ihm einfach zuwider. Und der Art, wie Miss Fulton sagte: »Nein, danke, ich rauche jetzt nicht«, entnahm sie, daß sie es auch spürte und gekränkt war.

»Ach, Harry, lehne sie doch nicht ab. Du hast nicht recht, was sie betrifft. Sie ist wunderbar, einfach wunderbar. Und außerdem, wie kannst du so ganz anders gegenüber jemandem empfinden, der mir so viel bedeutet? Wenn wir nachher im Bett sind, werde ich dir zu erzählen versuchen, was geschehen ist. Was sie und ich zusammen erlebt haben.«

Bei diesen letzten Worten fuhr Bertha etwas Merkwürdiges und beinahe Erschreckendes durch den Sinn. Und dieses dunkle, lächelnde Etwas flüsterte ihr zu: »Bald werden diese Leute gehen. Im Hause wird es ruhig sein – ganz ruhig. Die Lichter werden gelöscht sein. Und du und er, ihr werdet miteinander allein sein in dem dunklen Zimmer – dem warmen Bett ...«

Sie sprang aus ihrem Sessel auf und lief zum Klavier hinüber. »Wie schade, daß niemand spielt!« rief sie. »Wie schade, daß keiner spielt!«

Zum ersten Mal in ihrem Leben begehrte Bertha Young ihren Mann. Oh, sie hatte ihn geliebt – sie war natürlich in ihn verliebt gewesen, in jeder anderen Beziehung, nur nicht so. Und genauso hatte sie natürlich verstanden, daß es bei ihm anders war. Sie hatten so oft darüber gesprochen. Es hatte sie zuerst sehr bedrückt, als sie entdeckte, daß sie so kalt war, aber nach einer Weile schien es keine Rolle mehr zu spielen. Sie waren so offen zueinander – solch gute Kameraden. Das war das Beste an dem ganzen Modernsein.

Jetzt aber – voller Glut! Voller Glut! Die Worte schmerzten in ihrem glühendheißen Körper. Dazu hatte also dieses Gefühl der Seligkeit geführt? Aber dann, dann –

»Meine Lieben«, sagte Mrs. Norman Knight. »Sie kennen unsere Schmach. Wir sind die Opfer von Zeit und Zügen. Wir wohnen in Hampstead. Es war so reizend.«

»Ich komme mit Ihnen hinaus«, sagte Bertha. »Es war sehr

schön, daß Sie da waren. Aber den letzten Zug dürfen Sie nicht verpassen. Das ist wirklich schrecklich, ja?«

»Noch einen Whisky, Knight, ehe Sie gehen?« rief Harry.

»Nein danke, mein Alter.«

Dafür drückte Bertha ihm einen Augenblick ganz fest die Hand, als sie ihm zum Abschied die ihre reichte.

»Gute Nacht! Auf Wiedersehen!« rief sie von der obersten Stufe. Ihr war, als ob sich dieses ihr Ich für immer von ihnen verabschiedete.

Als sie ins Wohnzimmer zurückkehrte, waren die andern im Aufbruch begriffen.

»... Dann können Sie ein Stück in meinem Taxi mitfahren.«

»Ich bin *so* dankbar, wenn ich nach meiner *schrecklichen* Erfahrung nicht *noch* einmal *allein* fahren muß.«

»Sie können am Taxistand, gleich hier unten in der Straße ein Taxi kriegen. Es sind bloß ein paar Schritte von hier.«

»Sehr schön. Da werd ich mir mal den Mantel anziehen.«

Miss Fulton ging in Richtung Halle, und Bertha wollte ihr gerade nachgehen, als Harry sich beinahe vorbeidrängte.

»Ich helfe Ihnen.«

Bertha wußte, daß er seine Unhöflichkeit bereute – sie ließ ihn gewähren. Was für ein kleiner Junge er doch in mancher Beziehung war – so impulsiv – so – einfach.

Und Eddie und sie blieben am Feuer zurück.

»*Haben* Sie eigentlich das neue Gedicht von Bilks, ›Table d'Hôte‹, gelesen?« fragte Eddie leise. »Es ist *so* wunderbar. In der letzten Anthologie. Haben Sie die? Ich würde es Ihnen *so* gern *zeigen*. Es beginnt mit einer *unglaublich* schönen Zeile: ›Warum muß es immer Tomatensuppe sein?‹«

»Ja«, erwiderte Bertha. Und lautlos trat sie zu dem Tischchen gegenüber der Wohnzimmertür, und ebenso lautlos glitt Eddie hinter ihr her. Sie hob das Büchlein auf und gab es ihm; sie hatten kein Geräusch verursacht.

Während er das Gedicht suchte, wandte sie den Kopf zur Halle. Und da sah sie ... Harry mit Miss Fultons Mantel im Arm, und Miss Fulton, mit dem Rücken zu ihm, den Kopf gesenkt. Er schleuderte den Mantel weg, legte ihr die Hände auf die Schultern und drehte sie heftig zu sich herum. Sein Mund sagte: »Ich bete dich an«, und Miss Fulton legte ihm ihre mondstrahlengleichen Finger an die Wangen und lächelte ihr schläfriges Lächeln. Harrys Nasenflügel bebten; sein Mund verzog sich zu einem häßlichen Grinsen, als er flüsterte: »Morgen«, und mit den Augenlidern zwinkerte Miss Fulton: »Ja.«

»Hier«, sagte Eddie. »›Warum muß es immer Tomatensuppe sein?‹ Das ist so von *Grund* auf wahr, spüren Sie das nicht auch? Tomatensuppe ist so *furchtbar* ewig.«

»Wenn es Ihnen lieber ist«, ertönte Harrys Stimme sehr laut aus der Halle, »kann ich für Sie nach einem Taxi telefonieren.«

»Ach nein. Das ist nicht nötig«, antwortete Miss Fulton, und sie trat auf Bertha zu und reichte ihr die schlanken Finger. »Auf Wiedersehen! Und vielen Dank.«

»Auf Wiedersehen!« sagte Bertha.

Miss Fulton behielt ihre Hand noch einen Augenblick in der ihren.

»Ihr wunderschöner Birnbaum!« murmelte sie.

Und dann war sie fort, und Eddie hinterdrein, genau wie die schwarze Katze hinter der grauen herlief.

»Ich mache den Laden dicht«, sagte Harry, außerordentlich kühl und gefaßt.

»Ihr wunderschöner Birnbaum – Birnbaum – Birnbaum!«

Bertha lief förmlich zu den hohen Fenstern hinüber.

»Ach, was wird denn nun geschehen?« rief sie.

Aber der Birnbaum war so wunderschön wie zuvor und genauso blütenübersät und genauso still.

DER MANN OHNE TEMPERAMENT

Er stand an der Tür zum Vestibül und drehte den Ring, drehte den schweren Siegelring an seinem kleinen Finger, während sein Blick kalt, mit Bedacht über die runden Tische und Korbstühle schweifte, die in der verglasten Veranda umherstanden. Er spitzte den Mund, als ob er pfeifen wolle – aber er pfiff nicht – er drehte nur den Ring, drehte den Ring an seinen rosigen, frisch gewaschenen Händen.

Drüben in der Ecke saßen die beiden Damen mit der Kauzfrisur. Sie tranken ein Gebräu, das sie stets um diese Tageszeit tranken – etwas Weißliches, Gräuliches, in Gläsern, obendrauf schwamm so etwas wie kleine Schoten. Dazu wühlten sie in einer Büchse voller Papierschnitzel nach gesprenkelten Keksstückchen, die sie entzweibrachen, in die Gläser fallen ließen, um sie dann mit dem Löffel herauszuangeln. Ihrer beider Strickknäuel lagen, schlummernd wie zwei Schlangen, neben dem Tablett.

Die Amerikanerin saß da, wo sie immer saß, vor der Glaswand, im Schatten eines gewaltigen kriechenden Etwas mit weit aufgerissenen purpurroten Augen, das sich an das Glas preßte, ja, sich daran plattdrückte und sie gierig beobachtete.

Und sie wußte, daß es da war – sie wußte, daß es sie so ansah. Sie ging darauf ein; sie spielte sich ein wenig auf. Manchmal zeigte sie sogar darauf und rief: »Ist das nicht das Scheußlichste, was Sie je gesehen haben? Ist das nicht geradezu dämonisch!« Schließlich war es auf der anderen Seite der Veranda ... und außerdem konnte es sie nicht berühren, ja, Klaymongso? Sie war Amerikanerin, nicht wahr, Klaymongso, und sie würde geradewegs zu ihrem Konsul gehen.

Klaymongso lag zusammengerollt auf ihrem Schoß unter einer abgewetzten altmodischen Brokattasche, einem schmuddeligen Taschentuch und einem Stoß Briefe von zu Hause, und nieste als Antwort.

Die anderen Tische waren leer. Die Amerikanerin und die beiden ›Käuze‹ wechselten einen Blick. Sie zuckte auf fremdländische Weise die Achseln; sie winkten verständnisvoll mit einem Keks. Er aber sah nichts. Jetzt war er still, jetzt sah man seinen Augen an, daß er lauschte. ›Huu-i-Sip-Suu-uu!‹ hörte man den Lift. Klirrend öffnete sich der eiserne Käfig. Das Geräusch leichter, schleppender Schritte kam durch die Halle auf ihn zu.

Wie ein Blatt fiel ihm eine Hand leicht auf die Schulter. Eine leise Stimme sagte: »Setzen wir uns dorthin – wo wir die Auffahrt sehen können. Die Bäume sind so wunderbar.« Und er setzte sich in Bewegung, noch immer die Hand auf der Schulter und neben sich die leichten, schleppenden Schritte. Er zog einen Stuhl vor, und sie ließ sich langsam darauf nieder, ließ den Kopf an das Rückenpolster sinken und die Arme auf die Seitenlehne fallen.

»Willst du den andern nicht näher heranrücken? Er ist ja meilenweit weg.« Aber er rührte sich nicht.

»Wo ist dein Schal?« fragte er.

»Oh!« stöhnte sie leise und bestürzt. »Wie dumm von mir, ich habe ihn oben auf dem Bett gelassen. Macht nichts. Bitte, hol ihn nicht. Ich brauche ihn nicht, ich brauche ihn ganz bestimmt nicht.«

»Es ist besser, wenn du ihn hast.« Und er machte kehrt und ging mit raschen Schritten durch die Veranda in die dämmrige Halle mit dem roten Plüsch und den vergoldeten Möbeln – den Möbeln eines Zauberkünstlers –, der Ankündigung der Gottesdienste in der Englischen Kirche, der grünen Friestafel, auf der die noch nicht abgeholten Briefe das schwarze Gitter hinaufrankten, der kolossalen Uhr, einer Schenkung, die die halben Stunden schlug, Stapeln von Stöcken und Schirmen und Sonnenschirmen in den Armen eines braunen Holzbären, vorbei an den beiden verkrüppelten Palmen, den beiden uralten Bettlern am Fuße der Treppe, dann die Marmorstufen hinauf, drei auf einmal, vorbei an der lebensgroßen Gruppe zweier draller Bauernkinder auf dem Treppenabsatz, deren marmorne Schürzen marmorne Trauben füllten, und den Gang entlang, wo Gerümpelhaufen alter Blechbüchsen, Lederkoffer, Segeltuchtaschen lagen, zu ihrem Zimmer.

Dort war das Zimmermädchen. Sie sang laut, als sie Seifenwasser in einen Eimer schüttete. Die Fenster standen weit offen, die Läden waren zurückgeschlagen, und das Licht fiel gleißend herein. Sie hatte die Teppiche und die mächtigen weißen Kopfkissen über das Balkongeländer geworfen; die Moskitonetze über den Betten waren hochgebunden; auf dem Schreibtisch stand ein Napf voller Fusseln und abgebrannter Streichhölzer. Als sie ihn sah, funkelten ihre kleinen frechen Augen, und ihr Gesang wurde zu einem Summen. Aber er ließ sich nichts anmerken. Seine Augen durchsuchten das gleißende Zimmer. Wo zum Teufel war denn der Schal!

»Vous desirez, Monsieur?« spottete das Mädchen.

Keine Antwort. Er hatte den Schal entdeckt. Er ging durch das Zimmer, ergriff das graue Spinnengeweb und ging hinaus, wobei er die Tür hinter sich zuschlug. Hinter ihm ertönte die Stimme des Mädchens, lauter und schriller als zuvor.

»Ach, da bist du ja. Was ist passiert? Was hat dich aufgehalten? Der Tee ist bereits da, wie du siehst. Ich habe gerade Antonio nach dem heißen Wasser geschickt. Ist das nicht sehr merkwürdig? Ich muß ihm das doch schon mindestens an die sechzigmal gesagt haben, und trotzdem bringt er's nicht mit. Danke. Das ist sehr nett. Man spürt tatsächlich ein Lüftchen, wenn man sich vorbeugt.«

»Danke.« Er nahm seinen Tee und setzte sich in den anderen Stuhl. »Nein, nichts zu essen.«

»O doch! Nur einen, du hast so wenig zu Mittag gegessen, und bis zum Dinner ist's noch lange.«

Ihr Schal fiel herunter, als sie sich vorbeugte, um ihm die Kekse zu reichen. Er nahm einen und legte ihn auf die Untertasse.

»Ach, diese Bäume längs des Fahrwegs!« rief sie. »Ich könnte sie immerzu anschauen. Sie sind wie hochedle Riesenfarne. Und siehst du den dort mit der silbergrauen Rinde und den Büscheln cremefarbener Blüten, gestern habe ich so ein Köpfchen Blüten heruntergezogen, um daran zu riechen, und sie rochen« – sie schloß die Augen bei der Erinnerung daran, und ihre Stimme wurde immer leiser, klang nur noch dünn, zart – »wie frischgemahlene Muskatnüsse.« Eine kleine Pause. Lächelnd wandte sie sich ihm zu. »Du weißt doch sicher, wie Muskatnüsse riechen, ja, Robert?«

Und er erwiderte das Lächeln. »Wie kann ich dir nun beweisen, daß ich's weiß?«

Da kam Antonio zurück, nicht nur mit dem heißen Wasser, auf einem Tablett brachte er Briefe und drei Zeitungsrollen.

»Oh, die Post! Ach, wie schön! Oh, Robert, die dürfen nicht alle für dich sein! Sind sie gerade erst gekommen, Antonio?« Ihre schmalen Hände flogen hoch und verweilten über den Briefen, die Antonio ihr hinhielt, wobei er sich vorneigte.

»Eben in diesem Augenblick, Signora«, grinste Antonio. »Ich hab – ehem – sie mir vom Briefträger geben lassen.«

»Edler Antonio!« lachte sie. »Da – das sind meine, Robert, der Rest ist für dich.«

Antonio drehte sich auf dem Absatz um, erstarrte förmlich, das Grinsen verschwand aus seinem Gesicht. Das gestreifte Leinenjackett und die enganliegenden schimmernden Ponyfransen ließen ihn wie eine hölzerne Puppe aussehen.

Mr. Salesby steckte die Briefe in die Tasche; die Zeitungen lagen auf dem Tisch. Er drehte den Ring, drehte den Siegelring an seinem kleinen Finger und starrte mit einem ausdruckslosen Blinzeln vor sich hin.

Sie jedoch – in einer Hand die Teetasse, in der anderen die dünnen Papierbogen – hielt den Kopf nach hinten geneigt, ihr Mund war geöffnet, die Backenknochen wie mit leuchtender Farbe angepinselt, und sie nippte, nippte, trank ... trank ...

»Von Lottie«, murmelte sie leise. »Die Ärmste ... solche Beschwerden ... linken Fuß. Sie hatte gedacht ... Nervenentzündung ... Doktor Blyth ... Plattfuß ... Massage. So viele Rotkehlchen dieses Jahr ... äußerst zufrieden mit dem Mädchen ... Indischer Oberst ... jedes Reiskorn gesondert ... sehr starker Schneefall.« Und sie hob ihre großen glänzenden Augen von dem Brief. »Schnee, Robert! Denk doch mal.« Und sie strich über die kleinen dunklen Veilchen, die sie sich an die schmächtige Brust gesteckt hatte, und kehrte zu ihrem Brief zurück.

... Schnee. Schnee in London. Millie mit dem Frühmorgentee. »In der Nacht hat es fürchterlich geschneit, Sir.« – »Oh, wirklich, Millie?« Die Vorhänge gehen auf und lassen das fade, widerstrebende Licht herein. Er richtet sich im Bett auf; die soliden Häuser von gegenüber tauchen vor seinem flüchtigen Blick auf, weiß eingerahmt, die Blumenkästen voller wundervoller Zweige aus weißen Korallen ... Im Badezimmer – es geht nach hinten zum Garten hinaus. Schnee – überall dichter Schnee. Den Rasen bedecken wellenförmige Muster wie von Katzenpfoten; der Gartentisch ist von einer dicken, dicken Eisschicht überzogen; die verdorrten Schoten des Goldregens sind weiße Quasten; nur im Efeu zeigt sich hier und da ein dunkles Blatt ... Er wärmt sich den Rücken am Feuer im Eßzimmer, über einem Stuhl trocknet die Zeitung. Millie mit dem Speck. »Ach, wenn es Ihnen recht ist, Sir, da sind zwei kleine Jungs draußen, die wollen für einen Shilling die Stufen und vorm Haus saubermachen, soll ich sie lassen?« ... Und dann Jinnie – wie sie leicht, ganz leicht die Treppen herunterschwebt. »Ach, Robert, ist das nicht herrlich? Ach, wie schade, daß das alles schmelzen muß. Wo ist denn die Miezekatze?« – »Millie wird sie holen.« – »Millie, geben Sie mir doch mal das Kätzchen, wenn es bei Ihnen unten ist.« – »Sehr wohl, Sir.« Unter seiner Hand spürt er das kleine Herz schlagen. »Komm schon, alter Freund, deine Herrin verlangt nach dir.« – »O Robert, zeig ihm doch den Schnee – seinen ersten Schnee. Soll ich das Fenster aufmachen und ihm ein klein bißchen auf die Pfote geben?« ...

»Na ja, das klingt ja im ganzen recht zufriedenstellend – sehr sogar. Arme Lottie! Anne, Liebes! Ich wünschte nur, ich könnte ihnen etwas davon schicken«, rief sie und winkte mit den Briefen zu dem strahlenden, blendenden Garten hinaus.

»Noch Tee, Robert? Robert, Lieber, noch Tee?«

»Nein, danke. Er war sehr gut«, sagte er schleppend.

»Nun, meiner nicht. Meiner schmeckte wie kleingehäckseltes Heu. Oh, da kommen ja die beiden Hochzeitsreisenden.«

Halb laufend, halb rennend, zwischen sich einen Korb und Ruten und Schnüre, so kamen sie den Fahrweg, dann die flachen Stufen herauf.

»Meine Güte! Sind Sie angeln gewesen?« rief die Amerikanerin. Sie waren außer Atem, keuchten: »Ja, ja, den ganzen Tag sind wir in einem kleinen Boot draußen gewesen. Sieben Stück haben wir gefangen. Vier sind gut zum Essen. Aber drei geben wir weg. Den Kindern.«

Mrs. Salesby schob den Stuhl herum, um sie anzusehen;

die ›Käuze‹ legten die Schlangen ab. Es war ein sehr dunkles junges Paar – schwarzes Haar, olivfarbene Haut, glänzende Augen und Zähne. Er war nach ›englischer Mode‹ gekleidet, Flanelljacke, weiße Hosen und Schuhe. Um den Hals trug er einen Seidenschal. Der Kopf mit dem zurückgekämmten Haar war unbedeckt. Und ständig wischte er sich die Stirn, rieb sich die Hände mit einem leuchtenden Taschentuch. Ihr weißer Rock hatte einen nassen Fleck; Hals und Nacken waren dunkelrot getönt. Als sie die Arme hob, hatte der Schweiß große Halbkreise unter den Achselhöhlen gezeichnet. Das Haar klebte ihr in nassen Locken im Gesicht. Sie sah aus, als ob ihr junger Ehemann sie ins Meer getaucht hätte, um sie dann wieder herauszufischen, an der Sonne zu trocknen, und dann – wieder hinein mit ihr – den lieben langen Tag.

»Ob Klaymongso einen Fisch möchte?« schrien sie. Schwer vor Begeisterung prallten ihre lachenden Stimmen wie Vögel gegen die eingeglaste Veranda, und dem Korb entstieg ein eigentümlicher, salzartiger Geruch.

»Heute nacht werden Sie gut schlafen«, ließ sich einer der ›Käuze‹ hören und kratzte sich mit der Stricknadel im Ohr, während der andere ›Kauz‹ lächelnd dazu nickte.

Die beiden Hochzeitsreisenden sahen sich an. Eine gewaltige Woge schien über sie hinzugehen. Sie rangen nach Luft, schluckten, zögerten ein wenig, und dann platzten sie heraus und lachten und lachten.

»Wir können nicht hinaufgehen. Wir sind einfach zu müde. Wir müssen so, wie wir sind, unsern Tee trinken. Hier – Kaffee. Nein – Tee. Nein – Kaffee. Tee – Kaffee, Antonio!« Mrs. Salesby wandte sich ab.

»Robert! Robert!« Wo war er nur? Er war nicht da. Ach, da stand er ja am anderen Ende der Veranda, mit dem Rücken zu ihr, und rauchte eine Zigarette. »Robert, machen wir jetzt unsere kleine Runde?«

»Gut.« Er drückte die Zigarette im Aschenbecher aus und kam herübergeschlendert, die Augen auf den Boden gerichtet. »Ist dir auch warm genug?«

»O ja.«

»Bestimmt?«

»Hm«, sie legte ihm die Hand auf den Arm, »vielleicht«, und ganz leicht drückte sie seinen Arm – »es ist nicht oben, es ist nur in der Halle – vielleicht könntest du mir mein Cape holen. Es hängt dort.«

Er kam damit zurück, und sie neigte den schmächtigen Kopf, während er es ihr auf die Schultern gleiten ließ. Darauf bot er ihr sehr steif den Arm. Sie verneigte sich freundlich vor den Leuten auf der Veranda, während er gerade noch ein Gähnen unterdrückte, und dann gingen sie zusammen die Stufen hinunter.

»*Vous avez voo ça*!« ließ sich die Amerikanerin hören.

»Er ist kein Mann«, sagten die beiden ›Käuze‹, »er ist ein Ochse. Früh und abends, wenn wir im Bett sind, sage ich zu meiner Schwester – er ist kein Mann, sondern ein Ochse, sage ich!«

Quirlend, sich überschlagend, Kobolz schießend brach sich das Gelächter der Jungvermählten an den Glasscheiben der Veranda.

Die Sonne stand noch hoch. Jedes Blatt, jede Blume im Garten lag weit geöffnet da, regungslos, wie erschöpft, und ein süßer, schwerer, scharfer Geruch füllte die zitternde Luft. Aus den dicken, fleischigen Blättern eines Kaktus wuchs ein mit blassen Blüten überladener Aloestamm, die Blüten sahen aus, als wären sie aus Butter modelliert worden. Die hochaufragenden Palmenwedel blinkten im Licht; über einem Beet tiefroter glänzender Blumen ›ssss-summten‹ dicke schwarze Insekten; ein großer prunkvoller Wurm, orange mit pechschwarzen Flecken, kroch auf eine Wand zu.

»Ich brauche mein Cape doch nicht«, sagte sie. »Es ist wirklich zu warm.« So nahm er es ihr denn ab und trug es über dem Arm. »Laß uns diesen Weg langgehen. Ich fühle mich so gut heute, erstaunlich besser. Du lieber Himmel – guck dir mal die Kinder da an! Und das im November!«

In einer Ecke des Gartens standen zwei Bottiche, bis zum Rand mit Wasser gefüllt. Drei kleine Mädchen tummelten sich darin und planschten auf und ab. Die Schlüpfer hatten sie vorsorglich ausgezogen und an einen Busch gehängt, die Röcke hielten sie bis zur Taille hochgerafft. Die Haare fielen ihnen ins Gesicht, sie kreischten und bespritzten sich. Doch plötzlich blickte die Kleinste, die einen Zuber für sich hatte, auf und sah die Zuschauer. Einen Augenblick schien sie vor Schreck ganz benommen zu sein, dann kämpfte und mühte sie sich tolpatschig aus ihrem Bottich, die Kleider noch immer über die Taille gerafft. »Der Engländer! Der Engländer!« schrie sie und lief fort, um sich zu verstecken. Unter Schreien und Kreischen folgten ihr die beiden anderen. Augenblicklich waren sie verschwunden; augenblicklich waren da nur noch die beiden Bottiche und die kleinen Schlüpfer auf dem Busch.

»Wie – wie – seltsam!« sagte sie. »Was hat sie denn so erschreckt? Sie waren doch auf jeden Fall viel zu jung, um ...« Sie sah zu ihm auf. Er kam ihr blaß vor – aber wunderschön vor dem großen tropischen Gewächs mit den langen, spitzen Dornen.

Er antwortete nicht gleich. Dann begegnete er ihrem Blick und lächelte sein bedächtiges Lächeln. »*Très* komisch!« sagte er.

Très komisch! Ach, ihr war ganz schwach. Ach, warum mußte sie ihn denn so sehr lieben, nur weil er so etwas sagte. *Très* komisch! Das war ganz und gar Robert. Niemand außer Robert konnte überhaupt so etwas sagen. So wunderbar, so brillant, so gebildet zu sein und dann mit der eigentümlichen Jungenstimme zu sagen . . . Sie hätte weinen mögen.

»Weißt du, manchmal bist du sehr wunderlich«, sagte sie.

»Ja«, antwortete er. Und sie gingen weiter.

Aber sie war müde. Sie hatte genug. Sie wollte nicht mehr laufen.

»Laß mich hier und mach du weiter deinen Verdauungsspaziergang, ja? Ich bin dann in einem der Liegestühle hier. Wie gut, daß du mein Cape geholt hast; du brauchst nicht hinaufzugehen, um mir eine Decke zu holen. Danke, Robert, ich werde dieses köstliche Heliotrop bewundern . . . Du bleibst nicht zu lange?«

»Nein – nein. Dir macht es doch nichts aus, hierzubleiben?«

»Unsinn! Ich möchte, daß du gehst. Ich kann nicht erwarten, daß du ständig hinter deiner kranken Frau herzuckelst . . . Wie lange wirst du weg sein?«

Er zog seine Uhr heraus. »Es ist genau halb fünf. Viertel sechs bin ich wieder da.«

»Viertel sechs wieder da«, wiederholte sie, und still lag sie in dem Liegestuhl und faltete die Hände.

Er ging. Auf einmal war er wieder da. »Hör mal, möchtest du meine Uhr haben?« Und er ließ sie vor ihr baumeln.

»Oh!« Sie hielt den Atem an. »Sehr, sehr gern.« Und sie umklammerte die Uhr, die warme Uhr, die allerliebste Uhr mit den Fingern. »Jetzt geh aber schnell.«

Die Tore der Pension Villa Excelsior standen weit offen, hatten ein paar verwegene Geranien eingequetscht. Leicht gebückt, den Blick starr geradeaus gerichtet, ging er mit raschen Schritten hindurch und begann, den Berg hinaufzusteigen, der die Stadt einschloß und sich wie ein mächtiges Tau um die Villen spannte. Dick lag der Staub. Ein Wagen rollte in Richtung ›Excelsior‹ heran. Darin saßen der General und die Gräfin. Sie kamen von der täglichen Ausfahrt. Mr. Salesby trat zur Seite, doch der Staub wirbelte hoch, dick, weiß, zum Ersticken, wie Wolle. Die Gräfin hatte gerade noch Zeit, den General heimlich anzustoßen. »Da geht er«, sagte sie maliziös.

Aber der General ließ ein lautes Krächzen hören und sah geflissentlich in die andere Richtung.

»Das ist der Engländer«, sagte der Kutscher, als er sich mit einem Lächeln umwandte. Und die Gräfin warf die Hände hoch und nickte so liebenswürdig, daß er vor Genugtuung ausspie und dem stolpernden Pferd einen Hieb versetzte.

Weiter – weiter – vorbei an den schönsten Villen der Stadt, großartigen Palästen, Palästen, die anzusehen jede noch so weite Reise lohnte, vorbei an den öffentlichen Anlagen mit den in Stein gehauenen Grotten und Statuen und steinernen Tieren, die aus dem Brunnen tranken, in ein ärmlicheres Viertel. Hier schlängelte sich die Straße eng und schmutzig zwischen hohen, schmalbrüstigen Häusern dahin, die zu ebener Erde für Ställe und Zimmermannswerkstätten gleichsam ausgeweidet worden waren. An einem Brunnen vor ihm klopften zwei alte Frauen Wäsche. Als er an ihnen vorbeiging, hockten sie sich hin, starrten ihn an, und dann hörte er hinter sich ihr »A-hak-kak-kak!«, wie der Stein auf die Wäsche schlug und schlug.

Er erreichte die Höhe; er bog um eine Ecke, und die Stadt war nicht mehr zu sehen. Drunten blickte er in ein tiefes Tal mit einem ausgetrockneten Flußbett ganz unten. Hüben und drüben standen kleine baufällige Häuser, auf deren brüchigen Steinveranden Obst zum Trocknen lag, im Garten gab es Tomatenreihen und von der Gartentür zum Haus ein Rebenspalier. Das Sonnenlicht des Spätnachmittags lag tief und golden in der Talmulde. Ein Geruch von Holzkohle hing in der Luft. In den Gärten waren die Männer dabei, die Weintrauben abzuschneiden. Er sah einem Mann zu, der im grünlichen Schatten stand, wie er eine schwarze Traube hochhob, sie in einer Hand hielt, das Messer vom Gürtel nahm, sie abschnitt und in einen flachen, bootsförmigen Korb legte. Der Mann arbeitete ohne Hast, ruhig, brauchte eine Ewigkeit für diese Arbeit. An den Hecken über der Straße waren die Weintrauben klein wie Beeren, wild wuchsen sie zwischen den Steinen. Er lehnte sich an eine Hauswand, stopfte die Pfeife, hielt ein Streichholz daran ...

Lehnte sich über ein Gartentor und schlug den Kragen seines Regenmantels hoch. Gleich würde es zu regnen anfangen. Es machte nichts, er war darauf eingerichtet. Im November erwartete man nichts anderes. Er blickte über das kahle Feld. Von der Ecke neben dem Tor kam der Geruch von Steckrüben, da lag ein großer Berg, naß, schmutzfarben. Zwei Männer gingen vorbei auf die verstreuten Häuser des Dorfes zu. »Guten Tag!« – »Guten Tag!« Um Himmels willen! Er mußte sich beeilen, wenn er den Zug nach Hause erreichen wollte. Über das Tor, querfeldein, über einen Zauntritt, einen Feldweg lang, in strömendem Regen marschierte er dahin durch die Dämmerung ... Gerade noch zeitig genug wieder zu Hause, um vor dem Abendessen ein Bad zu nehmen und sich umzuziehen ... Im Wohnzimmer; Jinnie sitzt beinahe im Feuer. »Oh, Robert, ich hab dich nicht hereinkommen hören. War's schön? Wie gut du riechst! Ein Geschenk?« – »Ein paar Brombeeren, die ich für dich gepflückt habe. Schöne Farbe.« – »O ja, fein, Robert! Dennis und Beaty kommen zum Abendessen.« Das Abendessen – kalter Rinderbraten, Pellkartoffeln, Rotwein, gewöhnliches Bäckerbrot. Sie sind fröhlich – alle lachen. »Ach, wir alle kennen doch Robert«, sagt Dennis, er haucht seine Brille an und poliert sie. »Übrigens, Dennis, habe ich eine sehr hübsche kleine Ausgabe von ...«

Eine Uhr schlug. Er fuhr herum. Wie spät war es? Fünf? Viertel sechs? Zurück, den Weg zurück, den er gekommen war. Als er durch das Gartentor trat, sah er sie auf Beobachtungsposten. Sie stand auf, winkte und kam ihm langsam entgegen, das schwere Cape zerrte sie hinter sich her. In der Hand trug sie einen Heliotropzweig.

»Du kommst zu spät«, rief sie fröhlich. »Du kommst drei Minuten zu spät. Hier ist deine Uhr, sie hat mir gute Dienste geleistet, während du weg warst. War's schön? Hat dir's gefallen? Erzähle. Wo warst du?«

»Hör mal – zieh das an«, sagte er und nahm ihr das Cape ab.

»Ja, mach ich. Ja, es wird langsam kühl. Gehen wir aufs Zimmer?«

Als sie zum Lift kamen, hustete sie. Er runzelte die Stirn.

»Das ist nichts weiter. Ich bin nicht zu lange draußen gewesen. Sei nicht böse.« Sie setzte sich auf einen der roten Plüschsessel, dieweil er läutete und läutete und dann, da sich nichts rührte, den Finger auf der Klingel ließ.

»Oh, Robert, meinst du wirklich, du solltest das tun?«

»Sollte was tun?«

Die Tür zum Salon ging auf. »Was ist denn? Wer macht hier so einen Lärm?« tönte es von drin. Klaymongso begann zu kläffen. »Krrr! Krrr!« krächzte der General. Ein ›Kauz‹ kam herausgestürzt, eine Hand am Ohr, öffnete die Tür fürs Personal und schrie: »Mr. Queet! Mr. Queet!« Das brachte sofort den Direktor auf den Plan.

»Sind Sie's, der läutet, Mr. Salesby? Möchten Sie den Fahrstuhl? Sehr wohl, mein Herr. Ich werde Sie selbst nach oben bringen. Bei Antonio hätte es keine Minute mehr gedauert, er hat gerade seine Schürze abgenommen –« Und nachdem der salbungsvolle Direktor sie hineingeleitet hatte, ging er zur Salontür. »Tut mir sehr leid für die Störung, meine Damen und Herren.« Salesby stand im Aufzug, sog an der Unterlippe, starrte an die Decke und drehte den Ring, drehte den Siegelring an seinem kleinen Finger ...

In ihrem Zimmer angelangt, ging er sofort zum Waschtisch, schüttelte die Flasche, goß ihr eine Dosis ein und brachte ihr die Arznei.

»Setz dich. Trink. Und nicht reden!« Und er stand da, über sie gebeugt, während sie gehorchte. Dann nahm er das Glas, spülte es aus und stellte es wieder ins Regal zurück. »Möchtest du ein Kissen?«

»Nein, ich bin ganz in Ordnung. Komm hierher. Setz dich nur einen Augenblick zu mir, ja, Robert? Ach, das tut sehr gut.« Sie wandte sich ihm zu und steckte den Heliotropzweig in den Aufschlag seines Rockes. »Das ist äußerst kleidsam.« Und dann lehnte sie den Kopf an seine Schulter, und er legte den Arm um sie.

»Robert –« Ihre Stimme glich einem Seufzer – einem Hauch.

»Ja –«

Lange saßen sie so da. Der Himmel flammte auf, verblaßte; die beiden weißen Betten waren wie zwei Schiffe ... Schließlich hörte er das Mädchen mit den Krügen heißen Wassers über den Gang laufen, und sanft ließ er sie los und schaltete das Licht an.

»Ach, wie spät ist es? Oh, was für ein himmlischer Abend. Ach, Robert, während du heute nachmittag fort warst, habe ich nachgedacht ...«

Sie waren das letzte Paar, das den Speisesaal betrat. Da saß die Gräfin mit Lorgnon und Fächer, da saß der General in seinem Spezialstuhl mit dem aufgeblasenen Kissen und der kleinen Decke über den Knien. Da saß die Amerikanerin und zeigte Klaymongso eine Ausgabe der ›Saturday Evening Post‹ ... ›Ein wahres Labsal der Vernunft, dazu ein überströmend Herz.‹ Da saßen die beiden ›Käuze‹ und betasteten die Pfirsiche und Birnen in ihrer Obstschale und legten die beiseite, die sie für unreif oder überreif hielten, um sie dem Direktor zu zeigen, und die Jungvermählten lehnten über dem Tisch, flüsterten, bemüht, nicht laut loszulachen.

Mr. Queet, in Alltagskleidung und weißen Leinenschuhen, teilte die Suppe aus, und Antonio, im Frack, trug sie auf.

»Nein«, sagte die Amerikanerin, »nehmen Sie sie wieder mit, Antonio. Wir können keine Suppe essen. Wir können doch nichts Breiiges essen, nicht wahr, Klaymongso?«

»Bringen Sie sie zurück und machen Sie den Teller voll bis zum Rand!« sagten die ›Käuze‹, und sie drehten sich um und paßten auf, als Antonio ihre Botschaft ausrichtete.

»Was ist das? Reis? Gekocht?« Die Gräfin spähte durch das Lorgnon. »Mr. Queet, der General kann etwas von dieser Suppe essen, wenn der Reis gekocht ist.«

»Sehr wohl, Frau Gräfin.«

Die Jungvermählten aßen statt dessen ihren Fisch.

»Gib mir den. Den habe ich gefangen. Nein, das ist er nicht. Ja, doch. Nein. Nun, er guckt mich so mit dem Auge an, daß er es sein muß. Los! He! He!« Ihre Füße waren unterm Tisch umeinandergeschlungen.

»Robert, du ißt doch schon wieder nichts. Fehlt dir etwas?«

»Nein. Mag nicht mehr, das ist alles.«

»Ach, wie dumm! Da kommen Spinat und Ei. Du magst doch keinen Spinat. Fürs nächste Mal muß ich ihnen das sagen...«

Ein Ei und Kartoffelbrei für den General.

»Mr. Queet! Mr. Queet!«

»Ja, Frau Gräfin.«

»Das Ei für den General ist schon wieder zu hart.«

»Krr! Krr! Krr!«

»Tut mir sehr leid, Frau Gräfin. Soll ich Ihnen ein anderes kochen lassen, Herr General?«

... Sie sind die ersten, die den Speisesaal verlassen. Sie erhebt sich, nimmt ihren Schal, und er steht abseits und wartet, daß sie vorbeigeht, er dreht den Ring, dreht den Siegelring an seinem kleinen Finger. In der Halle schwebt Mr. Queet auf sie zu. »Ich dachte mir, Sie möchten vielleicht nicht auf den Fahrstuhl warten. Antonio serviert gerade die Fingerschalen. Und es tut mir leid, die Klingel geht nicht, sie ist kaputt. Ich kann mir nicht erklären, was damit ist.«

»Oh, ich hoffe sehr ...« von ihr.

»Geh rein«, sagt er.

Mr. Queet folgt ihnen und schlägt die Tür zu ...

»... Robert, hast du etwas dagegen, wenn ich mich sehr zeitig schlafen lege? Möchtest du nicht in den Salon oder in den Garten gehen? Oder vielleicht möchtest du auch auf dem Balkon eine Zigarre rauchen. Es ist herrlich draußen. Und ich mag Zigarrenrauch. Immer schon. Aber wenn du lieber ...«

»Nein, ich bleibe hier sitzen.«

Er nimmt einen Stuhl und setzt sich auf den Balkon. Er hört sie im Zimmer hin und her gehen, hört leicht, ganz leicht, ihre Bewegungen und Rascheln. Dann kommt sie zu ihm herüber. »Gute Nacht, Robert.«

»Gute Nacht.« Er nimmt ihre Hand und küßt sie auf die Innenseite. »Erkälte dich nicht!«

Der Himmel ist jadegrün, sternenübersät. Ein riesiger weißer Mond hängt über dem Garten. In der Ferne zittert ein Blitz auf – zittert wie ein Flügel – flattert wie ein lahmer Vogel, der zu fliegen versucht, wieder herabsinkt, aufs neue kämpft.

Auf den Gartenweg scheinen die Lichter aus dem Salon, dazu ertönen die Klänge eines Klaviers. Und einmal ruft die Amerikanerin, als sie die Verandatür öffnet, um Klaymongso in den Garten zu lassen: »Haben Sie diesen Mond gesehen?« Aber niemand antwortet.

Ihm wird sehr kalt, wie er da sitzt und das Balkongitter anstarrt. Schließlich geht er hinein. Der Mond – das Zimmer ist in weißes Mondlicht getaucht. In den Spiegeln erzittert das Licht; die beiden Betten scheinen zu schweben. Sie schläft. Er sieht sie durch die Moskitonetze, sie sitzt, halb von Kissen gestützt, die weißen Hände auf der Decke gefaltet. Versilbert sind die weißen Wangen, das helle Haar ins Kopfkissen gepreßt. Rasch, leise zieht er sich aus und geht ins Bett. Da liegt er nun, die Hände hinter dem Kopf verschränkt...

... In seinem Arbeitszimmer. Spätsommer. Der wilde Wein kurz vorm Verblühen...

»Ja, mein Lieber, so sieht's aus. Das ist der langen Rede kurzer Sinn. Wenn sie für die nächsten zwei Jahre nicht von hier verschwinden kann, um es mit einem zuträglichen Klima zu versuchen, dann – hm, macht sie's nicht mehr lange. Wir wollen doch das Kind beim Namen nennen.« – »Ja, gewiß...« – »Und verdammt noch mal, altes Haus, was hält dich denn eigentlich davon ab mitzufahren? Du hast doch nicht so eine geregelte Arbeit wie wir Lohnempfänger. Was du machst, kannst du überall machen, ganz egal, wo –« »Zwei Jahre«. – »Ja, ich würde zwei Jahre annehmen. Das Haus hier zu vermieten ist bestimmt kein Problem. Um die Wahrheit zu sagen...«

... Er ist bei ihr. »Robert, das dumme ist – das ist bestimmt die Krankheit –, ich hab einfach das Gefühl, daß ich nicht allein wegfahren könnte. Du mußt verstehen – du bist mein ein und alles. Du bist das Brot und der Wein, Robert, das Brot und der Wein. Ach, Liebster, was rede ich denn da! Natürlich könnte ich, natürlich werde ich dich nicht hier weglotsen...«

Er hört, wie sie sich rührt. Möchte sie etwas?

»Boogles?«

Du lieber Himmel! Sie spricht im Schlaf. Diesen Namen haben sie schon ewig nicht mehr benutzt.

»Boogles. Bist du wach?«

»Ja, brauchst du irgend etwas?«

»Ach, ich falle dir langsam zur Last. Entschuldige. Wärst du so nett? In meinem Netz ist ein verdammter Moskito – ich kann ihn summen hören. Würdest du ihn fangen? Ich möchte mich nicht bewegen wegen meines Herzens.«

»Nein, beweg dich nicht. Bleib, wo du bist.« Er macht das Licht an, hebt das Netz hoch. »Wo ist der kleine Kerl? Weißt du, wo er ist?«

»Ja, da drüben in der Ecke. Ach, ich komme mir so hundsgemein vor, dich aus dem Bett aufgescheucht zu haben. Findest du das schlimm?«

»Nein, natürlich nicht.« Einen Augenblick steht er da in seinem blauweißen Schlafanzug. Dann: »Hab ihn«, sagte er.

»O fein. War's ein dicker?«

»Schrecklich.« Er ging hinüber zum Waschtisch und tauchte die Finger ins Wasser. »Ist jetzt alles in Ordnung? Soll ich das Licht ausmachen?«

»Ja, bitte. Nein. Boogles! Komm noch mal her. Setz dich zu mir. Gib mir deine Hand!« Sie dreht seinen Siegelring. »Warum hast du nicht geschlafen? Boogles, hör zu. Komm näher. Manchmal frage ich mich – findest du's schlimm, mit mir hier zu sein?«

Er beugt sich zu ihr hinab. Er küßt sie. Er deckt sie gut zu, streicht das Kopfkissen glatt.

»Dummes Zeug!« flüstert er.

DAS GARTENFEST

Und das Wetter war schließlich ideal. Auch auf Bestellung hätte der Tag für ein Gartenfest nicht schöner sein können. Windstill, warm, keine Wolke am Himmel. Nur das Blau war, wie manchmal im Frühsommer, von einem leichten Goldschleier verhangen. Seit dem Morgengrauen war der Gärtner auf den Beinen, mähte und säuberte den Rasen, bis das Gras und die dunklen flachen Rosetten, wo die Maßliebchen gewesen waren, zu glänzen schienen. Was die Rosen betrifft, so hatte man das Gefühl, sie wüßten, daß Rosen die einzigen Blumen sind, die auf Gartenfesten wirken, die einzigen Blumen, die jeder mit Sicherheit kennt. Hunderte, ja buchstäblich Hunderte waren in einer einzigen Nacht aufgebrochen; die grünen Büsche neigten sich, als ob ein Erzengel sie besucht hätte.

Das Frühstück war noch nicht vorbei, als die Männer kamen, um das große Zelt aufzubauen.

»Wo möchtest du das Zelt hinhaben, Mutter?«

»Mein liebes Kind, frag doch nicht mich. Ich bin fest entschlossen, dieses Jahr alles euch Kindern zu überlassen. Vergeßt, daß ich eure Mutter bin. Behandelt mich wie einen Ehrengast.«

Doch Meg konnte unmöglich gehen, die Männer anzuweisen. Sie hatte sich vor dem Frühstück die Haare gewaschen und saß nun beim Kaffeetrinken in einem grünen Turban da, wobei ihr eine nasse dunkle Locke auf jeder Wange klebte. Jose, der Schmetterling, kam immer in einem seidenen Unterrock und einer Kimonojacke herunter.

»Laura, du mußt gehen, du bist die Künstlerin unter uns.«

Laura flog davon. Dabei hielt sie immer noch ihr Butterbrot in der Hand. Wie köstlich, einen Grund zu haben, im Freien essen zu können, und außerdem liebte sie es, etwas arrangieren zu müssen. Sie fand, sie könne es soviel besser als die anderen.

Vier Männer in Hemdsärmeln standen in einer Gruppe auf dem Gartenweg. Sie trugen um Stangen gerollte Zeltplanen, und auf dem Rücken baumelten ihnen große Werkzeugtaschen. Sie sahen beeindruckend aus. Laura wünschte sich jetzt, daß sie nicht dieses Butterbrot hielte, aber sie konnte es nirgendwo hintun, und sie konnte es doch auch nicht einfach wegwerfen. Sie wurde rot, versuchte, streng auszusehen und sogar ein bißchen kurzsichtig, als sie auf sie zutrat.

»Guten Morgen«, sagte sie, wobei sie die Stimme ihrer Mutter nachahmte. Doch das klang so entsetzlich affektiert, daß sie sich schämte und wie ein kleines Mädchen stammelte: »Ach – eh – sind Sie gekommen – ist es wegen des Zeltes?«

»Stimmt, Miss«, sagte der größte der Männer, ein langer, dünner, sommersprossiger Kerl, und er rückte seine Werkzeugtasche zurecht, schob den Strohhut zurück und lächelte auf sie herab. »So ist's.«

Sein Lächeln war so ungezwungen, so freundlich, daß Laura die Fassung wiedergewann. Was für hübsche Augen er hatte, klein, aber so tiefblau! Und jetzt sah sie die anderen an, auch sie lächelten. »Kopf hoch, wir beißen nicht«, schien ihr Lächeln zu sagen. Wie nett Arbeiter doch waren! Und was für ein schöner Morgen! Sie darf den Morgen nicht erwähnen, sie muß geschäftsmäßig auftreten. Das Zelt.

»Nun, was halten Sie von der Lilienwiese? Ginge das?«

Und mit der Hand, die nicht das Butterbrot hielt, zeigte sie auf die Lilienwiese. Sie drehten sich um und blickten in die Richtung. Ein kleiner Dicker schob die Unterlippe vor, und der Lange runzelte die Stirn.

»Gefällt mir nicht«, sagte er, »fällt nicht genug auf. Sehn Sie, so was wie ein großes Zelt« – und er drehte sich in seiner ungezwungenen Art zu Laura um, »das woll'n Sie doch wohin stellen, wo's einem richtig in die Augen knallt, wenn Sie wissen, was ich meine.«

Lauras Erziehung ließ sie einen Augenblick überlegen, ob es respektvoll sei, wenn ein Arbeiter zu ihr von In-die-Augen-Knallen sprach. Aber sie verstand, was er meinte.

»In eine Ecke vom Tennisplatz«, schlug sie vor. »Aber in einer Ecke wird die Kapelle spielen.«

»Hm, 'ne Kapelle wird's geben, sagen Sie?« fragte ein anderer der Arbeiter. Er war blaß. Er sah verstört aus, als er seine dunklen Augen über den Tennisplatz schweifen ließ. Was mochte er denken?

»Nur eine sehr kleine Kapelle«, erwiderte Laura freundlich. Vielleicht machte es ihm nicht soviel aus, wenn die Kapelle nur klein war. Doch da unterbrach sie der Lange.

»Schaun Sie mal, Miss, das ist der richtige Platz. Vor den Bäumen dort drüben. Das macht sich prima.«

Vor den Karakas. Dann wären die Karakabäume verdeckt. Und sie waren so prächtig mit ihren breiten schimmernden Blättern und den Trauben gelber Früchte. Das waren Bäume, wie man sie sich auf einer einsamen Insel vorstellt, einzeln, stolz, Blätter und Früchte in einer Art stiller Erhabenheit der Sonne entgegengereckt. Mußten sie von einem Zelt verdeckt werden?

Sie mußten. Schon hatten die Männer die Stangen geschultert und marschierten auf die Stelle zu. Nur der Lange blieb zurück. Er bückte sich, knickte einen Lavendelzweig ab, hielt Daumen und Zeigefinger an die Nase und sog den Duft ein. Als Laura diese Geste sah, vergaß sie völlig die Karakabäume, so erstaunt war sie, daß er für solche Dinge, für den Duft von Lavendel, etwas übrig hatte. Wie viele von den Männern, die sie kannte, hätten so etwas getan! Ach, wie ausgesprochen nett Arbeiter doch waren, dachte sie. Warum konnte sie nicht Arbeiter als Freunde haben anstatt diese albernen Jungen, mit denen sie tanzte und die sonntagabends zum Essen kamen? Mit solchen Männern würde sie sich viel besser verstehen.

Schuld an allem sind, stellte sie fest, als der Lange etwas auf die Rückseite eines Briefumschlages zeichnete, etwas, das aufgesteckt oder hängengelassen werden sollte, diese absurden Klassenunterschiede. Nun, was sie betraf, sie empfand sie nicht. Kein bißchen, kein winziges bißchen ... Und jetzt hörte man die Schläge hölzerner Hämmer. Einer pfiff, einer sang. »Fertig drüben, alter Junge?« – »Alter Junge!« Der freundliche Klang dieses Wortes, der – der ... Nur um zu zeigen, wie glücklich sie war, nur um dem Langen zu beweisen, wie wohl sie sich fühlte und wie sie diese albernen Konventionen verachtete, biß Laura ein großes Stück von dem Butterbrot ab, als sie die kleine Zeichnung betrachtete. Sie kam sich richtig wie ein Arbeitermädchen vor.

»Laura, Laura, wo bist du? Laura, Telefon!« rief eine Stimme vom Haus her.

»Ich komme!« Sie flog davon, über den Rasen, den Weg entlang, die Stufen hinauf, über die Veranda in die Halle. Dort waren ihr Vater und Laurie gerade dabei, ihre Hüte abzubürsten, bereit, ins Büro zu gehen.

»Du, Laura«, sagte Laurie sehr hastig, »du könntest vor heute nachmittag noch mal nach meinem Rock sehen, kann sein, daß er gebügelt werden muß.«

»Mach ich«, sagte sie. Plötzlich konnte sie nicht an sich halten. Sie rannte zu Laurie und drückte ihn ganz schnell und leicht an sich. »Ach, ich bin ganz verrückt auf solche Feste, du nicht auch?« brachte sie heraus.

»Ja, frei-lich«, erwiderte Laurie mit seiner warmen, jungenhaften Stimme, und auch er drückte seine Schwester und gab ihr einen leichten Schubs. »Schnell ans Telefon, Kleine.«

Das Telefon! »Ja, ja, o ja. Kitty? Guten Morgen, mein Schatz. Kommst du zum Mittagessen? Komm doch! Natürlich freuen wir uns. Es ist nur ein dürftig zusammengekratztes Essen – nur Brotkrusten und zerbrochene Baisers und was sonst noch übrig ist. Ja, ist das nicht ein herrlicher Morgen? Dein Weißes? O ja, ich würde es anziehn. Einen Augenblick – bleib am Apparat, meine Mutter ruft.« Und Laura lehnte sich zurück. »Was ist, Mutter? Kann nichts verstehn.«

Mrs. Sheridans Stimme klang die Treppe herab. »Sag ihr, sie soll den reizenden Hut tragen, den sie letzten Sonntag aufhatte.«

»Mutter sagt, du sollst den *reizenden* Hut tragen, den du letzten Sonntag aufhattest. Gut. Um eins. Tschüß!«

Laura legte den Hörer auf, warf die Arme über den Kopf, holte tief Luft, streckte sich und ließ sie wieder fallen. »Hach«, seufzte sie, um sich gleich darauf rasch aufzurichten. Sie saß ganz still und lauschte. Alle Türen im Haus schienen offenzustehen. Das ganze Haus war erfüllt von leichten, schnellen Schritten und hin und her laufenden Stimmen. Die grün gepolsterte Tür, die in die Küchenregionen führte, flog auf und fiel mit einem dumpfen Knall zu. Und jetzt gab es ein langes, glucksendes, komisches Geräusch. Das war das schwere Klavier, das auf seinen schwerfälligen Rollen bewegt wurde. Aber die Luft! Wenn man innehielt und darauf achtete – war die Luft immer so? Kleine leise Lüftchen spielten Haschen, oben zu den Fenstern herein und zu den Türen hinaus. Und da waren zwei winzige Sonnenflecken, einer auf dem Tintenfaß und einer auf einem silbernen Fotorahmen, die auch mitspielten. Süße kleine Flecke. Besonders der eine auf dem Tintenfaß. Er war ganz warm. Ein warmer kleiner Silberstern. Sie hätte ihn küssen mögen.

Es läutete an der Vordertür, und man hörte das Rascheln von Sadies Kattunrock auf der Treppe. Eine Männerstimme murmelte etwas, Sadie antwortete gleichmütig: »Ich weiß da nichts davon. Einen Augenblick, ich frage Mrs. Sheridan.«

»Was ist los, Sadie?« Laura kam in die Halle.

»Der Mann vom Blumenladen ist da, Miss Laura.«

Und tatsächlich. Da, in der Tür, stand ein großer flacher Korb mit Töpfen blaßroter Lilien. Nichts anderes, nur Lilien – Cannas, große blaßrote Blüten, weit aufgeblüht, strahlend, beinahe erschreckend lebendig auf leuchtend roten Stengeln.

»O-oh, Sadie!« sagte Laura, und es klang wie leichtes Stöhnen. Sie kauerte sich hin, als wollte sie sich an den flammenden Lilien erwärmen. Sie spürte sie an den Fingern, den Lippen, sie wuchsen in ihrer Brust.

»Das muß ein Versehen sein«, sagte sie schwach. »Niemand hat so viele bestellt. Sadie, gehen Sie und suchen Sie meine Mutter.«

Doch in dem Augenblick trat Mrs. Sheridan zu ihnen.

»Das ist schon in Ordnung«, sagte sie ruhig. »Ja, ich habe sie bestellt. Sind sie nicht herrlich?« Sie drückte Lauras Arm. »Ich bin gestern an dem Laden vorbeigegangen, und da habe ich sie im Schaufenster gesehen. Und da kam mir plötzlich der Gedanke, daß ich einmal im Leben genug Lilien haben möchte. Das Gartenfest ist ein guter Vorwand dafür.«

»Aber ich denke, du hast gesagt, du wolltest dich nicht einmischen«, sagte Laura. Sadie war gegangen. Der Blumenhändler war immer noch draußen an seinem Wagen. Sie legte der Mutter den Arm um den Hals und biß sie zart, ganz zart ins Ohr.

»Mein Liebling, du möchtest doch keine logische Mutter haben, wie? Hör auf damit. Da ist der Mann.«

Er brachte immer mehr Lilien, noch einen ganzen Korb.

»Stellen Sie sie bitte gleich hinter die Tür, zu beiden Seiten der Halle«, sagte Mrs. Sheridan. »Meinst du nicht auch, Laura?«

»Oh, doch, Mutter.«

Im Salon hatten es Meg, Jose und der gute kleine Hans schließlich geschafft, das Klavier umzurücken.

»Wenn wir jetzt dieses Sofa an die Wand schieben und außer den Stühlen alles rausräumen, was meint ihr?«

»In Ordnung.«

»Hans, stellen Sie die Tische ins Rauchzimmer und holen Sie einen Besen und machen Sie die Spuren da auf dem Teppich weg, und – einen Augenblick, Hans –« Jose liebte es, den Dienstboten Befehle zu erteilen, und diese gehorchten ihr gern. Sie gab ihnen immer das Gefühl, daß sie an einem Schaustück teilnähmen. »Sagen Sie meiner Mutter und Miss Laura, sie möchten sofort herkommen.«

»Sehr wohl, Miss Jose.«

Sie wandte sich zu Meg. »Ich möchte hören, wie das Klavier klingt, für den Fall, ich werde heute nachmittag aufgefordert zu singen. Versuchen wir's mit ›Das Leben ist traurig‹.«

Pom! Ta-ta-ta! Ti-ta! Das Klavier erklang so leidenschaftlich, daß sich Joses Miene veränderte. Sie faltete die Hände. Sie warf ihrer Mutter und Laura einen trauervollen und unergründlichen Blick zu, als sie hereinkamen.

> Das Leben ist tra-aurig,
> voll Tränen und Fle-ehn,
> die Liebe verge-e-het,
> das Leben ist tra-aurig,
> voll Tränen und Fle-ehn,
> die Liebe verge-e-het,
> dann ... Auf Wieder-se-ehn.

Doch bei dem Wort ›Auf Wiedersehen!‹ – obwohl das Klavier so verzweifelt wie noch nie klang – überzog ein strahlendes, furchtbar kaltes Lächeln ihr Gesicht.

»Bin ich nicht gut bei Stimme, Mami?« strahlte sie.

> Das Leben ist tra-aurig,
> wenn Wünsche verwe-ehn,
> ein Traum – ein Erwa-achen ...

Aber da wurden sie von Sadie unterbrochen. »Was gibt's, Sadie?«

»Verzeihung, Madam, die Köchin läßt fragen, ob Sie die Fähnchen für die belegten Brote haben?«

»Die Fähnchen für die belegten Brote, Sadie?« wiederholte Mrs. Sheridan wie im Traum. Und die Kinder sahen es an ihrem Gesicht, daß sie sie nicht hatte. »Ich will mal nachsehn.« Und mit fester Stimme sagte sie zu Sadie: »Sagen Sie der Köchin, in zehn Minuten hat sie sie.«

Sadie ging hinaus.

»Laura«, sagte die Mutter schnell, »komm mit ins Rauchzimmer. Ich habe die Namen irgendwo auf die Rückseite eines Briefumschlags geschrieben. Du mußt sie für mich schreiben. Meg, du gehst sofort hinauf und nimmst das nasse Ding von deinem Kopf. Jose, mach schnell und zieh dich schleunigst fertig an. Versteht ihr mich, Kinder, oder muß ich es eurem Vater sagen, wenn er heute abend nach Hause kommt? Und – und Jose, besänftige die Köchin, wenn du in die Küche gehst, ja? Ich habe heute morgen richtig Angst vor ihr.«

Der Briefumschlag fand sich schließlich hinter der Uhr im Eßzimmer, obgleich sich Mrs. Sheridan nicht vorstellen konnte, wie er dorthin geraten war.

»Eins von euch Kindern muß ihn aus meiner Tasche stibitzt haben, ich weiß ganz genau – Schmelzkäse und Zitronenquark, hast du das?«

»Ja.«

»Ei und –« Mrs. Sheridan hielt den Umschlag von sich weg. »Das sieht wie Ochsen aus. Es können doch aber keine Ochsen sein, oder?«

»Oliven, Liebes«, sagte Laura, die ihr über die Schulter sah.

»Ja natürlich, Oliven. Klingt diese Zusammenstellung nicht schrecklich: Ei und Oliven?«

Schließlich waren die Fähnchen fertig, und Laura brachte sie in die Küche. Dort fand sie Jose dabei, die Köchin zu besänftigen, die aber durchaus nicht beängstigend aussah.

»Noch nie in meinem Leben habe ich solche delikaten Brote gesehen«, sagte Jose voller Begeisterung in der Stimme. »Wie viele Arten, sagten Sie, wären das? Fünfzehn?«

»Fünfzehn, Miss Jose.«

»Also, verehrte Köchin, ich gratuliere Ihnen.«

Die Köchin fegte mit dem langen Brotmesser ein paar Krusten beiseite und lächelte über das ganze Gesicht.

»Von Godber ist jemand da«, verkündete Sadie und stürzte aus der Vorratskammer hervor. Sie hatte den Mann am Fenster vorbeigehen sehen.

Das bedeutete, daß die Windbeutel da waren. Godbers waren für ihre Windbeutel bekannt. Keiner wäre je auf den Gedanken gekommen, welche selbst zu machen.

»Bring sie rein und leg sie auf den Tisch, Mädchen«, befahl die Köchin.

Sadie brachte sie herein und ging zurück zur Tür. Selbstverständlich waren Laura und Jose viel zu erwachsen, um sich aus solchen Sachen wirklich etwas zu machen. Dennoch mußten sie zugeben, daß die Windbeutel sehr verlockend aussahen. Ungeheuer verlockend! Die Köchin begann, sie zu arrangieren, und schüttelte den überschüssigen Puderzucker ab.

»Wecken sie nicht die Erinnerung an alle Kinderfeste?« fragte Laura.

»Das mag schon sein«, erwiderte die praktische Jose, die Erinnerungen nicht mochte. »Sie sehn wirklich herrlich weich und federleicht aus, das muß ich schon sagen.«

»Nehmt euch jede einen, meine Lieben«, sagte die Köchin mit ihrer angenehmen Stimme. »Ihre Mutter wird's nicht merken.«

Oh, unmöglich! Sich vorzustellen, Windbeutel so kurz nach dem Frühstück! Der bloße Gedanke ließ einen erschauern. Trotzdem leckten sich zwei Minuten später Jose und Laura die Finger ab mit jenem verklärten, verinnerlichten Blick, wie ihn nur Schlagsahne hervorbringen kann.

»Komm, gehn wir hinten hinaus in den Garten«, schlug Laura vor. »Ich möchte sehen, wie die Männer mit dem Zelt vorankommen. Das sind so schrecklich nette Leute.«

Aber die Hintertür wurde von der Köchin, Sadie, dem Boten von Godber und Hans versperrt.

Etwas war geschehen.

»Tuk-tuk-tuk«, gluckste die Köchin wie eine aufgeregte Henne. Sadie hielt die Hand ans Gesicht, als ob sie Zahnschmerzen hätte. Hans' Miene war verzerrt, so strengte er sich an zu verstehen. Nur der Bote von Godber schien sich gut zu unterhalten. Es war ja seine Neuigkeit.

»Was ist los? Was ist geschehn?«

»Es hat einen schrecklichen Unfall gegeben«, sagte die Köchin.

»Ein Mann ist getötet worden.«

»Ein Mann getötet! Wo? Wie? Wann?«

Doch der Bote von Godber wollte sich nicht seine Geschichte vor der Nase wegschnappen lassen.

»Sie kennen die kleinen Katen gleich hier unten, Miss?«
Ob sie die kannte? Natürlich kannte sie die. »Also, da wohnt
'n junger Mann, heißt Scott, 'n Fuhrmann. Sein Pferd scheute
vor 'ner Zugmaschine, heute früh an der Ecke der Hawke
Street, und er wurde runtergeschleudert, auf den Hinterkopf.
Tot.«

»Tot!« Laura blickte den Mann ganz starr an.

»Tot, als sie ihn aufhoben«, erzählte dieser genießerisch.
»Sie haben die Leiche grade heimgebracht, als ich hierherkam.« Und er wandte sich an die Köchin: »Er hinterläßt eine
Frau und fünf kleine Kinder.«

»Jose, komm hierher!« Laura erwischte ihre Schwester
am Ärmel und zog sie durch die Küche hinter die grün gepolsterte Tür. Dort blieb sie stehen und lehnte sich dagegen.
»Jose«, sagte sie voller Entsetzen. »Wie können wir nur alles
abblasen?«

»Alles abblasen, Laura!« rief Jose erstaunt. »Was soll das
heißen?«

»Das Gartenfest abblasen natürlich.« Warum tat Jose nur
so?

Doch Joses Erstaunen wuchs. »Das Gartenfest abblasen?
Aber Laura, sei doch nicht albern. Selbstverständlich können
wir nichts Derartiges tun. Das erwartet auch keiner. Sei bloß
nicht so überspannt.«

»Aber wir können doch ganz unmöglich ein Gartenfest
feiern – mit einem Toten direkt vor der Tür.«

Das war wirklich überspannt, denn die kleinen Katen standen in einer Gasse für sich am Fuße eines steilen Anstiegs,
der zu ihrem Haus führte. Dazwischen verlief eine breite
Straße. Stimmt, sie waren viel zu nahe. Sie boten wirklich
den häßlichsten Anblick, den man sich vorstellen konnte,
und sie hatten kein Recht darauf, überhaupt in der Nachbarschaft zu sein. Es waren kleine, gewöhnliche, schokoladen-

braun gestrichene Behausungen. In den Gartenstreifen gab es nur Kohlstrünke, kranke Hühner und Tomatenbüchsen. Selbst der Rauch, der aus ihren Schornsteinen stieg, war armselig. Kleine zerlumpte Rauchfetzen, ganz anders als die großen silbernen Rauchfahnen, die aus den Schornsteinen der Sheridans aufstiegen. Waschfrauen wohnten in der Gasse und Straßenkehrer und ein Flickschuster und ein Mann, dessen Hausfront mit winzigen Vogelbauern übersät war. Es wimmelte von Kindern. Als die Sheridans noch klein waren, war es ihnen verboten gewesen, ihren Fuß dorthin zu setzen, wegen der anstößigen Sprache und aus Angst davor, was sie sich dort holen könnten. Doch seit sie herangewachsen waren, gingen Laura und Laurie auf ihren Streifzügen manchmal durch. Abstoßend und schmutzig war es da. Hinterher schauderte es sie. Und dennoch mußte man überallhin gehen; mußte man alles sehen. Also gingen sie durch.

»Und denk doch bloß mal, wie die Kapelle auf die arme Frau wirken muß«, sagte Laura.

»Ach, Laura!« Jose wurde nun richtig ärgerlich. »Wenn du jedesmal, wenn jemand einen Unfall hat, eine Kapelle nicht spielen lassen willst, das wäre ein mühseliges Leben. Mir tut das genauso leid wie dir. Ich habe genausoviel Mitgefühl.« Ihre Augen wurden hart. Sie sah ihre Schwester an wie zu den Zeiten, als sie noch klein waren und sich balgten. »Du kannst keinen betrunkenen Arbeiter dadurch wieder zum Leben erwecken, daß du sentimental wirst«, sagte sie leise.

»Betrunken! Wer hat denn gesagt, daß er betrunken war?« fuhr Laura auf Jose los. Und sie sagte genau das, was sie seinerzeit bei solchen Gelegenheiten zu sagen pflegte: »Ich werde das gleich Mutter sagen.«

»Tu das«, girrte Jose.

»Mutter, kann ich hereinkommen?« Laura drehte den großen gläsernen Türknauf.

»Natürlich, mein Kind. Warum, was ist denn los? Warum siehst du so aus?« Und Mrs. Sheridan wandte sich von ihrem Toilettentisch um. Sie war dabei, einen neuen Hut aufzuprobieren.

»Mutter, ein Mann ist getötet worden«, begann Laura.

»Doch nicht etwa im Garten?« unterbrach sie die Mutter.

»Nein, nein!«

»Ach, wie du mich erschreckt hast!« Mrs. Sheridan seufzte erleichtert auf, setzte den großen Hut ab und hielt ihn auf den Knien.

»Hör doch, Mutter«, sagte Laura. Atemlos, mit halb erstickter Stimme, erzählte sie der Mutter die schreckliche Geschichte. »Natürlich können wir unser Fest nicht feiern, nicht wahr?« bat sie flehentlich. »Die Kapelle und wenn alle kommen. Sie würden uns hören, Mutter; es sind doch so gut wie Nachbarn!«

Zum Erstaunen Lauras reagierte die Mutter genau wie Jose. Das war noch schwerer zu ertragen, weil sie amüsiert zu sein schien. Sie nahm Laura einfach nicht ernst.

»Aber, mein liebes Kind, wo bleibt denn dein gesunder Menschenverstand? Wir haben doch nur zufällig davon erfahren. Wenn dort jemand ganz normal gestorben wäre – und ich kann mir einfach nicht vorstellen, wie sie in diesen engen kleinen Löchern überhaupt am Leben bleiben können –, würden wir doch trotzdem unser Fest feiern, nicht wahr?«

Laura mußte das bejahen. Dabei hatte sie aber das Gefühl, daß das ganz und gar nicht in Ordnung sei. Sie setzte sich auf das Sofa und zupfte an der Rüsche eines Kissens.

»Mutter, ist das nicht einfach furchtbar herzlos von uns?« fragte sie.

»Aber Liebling!« Mrs. Sheridan stand auf und kam zu ihr, den Hut in der Hand. Ehe Laura sie daran hindern konnte, hatte sie ihn ihr aufgesetzt. »Kind! Der Hut gehört dir. Er ist wie für dich gemacht. Er ist zu jugendlich für mich. So blendend hast du noch nie ausgesehn. Sieh dich an!« Und sie hielt ihr den Handspiegel vor.

»Aber Mutter«, begann Laura wieder. Sie konnte sich nicht ansehen, sie wandte sich ab.

Jetzt verlor Mrs. Sheridan genau wie Jose die Geduld.

»Du bist aber albern, Laura«, sagte sie kalt. »Solche Leute erwarten keine Opfer von uns. Und es zeugt nicht gerade von sehr viel Mitgefühl, allen das Vergnügen zu verderben, wie du es jetzt tust.«

»Das verstehe ich nicht«, sagte Laura, sie ging rasch aus dem Zimmer hinaus und in ihr eigenes Schlafzimmer. Das erste, was sie dort ganz zufällig erblickte, war dieses reizende Mädchen im Spiegel, mit dem schwarzen Hut, der mit goldenen Maßliebchen und einem langen schwarzen Samtband geschmückt war. Sie hätte sich nie träumen lassen, daß sie so aussehen konnte. Hat Mutter doch recht? dachte sie. Und jetzt hoffte sie, daß Mutter recht hätte. Bin ich wirklich überspannt? Vielleicht war sie überspannt. Für einen flüchtigen Augenblick sah sie wieder die arme Frau mit den kleinen Kindern vor sich und wie der Tote ins Haus getragen wurde. Doch das alles wirkte verschwommen, unwirklich, wie ein Bild aus der Zeitung. Ich will wieder daran denken, wenn das Fest vorbei ist, beschloß sie. Und irgendwie erschien ihr das die beste Lösung ...

Halb zwei war das Mittagessen vorbei. Halb drei waren sie alle gefechtsbereit. Die Musiker waren in grünen Röcken erschienen und in einer Ecke des Tennisplatzes untergebracht.

»Meine Liebe«, trällerte Kitty Maitland, »sehen sie nicht ganz und gar wie Frösche aus? Du hättest sie rund um den Teich setzen sollen und den Dirigenten in die Mitte auf ein Blatt.«

Laurie kam und rief ihnen einen Gruß zu, als er hineinging, um sich umzuziehen. Bei seinem Anblick fiel Laura wieder der Unfall ein. Sie wollte es ihm erzählen. Wenn Laurie wie die anderen dachte, dann mußte es einfach in Ordnung sein. Und sie folgte ihm in die Halle.

»Laurie!«

»Hallo!« Er war die Treppe schon halb oben, doch als er sich umdrehte und Laura erblickte, blies er die Backen auf und verdrehte die Augen. »Ehrenwort, Laura! Du siehst einfach umwerfend aus! Was für ein fabelhafter Hut!«

Laura hauchte nur: »Wirklich?«, lächelte Laurie zu und sagte es ihm nun doch nicht.

Bald darauf kamen die Leute in Scharen. Die Kapelle setzte ein, die gemieteten Kellner liefen zwischen Haus und Zelt hin und her. Wohin man sah, spazierten Paare umher, beugten sich zu den Blumen hinab, grüßten, gingen weiter über den Rasen. Sie glichen leuchtenden Vögeln, die sich auf ihrem Weg nach – ja, wohin? – für einen Nachmittag im Garten der Sheridans niedergelassen hatten. Ach, was für ein Glück ist es doch, mit lauter glücklichen Menschen zusammenzusein, Hände zu drücken, Wangen zu streicheln, in Augen zu lächeln!

»Laura, mein Liebling, wie gut du aussiehst!«

»Wie gut dir der Hut steht!«

»Laura, du siehst direkt spanisch aus. Du hast noch nie so großartig ausgesehn!«

Und Laura, glühend, antwortete leise: »Hast du schon Tee getrunken? Möchtest du nicht ein Eis haben? Dieses Eis ist wirklich etwas ganz Besonderes.« Sie lief zu ihrem Vater und bat ihn: »Liebster Daddy, können die Musiker nicht etwas zu trinken bekommen?«

Und langsam reifte der vollkommene Nachmittag, langsam welkte er, langsam schloß er seine Blüte.

»... noch nie ein entzückenderes Gartenfest ...« – »Wirklich gelungen ...« – »Das beste ...«

Laura half ihrer Mutter, die Gäste zu verabschieden. Sie standen nebeneinander auf der Veranda, bis alles vorbei war.

»So, das hätten wir hinter uns, Gott sei Dank!« sagte Mrs. Sheridan. »Laura, ruf die andern. Wir wollen frischen Kaffee trinken. Ich bin erledigt. Ja, es war ein voller Erfolg. Aber, ach, diese Parties, diese Parties! Warum besteht ihr Kinder immer darauf, Parties zu geben?« Und sie alle setzten sich in das leere Zelt.

»Nimm ein belegtes Brot, liebster Daddy. Ich hab die Fähnchen beschrieben.«

»Danke.« Mr. Sheridan tat einen kräftigen Biß, und das Brot war verschwunden. Er nahm noch eins. »Vermutlich habt ihr nichts von dem scheußlichen Unfall gehört, der heute passiert ist?« fragte er.

»Mein Lieber«, sagte Mrs. Sheridan und hob abwehrend die Hand, »wir haben davon gehört. Er hätte uns beinahe das Fest verdorben. Laura wollte unbedingt, daß wir's verschieben.«

»Ach Mutter!« Laura wollte nicht damit aufgezogen werden.

»Es war jedenfalls eine schreckliche Sache«, sagte Mr. Sheridan. »Zudem war der Mann verheiratet. Wohnte dort unten in der Gasse, hinterläßt eine Frau und ein halbes Dutzend Kinder, heißt es.«

Eine kurze peinliche Stille trat ein. Mrs. Sheridan machte sich an ihrer Tasse zu schaffen. Es war wirklich sehr taktlos von Vater ...

Plötzlich hob sie den Blick. Da – der Tisch stand voller belegter Brote, Kuchen, Gebäck, all das war übriggeblieben und würde weggeworfen werden. Sie hatte einen ihrer glänzenden Einfälle.

»Ich weiß was«, sagte sie. »Wir machen einen Korb zurecht und schicken dem armen Geschöpf ein paar von diesen köstlichen Sachen. Auf jeden Fall wird das für die Kinder ein Hochgenuß sein. Meint ihr nicht auch? Und bestimmt werden zu ihr Nachbarn kommen und so weiter. Wie gut, daß alles fix und fertig ist. Laura!« Sie sprang auf. »Hol den großen Korb aus dem Schrank unter der Treppe.«

»Aber Mutter, glaubst du wirklich, daß das eine gute Idee ist?« fragte Laura.

Wie seltsam, wieder schien sie anders zu sein als sie alle. Reste von ihrem Fest. Würde die arme Frau das wirklich mögen?

»Natürlich! Was ist nur heute mit dir los? Noch vor ein, zwei Stunden wolltest du partout, daß wir Mitgefühl zeigen sollten.«

Nun gut! Laura holte den Korb. Er wurde gefüllt, ihre Mutter überlud ihn bald.

»Bring ihn selbst hin, mein Liebling«, sagte sie. »Lauf los, so wie du bist. Nein, warte, nimm die Feuerlilien mit. Auf Leute dieser Klasse machen Feuerlilien einen mächtigen Eindruck.«

»Die Stiele werden ihr das Spitzenkleid verderben«, sagte die praktische Jose.

Allerdings. Noch zur rechten Zeit. »Dann nur den Korb. Und, Laura!« rief die Mutter, als sie ihr aus dem Zelt folgte, »und auf keinen Fall ...«

»Was, Mutter?«

Nein, lieber nicht dem Kind solche Gedanken in den Kopf setzen! »Nichts! Geh schon.«

Es wurde gerade dämmrig, als Laura die Gartentür hinter sich schloß. Ein großer Hund lief wie ein Schemen vorbei. Die Straße schimmerte weiß, und unten im Tal lagen die kleinen Hütten tief im Schatten. Wie still es ihr vorkam nach dem Nachmittag! Da ging sie nun hinab, dorthin, wo ein toter Mann lag, und sie konnte es nicht fassen. Warum nicht? Sie blieb einen Augenblick stehen. Und es kam ihr vor, als ob Küsse, Stimmen, Löffelklirren, Gelächter, der Geruch von zertretenem Gras irgendwie in ihr wären. Da war kein Raum für etwas anderes. Komisch! Sie schaute zu dem fahlen Himmel hinauf und dachte nichts als ›Ja, es war wirklich ein überaus gelungenes Fest!‹

Jetzt war die breite Straße überquert. Die Gasse begann, dunkel und verräuchert. Frauen in Umschlagtüchern und Männer mit Tweedmützen eilten vorüber. Über die Staketzäune lehnten Männer, in den Torwegen spielten Kinder. Aus den kleinen ärmlichen Katen kam ein leises Summen. In einigen war ein Lichtschein, und ein Schatten, krebsähnlich, huschte hinter dem Fenster vorbei. Laura senkte den Kopf und ging eilig weiter. Sie wünschte jetzt, daß sie einen Mantel angezogen hätte. Wie ihr Kleid schimmerte! Und der große Hut mit dem Samtband – wenn sie nur einen anderen Hut aufhätte! Waren die Blicke der Leute auf sie gerichtet? Ganz bestimmt. Es war ein Fehler, daß sie hierhergekommen war; sie wußte es schon die ganze Zeit über, daß es ein Fehler war. Sollte sie jetzt noch umkehren?

Nein, zu spät. Da war das Haus. Das mußte es sein. Ein dunkles Menschenknäuel stand davor. Neben dem Tor saß eine uralte Frau mit einem Krückstock in einem Lehnstuhl und beobachtete, was vorging. Die Füße hatte sie auf einer Zeitung. Die Stimmen verstummten, als Laura näher kam. Die Gruppe ging auseinander. Es war, als ob man sie erwartet hätte, als ob sie gewußt hätten, daß sie hierherkäme.

Laura war entsetzlich bange. Sie warf das Samtband über ihre Schulter und fragte eine in der Nähe stehende Frau: »Wohnt hier Mrs. Scott?« Und die Frau antwortete mit einem sonderbaren Lächeln: »Ja, mein Mädchen.«

Ach, wäre sie nur fort von hier! Und wahrhaftig sagte sie: »Lieber Gott, hilf mir!«, als sie den winzigen Pfad entlangging und anklopfte. Nur fort von diesen starrenden Augen, oder in irgend etwas eingehüllt sein, und wenn es in eins dieser Umschlagtücher wäre! Ich gebe nur den Korb ab und gehe wieder, beschloß sie. Ich werde nicht einmal warten, daß er ausgepackt wird.

Dann wurde die Tür geöffnet. In der Dunkelheit war eine kleine Frau in Schwarz zu sehen.

Laura sagte: »Sind Sie Mrs. Scott?« Doch zu ihrem Entsetzen antwortete die Frau: »Kommense bitte rein, Miss«, und da stand sie nun im Flur.

»Nein«, erwiderte Laura, »ich möchte nicht hineinkommen. Ich möchte nur diesen Korb abgeben. Meine Mutter hat...«

Die kleine Frau in dem dunklen Flur schien sie nicht gehört zu haben. »Hierlang, bitte, Miss«, sagte sie mit schmeichlerischer Stimme, und Laura folgte ihr.

Sie kam in eine kleine, niedrige, armselige Küche, die von einer rauchigen Lampe erhellt wurde. Am Feuer saß eine Frau.

»Emma«, sagte das kleine Wesen, das sie hereingelassen hatte. »Em! Da is 'ne junge Dame.« Sie wandte sich zu Laura. Sie sagte bedeutungsvoll: »Ich bin ihre Schwester, Miss. Sie entschuldigense, nich wahr?«

»Aber natürlich!« erwiderte Laura. »Bitte, bitte, stören Sie sie nicht. Ich – ich möchte nur...«

Doch in dem Augenblick drehte sich die Frau am Feuer um. Ihr Gesicht, verquollen, rot, mit geschwollenen Augen und geschwollenen Lippen, sah schrecklich aus. Es schien, als ob sie nicht verstehen könnte, warum Laura da war. Was bedeutete das? Warum stand diese Fremde da in der Küche mit einem Korb? Was sollte das alles? Und das arme Gesicht verzog sich wieder zum Weinen.

»Is gut, meine Liebe«, sagte die andere. »Ich werd der jungen Dame danken.«

Und wieder begann sie: »Sie nehm's ihr nich übel, Miss, nich wahr«, und ihr Gesicht, ebenfalls geschwollen, versuchte ein schmeichlerisches Lächeln.

Laura wollte nur hinaus, fort von hier. Sie war wieder im Flur. Die Tür ging auf. Sie kam geradewegs in das Schlafzimmer, wo der Tote lag.

»Sie möchten ihn gern sehn, nich wahr?« sagte Emmas Schwester, und sie drängte sich an Laura vorbei hinüber zum Bett. »Hamse keine Angst, Mädchen« – und jetzt klang ihre Stimme liebevoll verstohlen, und liebevoll zog sie das Laken weg –, »er sieht wie gemalt aus. Man sieht gar nischt. Kommense her, meine Liebe.«

Und Laura kam.

Da lag ein junger Mann in tiefem Schlaf, er schlief so tief, so fest, daß er weit, weit weg von ihnen beiden war. Oh, so entrückt, so friedlich. Er träumte. Weckt ihn nie wieder auf. Sein Kopf war aufs Kissen gesunken, die Augen geschlossen, sie waren blind unter den geschlossenen Lidern. Er war völlig seinem Traum hingegeben. Was bedeuteten ihm schon Gartenfeste und Körbe und Spitzenkleider? Er war weit weg von all diesen Dingen. Er war wunderbar, schön. Während sie lachten und während die Kapelle spielte, war dieses Wunder in die Gasse gekomen. Glücklich ... glücklich ... Alles ist gut, sagte das schlafende Gesicht. Genau, wie es sein sollte. Ich bin zufrieden.

Aber trotzdem mußte man weinen, und sie konnte nicht aus dem Zimmer gehen, ohne etwas zu ihm zu sagen. Laura schluchzte laut wie ein Kind.

»Vergib den Hut«, sagte sie.

Und dieses Mal wartete sie nicht auf Ems Schwester. Sie fand den Weg zur Tür hinaus, den Pfad entlang an all den düsteren Gestalten vorbei. An der Ecke der Gasse traf sie Laurie.

Er trat aus dem Schatten hervor. »Bist du's, Laura?«

»Ja.«

»Mutter machte sich langsam Sorgen. Alles in Ordnung?«

»Ja, völlig. Ach, Laurie!« Sie nahm seinen Arm und schmiegte sich an ihn.

»Hör mal, du weinst doch nicht etwa?« fragte der Bruder.

Laura schüttelte den Kopf. Sie weinte.

Laurie legte ihr den Arm um die Schulter. »Weine nicht«, sagte er mit seiner warmen, zärtlichen Stimme. »War es schrecklich?«

»Nein«, schluchzte Laura. »Es war einfach wundervoll. Aber, Laurie –«, sie blieb stehen und sah ihren Bruder an. »Ist das Leben nicht«, stammelte sie, »ist das Leben nicht ...« Doch wie das Leben war, konnte sie nicht erklären. Es machte nichts. Er verstand sie.

»Ja, nicht wahr, Liebling?« sagte Laurie.

MR. REGINALD PEACOCKS
GROSSER TAG

Wenn es etwas gab, was er ganz und gar nicht mochte, dann war es die Art, wie sie ihn morgens weckte. Natürlich war das Absicht. Auf diese Weise bewies sie ihren Groll für den Tag, und auf keinen Fall wollte er sie wissen lassen, wie erfolgreich sie damit war. Aber weiß der Himmel, es war direkt gefährlich, einen empfindsamen Menschen so zu wecken. Er brauchte Stunden, um darüber hinwegzukommen – geradezu Stunden! In einer zugeknöpften Kittelschürze kam sie in das Zimmer, ein Tuch um den Kopf – zum Zeichen, daß sie selbst seit dem Morgengrauen auf den Beinen war und schuftete –, und rief mit leiser, gebietender Stimme: »Reginald!«

»He! Was! Was ist denn? Was ist los?«

»Zeit zum Aufstehn. Es ist halb neun.« Schon ging sie wieder hinaus und schloß die Tür leise hinter sich, bestimmt, um sich an ihrem Triumph zu weiden.

Als er sich in dem großen Bett auf die andere Seite drehte, schlug sein Herz noch immer rasch und dumpf, und mit jedem Schlag fühlte er, wie seine Kraft schwand, wie seine – seine Inspiration für den Tag unter diesen dumpfen Schlägen verging. Sie schien eine hämische Freude daran zu haben, ihm das Leben schwerer zu machen, als es – weiß der Himmel – war, indem sie ihm seine Rechte als Künstler absprach und versuchte, ihn auf ihr Niveau herabzuziehen. Was war nur mit ihr los? Was zum Teufel wollte sie eigentlich? Hatte er jetzt nicht dreimal so viele Schüler wie damals, als sie frisch verheiratet waren, verdiente er nicht dreimal soviel, zahlte er nicht für jeden Knopf, den sie besaßen, und hatte er jetzt

nicht begonnen, für Adrians Kindergarten zu blechen? ...
Und hatte er ihr jemals vorgehalten, daß sie nicht einen Penny ihr eigen nannte? Mit keinem Wort – mit keiner Miene!
In Wahrheit war es so, daß eine Frau, hat man sie einmal geheiratet, unersättlich wird, und in Wahrheit war nichts verhängnisvoller für einen Künstler als die Ehe, jedenfalls bis er weit über die vierzig war ... Warum hatte er sie geheiratet? Diese Frage stellte er sich durchschnittlich so dreimal am Tag, aber er konnte sie nie zufriedenstellend beantworten. Sie hatte ihn in einem schwachen Augenblick gefangen, als das erste Eintauchen in die Wirklichkeit ihn eine Zeitlang bestürzt und überwältigt hatte. Wenn er zurückschaute, sah er ein rührendes junges Geschöpf, halb Kind, halb wilder, ungezähmter Vogel, völlig unfähig, mit Rechnungen, Gläubigern und all den unerquicklichen kleinen Dingen des Daseins umzugehen. Nun, sie hatte ihr Bestes getan, ihm die Flügel zu stutzen, wenn ihr das eine Genugtuung war, und sie konnte sich zum Erfolg dieser Frühmorgennummer gratulieren. Man sollte zögernd, mit Feingefühl wecken, dachte er und kroch tief in das warme Bett. Er fing an, sich eine Reihe bezaubernder Szenen vorzustellen, die damit endeten, daß seine neueste, reizendste Schülerin ihm ihre bloßen, duftenden Arme um den Hals schlang und ihn mit ihrem langen, wohlriechenden Haar bedeckte. »Wach auf, mein Lieb!« ...

Während das Wasser in die Wanne lief, prüfte Reginald Peacock, seiner täglichen Gewohnheit folgend, seine Stimme.

> Wenn die Mutter vorm lachenden Spiegel
> die Bänder ihr schnürt, das Haar ihr flicht ...

sang er, zuerst verhalten, auf die Färbung der Töne lauschend. Er schonte seine Stimme, bis er zum dritten Vers kam:

Da denkt sie oft: Dies wilde Ding, ach, wär's getraut ...

Bei dem Wort ›getraut‹ brach er in solch ein Triumphgeschrei aus, daß der Zahnputzbecher auf dem Wandbord im Bad wackelte und sogar der Wasserhahn stürmischen Applaus auszuströmen schien ...

Nun, mit seiner Stimme war alles in Ordnung, dachte er, sprang in die Wanne und seifte sich den weichen rosa Körper von oben bis unten mit einem Schwamm ein, der wie ein Fisch aussah. Er hätte Covent Garden damit füllen können! »Getraut!« schmetterte er wieder, ergriff das Handtuch mit einer großartigen Operngeste und sang weiter, während er sich abrieb, als wäre er Lohengrin, der, von einem unvorsichtigen Schwan ins Wasser gekippt, sich jetzt in größter Hast abtrocknete, ehe diese lästige Elsa auftauchte ...

Wieder im Schlafzimmer, zog er mit einem Ruck die Jalousie hoch. Dann stand er da in dem bleichen Viereck voll Sonnenlicht, das wie ein Blatt cremefarbenes Löschpapier auf dem Teppich lag, und begann mit der Gymnastik – er atmete tief, beugte sich vor und zurück, hockte sich hin wie ein Frosch und streckte die Beine aus; denn wenn es etwas gab, wovor ihm graute, dann war es das Dickwerden, und Männer seines Berufes neigten in erschreckendem Maße dazu. Zur Zeit jedoch war davon nichts zu spüren. Er war, stellte er fest, gerade richtig, hatte genau die passenden Maße. In der Tat konnte er sich eines wohlgefälligen Schauders nicht erwehren, als er sich im Spiegel sah, in Cutaway, dunkelgrauen Hosen, grauen Socken und schwarzer Krawatte mit einem Silberfaden darin. Nicht daß er eitel gewesen wäre – er konnte eitle Männer nicht ausstehen – nein, ganz und gar nicht. Sein Anblick bereitete ihm das Gefühl einer rein ästhetischen Zufriedenheit. »Voilà tout!« sagte er und strich mit der Hand über sein glattes Haar.

Diese kleine, leichte französische Wendung, die so leicht wie ein Rauchwölkchen seinen Lippen entstieg, erinnerte ihn daran, daß ihn am Abend zuvor erneut jemand gefragt hatte, ob er Engländer sei. Es schien den Leuten schwerzufallen zu glauben, daß er kein südliches Blut habe. Es stimmte schon, sein Gesang verriet eine gefühlvolle Färbung, die nichts von einem typischen Engländer an sich hatte ... Die Türklinke knarrte und wurde hin und her gedreht. Adrians Kopf schob sich plötzlich herein.

»Bitte, Vater, die Mutter sagt, das Frühstück ist fertig, bitte.«

»Ausgezeichnet«, sagte Reginald. Dann, gerade als Adrian verschwand: »Adrian!«

»Ja, Vater.«

»Du hast nicht guten Morgen gesagt.«

Vor einigen Monaten hatte Reginald ein Wochenende bei einer überaus aristokratischen Familie verbracht, wo der Vater seine kleinen Söhne am Morgen mit einem Händedruck empfing. Reginald fand diese Sitte bezaubernd und führte sie unverzüglich ein. Aber Adrian kam sich furchtbar albern dabei vor, jeden Morgen seinem eigenen Vater die Hand geben zu müssen. Und warum gebrauchte sein Vater ihm gegenüber immer so eine Art Singsang, anstatt zu sprechen? ...

In ausgezeichneter Stimmung betrat Reginald das Eßzimmer und setzte sich vor einen Stoß Briefe, eine Nummer der ›Times‹ und eine kleine zugedeckte Schüssel. Er warf einen Blick auf die Briefe und dann auf sein Frühstück, zwei dünne Scheiben Speck und ein Ei.

»Ißt du denn keinen Speck?« fragte er.

»Nein, ich mag lieber einen kalten Bratapfel. Ich muß nicht jeden Morgen Speck essen.«

Sollte das etwa heißen, daß auch er nicht jeden Morgen Speck zu essen brauchte und daß sie grollte, welchen für ihn machen zu müssen?

»Wenn du das Frühstück nicht zubereiten willst«, sagte er, »warum nimmst du dir dann kein Mädchen? Du weißt, wir können es uns leisten, und du weißt auch, wie zuwider mir das ist, wenn ich sehen muß, wie meine Frau die Arbeit macht. Nur weil mit all den Frauen, die wir bisher hatten, nichts los war und sie meine Ordnung vollständig durcheinanderbrachten und es nahezu unmöglich machten, daß ich hier Schüler empfing, hast du es aufgegeben, eine anständige Frau zu suchen. Es ist doch nicht unmöglich, ein Dienstmädchen anzulernen, nicht wahr? Ich meine, das erfordert doch kein Genie?«

»Aber ich mache die Arbeit lieber selbst. Das Leben ist dann viel friedlicher ... Beeil dich, Adrian, mein Liebling, mach dich für die Schule fertig.«

»Ach nein, das ist's nicht!« Reginald tat, als lächelte er. »Du machst die Arbeit selber, weil es dir aus irgendeinem unerfindlichen Grunde Spaß macht, mich zu erniedrigen. Objektiv gesehen weißt du das vielleicht nicht, aber subjektiv ist das so.« Die letzte Bemerkung entzückte ihn derart, daß er einen Briefumschlag mit einem Anstand öffnete, als ob er auf der Bühne wäre ...

Verehrter Mr. Peacock!

Mir ist, als ob ich nicht schlafen gehen könne, ehe ich Ihnen nicht nochmals für die einzigartige Freude gedankt habe, die Ihr Gesang mir heute abend bereitet hat. Einfach unvergeßlich! Sie machen mich neugierig, wie ich es seit meiner Kindheit nicht mehr war, ob das *alles* ist. Ich meine, ob diese gemeine Welt *alles* ist. Ob nicht vielleicht diejenigen unter uns, die verstehen, göttliche Schönheit und Vielfalt erwartet, wenn wir nur den *Mut* haben, sie zu sehen. Und sie zu der unseren zu machen ... Das Haus ist so still. Ich wünschte, Sie wären jetzt hier, damit ich Ihnen persönlich danken könnte.

Sie vollbringen etwas Großes. Sie lehren die Welt, dem Leben zu entfliehen.

Ihre ergebenste
Aenone Fell

P. S. Ich bin diese Woche jeden Nachmittag zu Hause ...

Der Brief war mit violetter Tinte auf dickes, handgeschöpftes Papier gekritzelt. Und wieder hob Eitelkeit, dieser glänzende Vogel, die Schwingen, hob sie, bis er glaubte, die Brust werde ihm gesprengt.

»Nun gut, wir wollen uns nicht streiten«, sagte er und streckte tatsächlich seiner Frau eine Hand hin.

Aber sie hatte nicht genug Größe, darauf einzugehen.

»Ich muß mich beeilen und Adrian in die Schule bringen«, sagte sie. »Dein Zimmer ist fertig.«

Also gut, dann eben offener Krieg zwischen ihnen. Doch er wollte verdammt sein, wenn er den Anfang machte, es wieder einzurenken!

Er ging in seinem Zimmer auf und ab und wurde erst wieder ruhig, als er die Wohnungstür sich hinter Adrian und seiner Frau schließen hörte. Wenn das so weiterging, mußte er natürlich eine andere Regelung finden. Das war klar. So in Fesseln geschlagen, wie er war, wie konnte er da der Welt helfen, dem Leben zu entfliehen? Er öffnete das Klavier und sah nach, welche Schüler am Morgen kämen. Miss Betty Brittle, die Gräfin Wilkowska und Miss Marian Morrow. Sie waren bezaubernd, alle drei.

Pünktlich halb elf läutete es. Er ging zur Tür. Miss Betty Brittle stand davor, ganz in Weiß, die Noten in einem Futteral aus blauer Seide.

»Ich fürchte, ich bin zu früh da«, sagte sie, scheu errötend, und öffnete weit ihre großen blauen Augen, »nicht wahr?«

»Aber nicht doch, meine Teuerste. Ich bin entzückt«, sagte Reginald. »Wollen Sie nicht hereinkommen?«

»Es ist so ein himmlischer Morgen«, sagte Miss Brittle. »Ich bin durch den Park gegangen. Die Blumen waren einfach wunderbar.«

»Dann denken Sie an die Blumen, wenn Sie Ihre Übungen singen«, sagte Reginald, als er sich ans Klavier setzte. »Das wird Ihrer Stimme Farbe und Wärme geben.«

Ach, was für eine bezaubernde Idee! Mr. Peacock war einfach ein Genie! Sie öffnete die hübschen Lippen und begann wie ein Stiefmütterchen zu singen.

»Sehr gut, wirklich sehr gut«, sagte Reginald und schlug Akkorde an, die einen hartgesottenen Sünder in höhere Gefilde tragen würden. »Runden Sie die Töne ab. Nur keine Angst. Lassen Sie sie nachklingen, hauchen Sie sie wie Parfüm!«

Wie hübsch sie aussah, wie sie in ihrem weißen Kleid dastand, den kleinen blonden Kopf neigte und ihre milchige Kehle zeigte.

»Üben Sie manchmal vor dem Spiegel?« fragte Reginald. »Sie sollten das tun, wissen Sie. Das macht die Lippen beweglicher. Kommen Sie hierher!«

Sie gingen zum Spiegel und standen nebeneinander.

»Und jetzt singen Sie: mu-i-ku-i-u-i-e!«

Doch ihr versagte die Stimme, und sie errötete, schöner denn je.

»Ach«, rief sie, »ich kann nicht. Ich komme mir so albern vor. Ich muß da lachen. Ich sehe wirklich zu komisch aus!«

»Nein, überhaupt nicht. Keine Angst«, sagte Reginald, aber auch er lachte ein freundliches Lachen. »Jetzt versuchen Sie's noch einmal!«

Die Stunde verflog nur so, und Betty Brittle legte ihre Scheu völlig ab.

»Wann kann ich wiederkommen?« fragte sie, als sie die

Noten wieder in das Futteral aus blauer Seide band. »Ich möchte jetzt so viele Stunden wie nur möglich nehmen. Ach, Mr. Peacock, es macht mir einfach zu großen Spaß. Darf ich übermorgen kommen?«

»Meine Teuerste, ich wäre entzückt«, sagte Reginald, als er sie unter Verbeugungen hinausgeleitete.

Ein wunderbares Mädchen! Und als sie vor dem Spiegel gestanden hatten, hatte ihr weißer Ärmel seinen schwarzen gestreift. Er konnte, ja tatsächlich, er konnte die warme, glühende Stelle spüren, und er strich darüber. Sie liebte die Stunden. Seine Frau kam herein.

»Reginald, kannst du mir Geld geben? Ich muß die Milchrechnung bezahlen. Und bist du heute abend zum Essen da?«

»Ja, du weißt ja, ich singe heute halb zehn bei Lord Timbuck. Kannst du mir klare Brühe mit Ei machen?«

»Ja. Und das Geld, Reginald. Acht Shilling und sechs Pence.«

»Das ist aber viel, findest du nicht auch?«

»Nein, genau so viel, wie es sein muß. Und Adrian braucht Milch.«

Da hatte er es wieder – es ging wieder los. Jetzt ergriff sie auch noch für Adrian gegen ihn Partei.

»Ich wünsche nicht im geringsten, meinem Kind die nötige Menge Milch zu versagen«, sagte er. »Hier sind zehn Shilling.«

Es läutete. Er ging zur Tür.

»Ach«, sagte die Gräfin Wilkowska »die Stufen. Ich bin ganz außer Atem«. Und sie legte die Hand aufs Herz, als sie ihm ins Musikzimmer folgte. Sie war ganz in Schwarz, mit einem kleinen schwarzen Hut mit wehendem Schleier und mit Veilchen an der Brust.

»Lassen Sie mich heute keine Übungen singen«, rief sie und hob die Hände auf ihre entzückende fremdländische Art.

»Nein, heute möchte ich nur Lieder singen ... Und darf ich die Veilchen ablegen? Sie welken so schnell.«

»Sie welken so schnell – sie welken so schnell«, spielte Reginald auf dem Klavier.

»Darf ich sie hierhin stellen?« fragte die Gräfin und ließ sie in eine kleine Vase fallen, die vor einer von Reginalds Fotografien stand.

»Meine Teuerste, ich wäre entzückt!«

Sie begann zu singen, und alles ging gut, bis sie zu der Stelle kam: »Du liebst mich. Ja, ich *weiß*, daß du mich liebst!« Er ließ die Hände von den Tasten sinken, drehte sich um und sah sie an.

»Nein, nein, so nicht. Sie können es doch besser«, rief Reginald voller Eifer. »Sie müssen singen, als wären Sie verliebt. Hören Sie zu, ich will versuchen, es Ihnen zu zeigen.« Und er sang.

»Ach ja, ja, ich weiß, was Sie meinen«, stammelte die kleine Gräfin. »Darf ich's noch einmal probieren?«

»Gewiß. Keine Angst. Lassen Sie sich gehen. Offenbaren Sie sich. Ergeben Sie sich stolz!« übertönte er die Musik. Und sie sang.

»Ja, das war besser. Doch ich glaube, daß Sie es immer noch besser können. Versuchen Sie's mit mir zusammen. Es muß auch eine Art frohlockende Herausforderung dabeisein – fühlen Sie das nicht?« Und sie sangen zusammen. Ah! jetzt verstand sie es ganz bestimmt. »Kann ich's noch mal probieren?«

»Du liebst mich. Ja, ich *weiß*, daß du mich liebst.«

Die Stunde war um, ehe diese Stelle richtig saß. Die kleinen fremdländischen Hände zitterten, als sie die Notenblätter zusammenlegten.

»Vergessen Sie nicht Ihre Veilchen«, sagte Reginald weich.

»Ja, ich denke, ich will sie vergessen«, erwiderte die Gräfin und biß sich auf die Unterlippe. Wie faszinierend diese fremdländischen Frauen waren!

»Und am Sonntag werden Sie zu mir kommen und musizieren?« fragte sie.

»Meine Teuerste, ich werde entzückt sein!«

> Weint nicht mehr, ihr traurigen Bächlein,
> warum fließet ihr so schnell dahin?

sang Miss Marian Morrow, aber ihre Augen füllten sich mit Tränen, und ihr Kinn bebte.

»Singen Sie jetzt nicht«, sagte Reginald. »Ich will es für Sie spielen.« Er spielte so weich.

»Ist etwas nicht in Ordnung?« fragte Reginald. »Sie sind heute morgen nicht so richtig froh.«

Nein, das war sie nicht, ihr war ganz elend zumute.

»Wollen Sie mir's nicht sagen?«

Es war wirklich nichts Besonderes. Sie hatte manchmal solche Stimmungen, daß das Leben fast unerträglich zu sein schien.

»Oh, ich weiß«, sagte er, »wenn ich nur helfen könnte!«

»Aber Sie helfen mir doch, ganz bestimmt, das tun Sie! Ach, wenn nicht diese Musikstunden wären, ich glaube nicht, daß ich weiterleben könnte!«

»Setzen Sie sich in den Sessel, genießen Sie den Veilchenduft, und lassen Sie mich für Sie singen. Das wird Ihnen genauso guttun wie eine Stunde.«

Warum waren nicht alle Männer wie Mr. Peacock?

»Ich habe gestern abend nach dem Konzert ein Gedicht geschrieben, nur so, was ich fühlte. Natürlich nichts *Persönliches*. Darf ich es Ihnen schicken?«

»Meine Teuerste, ich wäre entzückt!«

Als der Nachmittag zu Ende ging, war er müde und lag auf

dem Sofa, um seine Stimme auszuruhen, ehe er sich umkleiden mußte. Die Tür seines Zimmers stand offen. Er konnte Adrian und seine Frau im Eßzimmer reden hören.

»Weißt du, woran mich die Teekanne erinnert, Mutti? Sie erinnert mich an ein kleines kauerndes Kätzchen.«

»Wirklich, Mr. Närrisch?«

Reginald nickte ein. Telefonläuten weckte ihn.

»Hier ist Aenone Fell. Mr. Peacock, ich habe eben erfahren, daß Sie heute abend bei Lord Timbuck singen. Wollen Sie bei mir essen, und wir können dann zusammen hinfahren?« Und die Worte seiner Erwiderung fielen wie Blüten ins Telefon.

»Meine Teuerste, ich wäre entzückt.«

Was für ein erfolgreicher Abend! Das kleine Essen tête-à-tête mit Aenone Fell, die Fahrt zu Lord Timbucks Haus in ihrem weißen Automobil, als sie ihm nochmals für die unvergeßliche Freude dankte! Erfolg über Erfolg! Und Lord Timbucks Sekt floß nur so.

»Noch etwas Champagner, Peacock«, sagte Lord Timbuck. Peacock, wohlgemerkt, nicht Mr. Peacock, sondern Peacock, als wäre er ihresgleichen. Und war er es nicht auch? Er war Künstler. Er konnte sie alle beherrschen. Und lehrte er nicht sie alle, dem Leben zu entfliehen? Wie er sang! Und als er sang, sah er wie in einem Traum ihre Federn und Blumen und Fächer, wie sie ihm dargeboten, vor ihn gelegt wurden wie ein riesiges Bukett.

»Noch ein Glas Wein, Peacock.«

›Ich hätte jede haben können, wenn ich nur mit dem Finger gewinkt hätte‹, dachte Peacock, als er hochgestimmt nach Hause wankte.

Aber als er sich in die dunkle Wohnung einließ, begann sein wunderbares Hochgefühl zu schwinden. Er machte im Schlafzimmer Licht. Seine Frau lag da und schlief, ganz auf ihre Seite des Bettes gedrückt. Plötzlich fiel ihm ein, wie sie, als er ihr gesagt hatte, daß er zum Essen ausginge, geäußert hatte: »Das hättest du mir auch früher sagen können!« Und wie er geantwortet hatte: »Kannst du nicht wenigstens einmal mit mir sprechen, ohne den guten Ton zu verletzen?« Es war unglaublich, dachte er, daß sie sich so wenig aus ihm machte – unglaublich, daß sie nicht im geringsten an seinen Erfolgen und seiner künstlerischen Laufbahn interessiert war. So viele Frauen an ihrer Stelle hätten sonst etwas darum gegeben ... Ja, er wußte das ... Warum sollte man das nicht zugeben? ... Und da lag sie, eine Feindin, sogar im Schlaf ... ›Muß das immer so sein?‹ dachte er, immer noch unter dem Einfluß des Champagners. ›Ach, wenn wir nur Freunde wären, was könnte ich ihr jetzt nicht alles erzählen! Von diesem Abend, auch von Timbucks Art mir gegenüber und allem, was man zu mir gesagt hat, und so weiter und so fort. Wenn ich nur das Gefühl hätte, daß sie hier wäre, damit ich zu ihr zurückkehren kann, daß ich mich ihr anvertrauen könnte, und so weiter und so fort.‹

In seinem Gefühlsüberschwang zog er einen Lackschuh aus und schleuderte ihn einfach in die Ecke. Der Lärm weckte seine Frau und ließ sie erschrocken hochfahren. Sie setzte sich, strich sich das Haar zurück. Und plötzlich entschloß er sich, es noch einmal zu versuchen, sie als Freundin zu behandeln, ihr alles zu erzählen, sie zu gewinnen. Er setzte sich auf die Bettkante und ergriff eine ihrer Hände. Aber von all den großartigen Dingen, die er zu sagen hatte, konnte er kein einziges herausbringen. Aus irgendeinem teuflischen Grunde waren die einzigen Worte, die er hervorbrachte: »Meine Teuerste, ich wäre so entzückt – so entzückt!«

EINE TASSE TEE

Rosemary Fell war nicht eigentlich schön. Nein, schön hätte man sie nicht nennen können. Hübsch? Na ja, wenn man sie auseinandernahm... Aber warum denn so grausam sein und jemanden auseinandernehmen? Sie war jung, gescheit, äußerst modern, ausgesprochen gut gekleidet, erstaunlich belesen im Neuesten vom Neuen, und ihre Gesellschaften stellten die phantastischste Mischung dar von wirklich angesehenen Leuten und... Künstlern – seltsamen Gestalten, Entdeckungen von ihr, einige davon unbeschreiblich greulich, aber andere ganz präsentabel und amüsant.

Rosemary war seit zwei Jahren verheiratet. Sie hatte einen ganz süßen Jungen. Nein, nicht Peter – Michael. Und ihr Mann vergötterte sie geradezu. Sie waren reich, wirklich reich, nicht nur mit allerhand Gütern gesegnet, was abscheulich spießig ist und sich nach Großvaters Zeiten anhört. Doch wenn Rosemary einkaufen gehen wollte, dann fuhr sie nach Paris, so wie unsereins in die Bond Street ging. Wenn sie Blumen kaufen wollte, dann hielt ihr Wagen vor diesem hochnoblen Geschäft in der Regent Street, und drin im Laden beäugte Rosemary alles auf ihre verwirrende, ziemlich exotische Art und sagte: »Ich möchte die und die und die. Geben Sie mir vier Sträuße von denen da. Und diesen Krug Rosen. Ja, ich möchte alle Rosen aus dem Krug. Nein, keinen Flieder. Ich hasse Flieder. Er ist so unförmig.« Der Verkäufer verneigte sich und räumte den Flieder aus den Augen, als ob das nur zu wahr wäre; Flieder war schrecklich unförmig. »Geben Sie mir diese kurzstengligen kleinen Tulpen. Die roten und weißen da.« Und ein dünnes Ladenmädchen folgte ihr zum Auto, es schwankte unter der Last eines riesigen weißen Pakets auf den Armen, das an ein Baby in langem weißem Kleidchen erinnerte ...

An einem Winterabend hatte sie etwas in einem kleinen Antiquitätengeschäft in der Curzon Street gekauft. Es war ein Laden ganz nach ihrem Geschmack. Zum einen hatte man ihn gewöhnlich ganz für sich. Zum andern bereitete es dem Inhaber geradezu ein lächerliches Vergnügen, sie zu bedienen. Er strahlte immer, wenn sie kam. Er faltete die Hände; kaum daß er sprechen konnte, so erfreut war er. Natürlich Schmeichelei. Trotzdem war da etwas ...

»Sehen Sie, Madam«, pflegte er in leisem, respektvollem Ton zu erklären, »ich liebe meine Dinge. Eher möchte ich mich nicht davon trennen, als daß ich sie jemandem verkaufe, der sie nicht zu schätzen weiß, dem das feine Empfinden fehlt, das so selten ist ...« Und tief atmend rollte er ein winziges, viereckiges Stückchen blauen Samt auf und drückte es mit blassen Fingerspitzen auf die gläserne Ladentafel.

Heute war es eine kleine Dose. Er hatte sie für sie aufgehoben. Er hatte sie noch niemandem gezeigt. Eine köstliche kleine Emaildose mit einer so feinen Glasur, daß sie wie aus Creme gebacken aussah. Auf dem Deckel stand eine zierliche Gestalt, ein Jüngling, unter einem blühenden Baum, und eine noch zierlichere Gestalt hatte ihre Arme um seinen Hals geschlungen. Ihr Hut, beileibe nicht größer als ein Geranienblatt, hing an einem Zweig; er hatte grüne Bänder. Und über ihren Köpfen schwebte wie ein wachsamer Cherub eine rosarote Wolke. Rosemary streifte die langen Handschuhe ab. Sie zog immer die Handschuhe aus, wenn sie derlei begutachtete. Ja, die Dose gefiel ihr sehr. Sie fand sie entzückend; sie war ganz allerliebst. Sie mußte sie haben. Und wie sie so die cremefarbene Dose drehte und wendete, den Deckel auf- und zumachte, konnte sie nicht umhin festzustellen, wie reizend sich doch ihre Hände von dem blauen Samt abhoben. Der

Händler mochte ganz im geheimen gewagt haben, das gleiche zu denken. Denn er nahm einen Bleistift, beugte sich über den Ladentisch, und seine blassen, blutleeren Finger krochen scheu auf diese rosigen, strahlenden zu, als er leise murmelte: »Wenn ich Madam die Blumen auf dem Mieder der kleinen Dame zeigen dürfte.«

»Entzückend!« Rosemary bewunderte die Blumen. Aber wie hoch wäre denn der Preis? Einen Augenblick schien der Händler nichts zu hören. Dann drang ein Murmeln zu ihr: »Achtundzwanzig Guineen, Madam.«

»Achtundzwanzig Guineen.« Rosemary regte sich nicht. Sie stellte die kleine Dose auf den Ladentisch; sie knöpfte die Handschuhe wieder zu. Achtundzwanzig Guineen. Auch wenn man reich ist ... Ihr Blick verriet nichts. Über den Kopf des Inhabers hinweg starrte sie wie eine plumpe Henne auf einen plumpen Teekessel, und ihre Stimme klang träumerisch, als sie antwortete: »Nun ja, heben Sie die Dose für mich auf – ja? Ich ...«

Aber der Händler hatte sich schon verneigt, als ob die Dose für sie aufzuheben das Höchste wäre, was ein menschliches Wesen erbitten könnte. Er wäre natürlich bereit, sie auf ewig für sie aufzuheben.

Die diskrete Tür schloß sich mit einem Klicken. Rosemary stand wieder draußen auf den Stufen und starrte in den winterlichen Nachmittag. Es regnete, und es schien, als käme mit dem Regen auch die Dunkelheit und rieselte wie feine Asche herab. Ein kalter, bitterer Geschmack hing in der Luft, und die eben angezündeten Lampen sahen traurig aus. Auch in den Häusern gegenüber waren die Lichter traurig. Sie brannten trübe, als bedauerten sie etwas. Und die Leute hasteten vorbei, unter abscheulichen Schirmen verborgen. Rosemary spürte einen merkwürdig stechenden Schmerz. Sie preßte den Muff an die Brust; sie wünschte, sie hätte auch die kleine Dose, um sich daran festzuhalten. Selbstverständlich stand der Wagen da. Sie brauchte nur über den Bürgersteig zu gehen. Aber sie wartete noch. Es gibt Augenblicke im Leben, schreckliche Augenblicke, wenn man aus der Geborgenheit heraustritt und hinausschaut, und das ist einfach schrecklich. Man sollte ihnen nicht erliegen. Man sollte nach Hause gehen und einen besonders guten Tee trinken. Doch just bei dem Gedanken stand ein junges Mädchen, dünn, dunkel, schattenhaft – woher war sie nur gekommen? – dicht neben Rosemary, und eine Stimme hauchte, als seufzte, ja schluchzte sie beinahe: »Madam, dürfte ich Sie einen Augenblick sprechen?«

»Mich sprechen?« Rosemary wandte sich um. Sie sah ein kleines, ausgezehrtes Geschöpf mit riesigen Augen, ganz jung, nicht älter als sie, das mit geröteten Händen den Mantelkragen umkrampfte und zitterte, als wäre es gerade aus dem Wasser gekommen.

»M-madam«, stammelte die Stimme. »Würden Sie mir das Geld für eine Tasse Tee geben?«

»Eine Tasse Tee?« In der Stimme lag etwas Einfaches, Aufrichtiges; es war ganz und gar nicht die Stimme einer Bettlerin. »Dann haben Sie wohl überhaupt kein Geld?« fragte Rosemary.

»Keins, Madam«, kam die Antwort.

»Wie merkwürdig!« Rosemary spähte durch die Dämmerung, und das Mädchen starrte sie ihrerseits an. Wie überaus merkwürdig! Und plötzlich kam es Rosemary wie ein Abenteuer vor. Wie aus einem Roman Dostojewskis, diese Begegnung in der Dämmerung. Und wenn sie nun das Mädchen mit nach Hause nähme? Und wenn sie nun wirklich mal so etwas täte, wovon sie ständig las oder was sie dauernd auf der Bühne sah, was dann? Es wäre aufregend. Und zum Erstaunen ihrer Freunde hörte sie sich hinterher sagen:

»Ich hab sie einfach mit nach Hause genommen«, als sie einen Schritt vortrat und zu der verschwommenen Gestalt neben sich sagte: »Kommen Sie mit zu mir nach Hause zum Tee.«

Das Mädchen wich erschrocken zurück. Sie hörte sogar für einen Augenblick zu zittern auf. Rosemary streckte eine Hand aus und berührte sie am Arm. »Ich meine das ganz im Ernst«, sagte sie lächelnd. Und sie spürte, wie einfach und freundlich ihr Lächeln war. »Warum wollen Sie denn nicht? Kommen Sie doch. Fahren Sie jetzt im Auto mit zu mir nach Hause zum Tee.«

»Das – das ist doch nicht Ihr Ernst, Madam«, sagte das Mädchen, und Schmerz schwang in ihrer Stimme.

»Aber ja!« rief Rosemary. »Ich möchte, daß Sie mitkommen. Mir zuliebe. Kommen Sie nur!«

Das Mädchen legte die Finger an den Mund und verschlang Rosemary förmlich mit den Augen. »Sie – Sie – bringen mich nicht zur Polizei?« stammelte sie.

»Zur Polizei!« Rosemary lachte laut auf. »Warum sollte ich denn so grausam sein? Nein, ich möchte Sie nur aufwärmen und – alles hören, was Sie mir erzählen wollen.«

Hungrige Menschen lassen sich leicht lenken. Der Diener hielt den Wagenschlag auf, und einen Augenblick später glitten sie durch die Dämmerung.

»Na also!« sagte Rosemary. Ein Gefühl des Triumphs durchzog sie, als sie die Hand in den Samtgurt schob. Genausogut hätte sie sagen können: Jetzt hab ich dich, als sie die kleine Gefangene betrachtete, die ihr ins Netz gegangen war. Aber sie meinte es natürlich freundlich. Sie würde dem Mädchen beweisen, daß – im Leben tatsächlich wunderbare Dinge geschahen, daß – es wirklich gute Feen gab, daß – reiche Leute ein Herz hatten und daß Frauen einander Schwestern waren. Impulsiv wandte sie sich dem Mädchen zu und sagte: »Sie brauchen keine Angst zu haben. Warum sollten Sie schließlich nicht mit zu mir kommen? Wir sind doch beide Frauen. Wenn ich die vom Glück begünstigtere bin, sollten Sie erwarten...«

Aber zum Glück, denn sie wußte nicht, wie der Satz weitergehen sollte, hielt in dem Augenblick das Auto. Die Glocke wurde geläutet, die Tür ging auf, und mit einer bezaubernden, schützenden, beinahe umarmenden Gebärde zog Rosemary die andere in die Halle. Wärme, Weichheit, Licht, Wohlgeruch, all diese Dinge, die ihr so vertraut waren, daß sie nie auch nur einen Gedanken daran verschwendete, sah sie die andere in sich aufnehmen. Es war faszinierend. Sie glich dem reichen kleinen Mädchen im Kinderzimmer, wo es all die Schränke aufzumachen, all die Schachteln auszupacken gab.

»Kommen Sie, kommen Sie hinauf«, sagte Rosemary im Verlangen, mit dem Großzügigsein zu beginnen. »Kommen Sie hinauf in mein Zimmer.« Und außerdem wollte sie es diesem armen kleinen Ding ersparen, von den Dienstboten angestarrt zu werden. Als sie die Treppen hinaufstiegen, beschloß sie, nicht einmal nach Jeanne zu läuten, sondern ihre Sachen selbst auszuziehen. Es kam ganz darauf an, natürlich zu sein!

Und »Na also!« rief Rosemary wieder, als sie ihr schönes, geräumiges Schlafzimmer betraten, wo die Vorhänge zugezogen waren, der Schein des Feuers auf den wunderbaren Lackmöbeln spielte, auf den goldenen Kissen und den blaßgelben Teppichen.

Das Mädchen war an der Tür stehengeblieben; es schien benommen zu sein. Aber Rosemary störte sich nicht daran.

»Kommen Sie und setzen Sie sich doch«, rief sie und zog den großen Sessel ans Feuer, »setzen Sie sich hierher in diesen Sessel. Kommen Sie schon und wärmen Sie sich. Sie sehen so schrecklich erfroren aus.«

»Ich trau mich nicht, Madam«, sagte das Mädchen und trat einen Schritt zurück.

»Ach, bitte« – Rosemary lief zu ihr –, »Sie dürfen keine Angst haben, wirklich nicht. Setzen Sie sich, und wenn ich abgelegt habe, gehen wir nach nebenan, trinken Tee und machen es uns gemütlich. Wovor haben Sie denn Angst?« Und halb schob sie mit sanfter Gewalt die magere Gestalt in die tiefe Mulde des Sessels.

Aber es kam keine Antwort. Das Mädchen verharrte genauso, wie es hingesetzt worden war, die Hände an der Seite, den Mund leicht geöffnet. Offen gestanden, sah sie ziemlich dümmlich aus. Rosemary wollte das aber nicht wahrhaben. Mit den Worten: »Möchten Sie nicht Ihren Hut ablegen?«, beugte sie sich über sie. »Ihr hübsches Haar ist ja ganz naß. Und man fühlt sich doch auch so viel wohler ohne Hut, nicht wahr?«

Da ließ sich ein Flüstern vernehmen, das wie »Sehr wohl, Madam«, klang, und der zerbeulte Hut wurde abgenommen.

»Und lassen Sie mich Ihnen auch aus dem Mantel helfen«, sagte Rosemary.

Das Mädchen stand auf. Aber mit einer Hand hielt sie sich am Sessel fest und ließ Rosemary ziehen. Es strengte direkt an, da ihr die andere kaum dabei half. Wie ein kleines Kind schien sie hin und her zu schwanken, und Rosemary fuhr es durch den Sinn, daß Leute, die Hilfe wollten, auch selbst ein bißchen etwas dazutun müßten, nur ein bißchen, sonst wurde es wahrhaftig sehr schwierig. Und was sollte sie nun mit dem Mantel anfangen? Sie ließ ihn auf dem Fußboden liegen, ebenso den Hut. Sie wollte sich gerade eine Zigarette vom Kaminsims nehmen, als das Mädchen schnell, doch so leicht und sonderbar sagte: »Entschuldigen Sie, Madam, aber mir wird ganz schwach. Ich falle um, Madam, wenn ich nichts zu essen bekomme.«

»Du lieber Himmel! Wie rücksichtslos von mir!« Rosemary stürzte zur Klingel.

»Tee! Auf der Stelle den Tee! Und sofort Kognak!«

Das Dienstmädchen war gegangen, als das Mädchen beinahe aufschrie: »Nein, ich möchte keinen Kognak! Ich trinke niemals Kognak. Was ich möchte, ist eine Tasse Tee, Madam.« Und sie brach in Tränen aus.

Ein schrecklicher und doch faszinierender Augenblick. Rosemary kniete sich neben dem Sessel hin.

»Weinen Sie nicht, Sie armes kleines Ding«, sagte sie. »Nicht weinen.« Und sie gab der anderen ihr Spitzentaschentuch. Sie war wirklich unsäglich gerührt. Sie legte den Arm um diese mageren, vogelgleichen Schultern.

Jetzt vergaß die andere endlich ihre Scheu, vergaß alles außer dem einen, daß sie beide Frauen waren, und stieß hervor: »Ich kann nicht mehr so weitermachen. Ich halte das nicht aus. Ich halt das einfach nicht mehr aus. Ich bring mich um. Ich kann das nicht mehr aushalten.«

»Das brauchen Sie auch nicht. Ich werde mich um Sie kümmern. Hören Sie auf zu weinen. Sehn Sie nicht, wie gut es war, daß Sie mir begegnet sind? Wir trinken jetzt Tee, und Sie erzählen mir alles. Und ich werde etwas unternehmen. Das verspreche ich Ihnen. Nun hören Sie doch zu weinen auf! Das ist so zermürbend. Bitte!«

Die andere hörte gerade zeitig genug damit auf, daß Rosemary aufstehen konnte, ehe der Tee gebracht wurde. Sie ließ den Tisch zwischen beide stellen. Sie traktierte das arme kleine Ding mit allem, mit Sandwiches, mit Butterbroten, und immer, wenn die Tasse des Mädchens leer war, füllte sie sie mit Tee, Sahne und Zucker. Es hieß immer, Zucker wäre so nahrhaft. Sie selbst aß nichts; sie rauchte und blickte taktvoll beiseite, damit sich die andere nicht genieren sollte.

Und die Wirkung dieser leichten Mahlzeit war tatsächlich wunderbar. Als der Teetisch fortgeräumt worden war, ruhte in dem mächtigen Sessel ein neues Wesen, ein zartes, zerbrechliches Geschöpf mit wirrem Haar, dunklen Lippen, tiefen, leuchtenden Augen, ruhte da gleichsam in wohliger Ermattung und schaute in die Flammen. Rosemary steckte sich eine neue Zigarette an; nun galt es zu beginnen.

»Wann hatten Sie denn zuletzt etwas gegessen?« fragte sie sanft.

In dem Augenblick jedoch drehte sich der Türknauf.

»Rosemary, darf ich hereinkommen?« Es war Philip.

»Natürlich.«

Er trat ein. »Oh, Verzeihung!« sagte er und blieb mit großen Augen stehen.

»Schon gut«, erwiderte Rosemary lächelnd. »Das ist eine Bekannte, Miss –«

»Smith, Madam«, sagte die wohlig schlaffe Gestalt, die so sonderbar still und furchtlos war.

»Smith«, fuhr Rosemary fort. »Wir wollen ein wenig miteinander plaudern.«

»O ja«, sagte Philip, »freilich.« Und sein Blick fiel auf den Hut und den Mantel auf dem Fußboden. Er kam zum Feuer herüber und stellte sich mit dem Rücken dazu. »Ein gräßlicher Nachmittag«, wagte er sich neugierig vor. Sein Blick hing noch immer an der reglosen Gestalt, schweifte über ihre Hände und Schuhe und kehrte dann zu Rosemary zurück.

»Ja, nicht wahr?« sagte Rosemary voller Begeisterung. »Scheußlich.«

Philip lächelte sein gewinnendes Lächeln. »Eigentlich wollte ich dich für einen Augenblick in die Bibliothek bitten. Ja? Entschuldigen Sie uns einen Augenblick, Miss Smith?«

Die großen Augen waren auf ihn gerichtet, aber Rosemary antwortete für sie: »Aber selbstverständlich.« Und sie gingen miteinander aus dem Zimmer.

»Also«, sagte Philip, als sie allein waren. »Nun erklär mal. Wer ist sie? Was soll das ganze heißen?«

Rosemary lehnte lachend an der Tür und erwiderte: »Ich hab sie in der Curzon Street aufgelesen. Wirklich. Sie ist eine richtige Zufallsbekanntschaft. Sie bat mich um Geld für eine Tasse Tee, und da hab ich sie eben mit nach Hause gebracht.«

»Aber was um alles in der Welt willst du mit ihr machen?« rief Philip.

»Nett zu ihr sein«, antwortete Rosemary rasch. »Furchtbar nett zu ihr sein. Mich um sie kümmern. Ich weiß zwar nicht, wie. Wir haben noch nicht miteinander geredet. Aber ihr zeigen – sie behandeln – ihr das Gefühl geben –«

»Mein Schatz«, sagte Philip, »du bist ja verrückt. So geht das doch nicht.«

»Ich wußte, daß du das sagen würdest«, entgegnete Rosemary. »Warum denn nicht? Ich möchte aber. Ist das nicht ein Grund? Und außerdem liest man ständig von so etwas. Ich habe beschlossen –«

»Aber«, sagte Philip gedehnt, und er schnitt das Ende der Zigarre ab, »sie ist so sagenhaft hübsch.«

»Hübsch?« Rosemary war so erstaunt, daß sie errötete. »Findest du? Das – das ist mir gar nicht aufgefallen.«

»Du lieber Gott!« Philip zündete ein Streichholz an. »Sie ist einfach entzückend. Sieh sie dir noch mal an, mein Kind. Mich hat es eben umgeworfen, als ich in dein Zimmer kam. Immerhin ... Ich glaube, du bist im Begriff, einen schlimmen Fehler zu machen. Entschuldige, Liebling, wenn ich ungehobelt und all so was bin. Aber gib mir Bescheid, ob Miss Smith mit uns ißt, damit ich rechtzeitig in ›The Milliner's Gazette‹ nachsehen kann.«

»Du alberner Kerl!« Rosemary verließ die Bibliothek, ging aber nicht zurück in ihr Schlafzimmer, sondern in ihr Schreibzimmer und setzte sich an den Schreibtisch. Hübsch! Einfach entzückend! Hat ihn umgeworfen! Das Herz schlug ihr wie eine tonnenschwere Glocke. Hübsch! Entzückend! Sie zog das Scheckbuch zu sich heran. Aber nein, Schecks wären natürlich sinnlos. Sie öffnete ein Fach und nahm fünf Pfundnoten heraus, schaute sie an, legte zwei davon zurück und kehrte, die drei in der Hand zusammengepreßt, in ihr Schlafzimmer zurück.

Eine halbe Stunde später war Philip noch in der Bibliothek, als Rosemary hereinkam.

»Ich wollte dir nur sagen«, bemerkte sie, wieder an die Tür gelehnt, und sah ihn mit ihrem bestürzenden exotischen Blick an, »Miss Smith wird heute abend nicht mit uns speisen.«

Philip legte die Zeitung weg. »Oh, was ist passiert? War wohl schon woanders eingeladen?«

Rosemary kam zu ihm herüber und setzte sich auf sein Knie. »Sie wollte unbedingt gehen, also hab ich dem armen kleinen Ding Geld gegeben. Ich konnte sie doch nicht gegen ihren Willen dabehalten, oder?« setzte sie leise hinzu.

Rosemary war frisch frisiert, hatte die Augen ein wenig nachgedunkelt und die Perlen umgelegt. Sie hob die Hände, strich Philip übers Gesicht. »Magst du mich?« fragte sie, und ihre süße belegte Stimme bekümmerte ihn.

»Ich mag dich furchtbar sehr«, sagte er und drückte sie fester an sich. »Küß mich.«

Schweigen.

Dann sagte Rosemary träumerisch: »Ich hab heute eine hinreißende kleine Dose gesehen. Für achtundzwanzig Guineen. Krieg ich die?«

Philip ließ sie auf seinem Knie hopsen. »Ja, kleine Verschwenderin.«

Aber das war es eigentlich gar nicht, was Rosemary hatte sagen wollen.

»Philip«, flüsterte sie, und sie drückte seinen Kopf an ihre Brust, »bin ich *hübsch*?«

DILLGURKE

Und dann, nach sechs Jahren sah sie ihn wieder. Er saß an einem dieser Bambustischchen, die eine japanische Vase mit Papiernarzissen schmückte. Vor sich hatte er einen großen Teller mit Obst, und sehr sorglich, auf eine Art, die sie sofort als seine ›Eigenart‹ wiedererkannte, schälte er eine Apfelsine.

Er mußte den Schrecken gespürt haben, der sie beim Wiedererkennen durchfuhr, denn er sah auf und begegnete ihrem Blick. Unglaublich! Er kannte sie nicht! Sie lächelte; er runzelte die Stirn. Sie trat auf ihn zu. Einen winzigen Augenblick lang schloß er die Augen, als er sie jedoch öffnete, strahlte sein Gesicht, als hätte er in einem dunklen Kämmerchen ein Streichholz angezündet. Er legte die Apfelsine hin, schob den Stuhl zurück, und sie zog ihre kleine warme Hand aus dem Muff und reichte sie ihm.

»Vera!« stieß er hervor. »Wie merkwürdig! Für einen Moment hatte ich dich wirklich nicht erkannt. Möchtest du dich nicht setzen? Hast du schon gegessen? Möchtest du nicht eine Tasse Kaffee trinken?«

Sie zögerte, aber natürlich wollte sie.

»Ja, ich hätte gern einen Kaffee.« Und sie setzte sich ihm gegenüber.

»Du hast dich verändert. Du hast dich sehr verändert«, sagte er, den lebhaften, strahlenden Blick starr auf sie gerichtet. »Du siehst gut aus. So gut hast du noch nie ausgesehen.«

»Wirklich?« Sie schlug den Schleier zurück und knöpfte den hohen Pelzkragen auf. »Mir ist aber nicht besonders gut. Ich kann dieses Wetter nicht vertragen, weißt du.«

»O nein. Du haßt die Kälte ...«

»Verabscheue sie.« Sie schauderte. »Und das schlimmste dabei ist, je älter man wird ...«

Er unterbrach sie – »entschuldige« – und klopfte auf den Tisch, um die Kellnerin zu rufen. »Bringen Sie bitte Kaffee und Sahne.« Zu ihr gewandt: »Du willst wirklich nichts essen? Vielleicht etwas Obst? Das Obst ist hier sehr gut.«

»Nein danke. Nichts.«

»Dann wäre das erledigt.« Und mit einem eine Spur zu übertriebenen Lächeln widmete er sich wieder der Apfelsine. »Du hast gerade gesagt – je älter man wird ...«

»Desto kälter«, lachte sie. In Gedanken aber weilte sie bei der lebhaften Erinnerung an diese seine Angewohnheit – die Angewohnheit, sie zu unterbrechen – und wie sie sich vor sechs Jahren immer darüber geärgert hatte. Ihr war dann gewöhnlich gewesen, als ob er ihr urplötzlich, mitten in ihrer Rede, die Hand auf den Mund legte, sich von ihr abwandte, etwas völlig anderes erledigte und dann die Hand wieder wegnahm, um ihr mit genau demselben ein wenig übertriebenen Lächeln wieder seine Aufmerksamkeit zu schenken ... nun sind wir bereit. Das wäre erledigt.

»Desto kälter!« Auch er lachte, als er ihre Worte wiederholte. »Ah, ah! Du sagst noch immer dieselben Sachen. Und da ist noch etwas an dir, was sich überhaupt nicht geändert hat – deine entzückende Stimme – deine entzückende Art zu reden.« Jetzt war er sehr ernst. Er beugte sich zu ihr hinüber, und sie nahm den warmen, stechenden Geruch der Apfelsinenschale wahr. »Du brauchst nur ein einziges Wort zu sagen, und unter allen anderen Stimmen würde ich deine Stimme heraushören. Ich weiß nicht, was es ist – ich habe oft darüber nachgedacht –, was deine Stimme zu so ... zu so einer Erinnerung macht, die einen nicht losläßt ... Weißt du noch, dieser erste Nachmittag, den wir zusammen in Kew Gardens verbracht haben? Du warst so verwundert, weil ich von keiner Blume den Namen kannte. Ich bin immer noch genauso unwissend, trotz allem, was du mir gesagt hast. Aber immer, wenn es sehr warm ist und schön und ich leuchtende Farben sehe – es ist ganz komisch –, höre ich deine Stimme sagen: ›Geranie, Ringelblume und Eisenkraut.‹ Und ich habe das Gefühl, diese drei Worte sind alles, was mir von der vergessenen, himmlischen Sprache gegenwärtig ist ... Kannst du dich noch auf diesen Nachmittag besinnen?«

»O ja, sehr gut.« Sie tat einen langen, leisen Atemzug, als ob die künstlichen Narzissen zwischen ihnen beinahe unerträglich süß dufteten. Doch was ihr im Gedächtnis geblieben war von jenem besonderen Nachmittag, war eine alberne Szene am Teetisch. Eine Menge Leute beim Tee in einer chinesischen Pagode, und er gebärdete sich wie ein Wahnsinniger wegen der Wespen – er fuchtelte mit den Armen, um sie zu vertreiben, hieb mit seinem Strohhut auf sie ein, ganz ernsthaft und in blinder Wut, die in gar keinem Verhältnis zum Anlaß stand. Zum Ergötzen all der kichernden Teetrinker. Während sie gelitten hatte, gelitten!

Jetzt aber, als er sprach, verblaßte diese Erinnerung. Seine kam der Wahrheit näher. Ja, es war ein wunderbarer Nachmittag gewesen, voll von Geranien und Ringelblumen und Eisenkraut und – warmem Sonnenschein. In Gedanken verweilte sie bei den letzten beiden Wörtern, sang sie förmlich.

In der Wärme entfaltete sich gleichsam noch eine Erinnerung. Sie sah sich auf einer Wiese sitzen. Er lag neben ihr, und nach langem Schweigen wälzte er sich auf einmal herum und legte den Kopf in ihren Schoß.

»Ich wünschte«, sagte er in leisem, bekümmertem Ton, »ich wünschte, ich hätte Gift genommen und es ginge ans Sterben – hier und jetzt!«

In diesem Augenblick schlüpfte ein kleines weißgekleidetes Mädchen mit einer langen tropfenden Seerose hinter einem Strauch hervor, starrte sie an und kroch wieder davon. Aber er sah nichts von alledem. Sie beugte sich über ihn.

»Oh, warum sagst du das? Ich könnte so etwas nicht sagen.«

Er aber stöhnte leise, faßte nach ihrer Hand und hob sie an sein Gesicht.

»Weil ich weiß, daß ich dich zu sehr lieben werde – viel zu sehr. Und ich werde so schrecklich leiden, Vera, weil du mich nie, niemals lieben wirst.«

Ganz sicher sah er jetzt viel besser aus als damals. All die verträumte Unbestimmtheit und Unentschlossenheit hatte er verloren. Jetzt hatte er das Auftreten eines Mannes, der seinen Platz im Leben gefunden hat und ihn mit einem Vertrauen und einer Sicherheit ausfüllt, die, gelinde gesagt, Eindruck machten. Er mußte auch zu Geld gekommen sein. Seine Kleidung war vortrefflich, und in diesem Augenblick zog er ein russisches Zigarettenetui aus der Tasche.

»Möchtest du rauchen?«

»Ja.« Ihre Hände zögerten. »Sie sehen sehr gut aus.«

»Ich denke schon. Ich lasse sie von einem kleinen Mann in der St. James's Street für mich anfertigen. Ich rauche nicht sehr viel. Im Unterschied zu dir – aber wenn ich rauche, dann müssen die Zigaretten köstlich sein, sehr frisch. Rauchen ist bei mir keine Gewohnheit, sondern Luxus – wie Parfüm. Hast du noch immer diese Vorliebe für Parfüm? Ach, als ich in Rußland war ...«

Sie fiel ein: »Du bist wirklich in Rußland gewesen?«

»O ja. Über ein Jahr war ich dort. Hast du denn vergessen, wie wir immer davon gesprochen hatten, dorthin zu fahren?«

»Nein, das habe ich nicht vergessen.«

Er ließ ein sonderbares halbes Lachen hören und lehnte sich zurück. »Ist das nicht komisch, ich habe wirklich all die Reisen gemacht, die wir geplant hatten. Ja, ich bin überall dort gewesen, wovon wir gesprochen hatten, und bin auch lange genug geblieben, um – wie du immer gesagt hast – mich dort gründlich ›durchzulüften‹. Ja, die letzten drei Jahre meines Lebens bin ich immerzu auf Reisen gewesen. Spanien, Korsika, Sibirien, Rußland, Ägypten. Das einzige Land, was noch fehlt, ist China, und wenn der Krieg vorbei ist, habe ich vor, auch dorthin zu fahren.«

Wie er so leicht dahinsprach und dabei die Zigarettenspitze am Aschenbecher abklopfte, spürte sie das eigentümliche Wesen, das so lange in ihrer Brust geschlummert hatte, sich regen, sich strecken, gähnen, die Ohren spitzen, plötzlich auf die Füße springen und seinen sehnsüchtigen, hungrigen Blick in diese Fernen richten. Aber alles, was sie mit einem leichten Lächeln sagte, war: »Wie ich dich beneide!«

Er war's zufrieden. »Es war großartig, besonders in Rußland. Rußland war ganz genauso, wie wir es uns vorgestellt hatten, und noch viel, viel schöner. Ich bin sogar ein paar Tage auf einem Schiff auf der Wolga gefahren. Erinnerst du dich noch an das Lied dieses Schiffers, das du immer gespielt hast?«

»Ja.« Es begann in ihr zu tönen, als sie sprach.

»Spielst du es jetzt noch manchmal?«

»Nein, ich habe kein Klavier.«

Das erstaunte ihn. »Aber was ist denn aus deinem wunderbaren Klavier geworden?«

Sie verzog leicht das Gesicht. »Verkauft. Schon ewig.«

»Du warst aber doch so vernarrt in Musik«, wunderte er sich.

»Ich habe jetzt keine Zeit dafür«, erwiderte sie.

Er ließ es dabei bewenden. »So ein Leben auf dem Fluß«, fuhr er fort, »ist etwas ganz Besonderes. Nach ein oder zwei Tagen kann man sich gar nicht mehr vorstellen, daß man je anderes gekannt hat. Und dazu muß man nicht die Sprache kennen – das Bootsleben knüpft ein Band zwischen dir und den Leuten, das mehr als ausreichend ist. Du ißt mit ihnen, verbringst den Tag mit ihnen, und am Abend wird dann gesungen, unentwegt gesungen.«

Sie schauderte, sie hörte das Lied des Schiffers wieder laut und trauervoll aufsteigen und sah das Schiff auf dem dunkler werdenden Fluß dahintreiben, düstere Bäume zu beiden Ufern ... »Ja, das würde mir gefallen«, sagte sie und streichelte den Muff.

»Dir würde nahezu alles am russischen Leben gefallen«, meinte er daraufhin mit Wärme. »Es ist so zwanglos, so impulsiv, so frei ohne jeden Zweifel. Und dann, die Bauern sind großartig. Sie sind so richtige Menschen – ja, das ist's. Sogar der Mann, der deinen Wagen lenkt, hat – hat wirklich Anteil an dem, was vor sich geht. Ich kann mich an einen Abend erinnern, als wir, zwei Freunde von mir und von dem einen die Frau, zum Picknick ans Schwarze Meer fuhren. Wir nahmen das Abendbrot mit und Champagner und aßen und tranken im Gras. Und wie wir da saßen und aßen, kam der Kutscher zu uns. ›Nehmen Sie doch eine Dillgurke‹, sagte er. Er wollte mit uns teilen. Das erschien mir so angemessen – so – du weißt, was ich meine?«

Und in diesem Augenblick schien sie an dem geheimnisumwobenen Schwarzen Meer im Gras zu sitzen, schwarz wie Samt plätscherten die stillen Wellen gegen die Ufer. Sie sah die Kutsche am Straßenrand und die kleine Gruppe im Gras, Gesichter und Hände weiß im Mondlicht. Sie sah das helle Kleid der Frau, übers Gras hingebreitet, und ihren zusammengeklappten Sonnenschirm wie eine riesige Perlmutthäkelnadel im Gras liegen. Etwas abseits, ein Tuch mit seinem Abendbrot auf den Knien, saß der Kutscher. »Nehmen Sie doch eine Dillgurke«, sagte er, und obgleich sie nicht genau wußte, was eine Dillgurke war, sah sie das grünlich schimmernde Glasgefäß, durch das eine rote Pfefferschote wie ein Papageienschnabel leuchtete. Ihr zog es den Mund zusammen; die Dillgurke war furchtbar sauer ...

»Ja, ich weiß genau, was du meinst«, sagte sie.

In dem darauffolgenden Schweigen sahen sie einander an. Wenn sie sich früher so angeschaut hatten, war zwischen ihnen ein so grenzenloses Verstehen spürbar geworden, daß ihre Seelen sich gleichsam umschlungen hielten und im selben Meer versanken, zum Ertrinken bereit wie zwei trauernde Liebende. Überraschend war allerdings, daß er sich jetzt zurückhielt. Er, der sagte: »Wie wunderbar du zuhören kannst! Wenn du mich mit diesen wilden Augen ansiehst, habe ich das Gefühl, daß ich dir Dinge erzählen könnte, die ich einem anderen Menschen nie anvertrauen würde.«

Lag in seiner Stimme ein winziger Hauch von Spott, oder bildete sie sich das nur ein? Sie war sich nicht sicher.

»Ehe ich dich kennenlernte«, sagte er, »hatte ich nie mit jemandem über mich gesprochen. Wie gut habe ich die eine Nacht in Erinnerung behalten, die Nacht, als ich dir das Weihnachtsbäumchen gebracht hatte; da habe ich dir alles über meine Kindheit erzählt. Und auch davon, wie mir so jämmerlich zumute war, daß ich ausriß und, ohne entdeckt zu werden, zwei Tage unter einem Pferdewagen in unserem Hof zubrachte. Und du hast zugehört, und deine Augen leuchteten, und mir war, als hättest du wie im Märchen sogar das Tannenbäumchen zum Zuhören gebracht.«

Von jenem Abend aber war ihr eine kleine Dose Kaviar in Erinnerung geblieben. Sie hatte sieben Shilling und sechs Pence gekostet. Das konnte er einfach nicht begreifen. Denk doch bloß – so eine winzige Dose für sieben Shilling und sechs Pence. Begeistert und empört zugleich sah er ihr beim Essen zu.

»Nein, wirklich, das heißt ja geradezu Geld essen. Sieben Shilling gehen in ein Näpfchen dieser Größe ja gar nicht rein. Denk nur mal an den Profit, den das einbringen muß...« Und er hatte ungeheuer komplizierte Berechnungen angestellt... Doch jetzt ade Kaviar. Der Tannenbaum stand auf dem Tisch, und der kleine Junge lag unter der Kutsche, als Kopfkissen diente ihm der Hofhund.

»Der Hund hieß Bosun«, rief sie voller Entzücken.

Aber er konnte ihr nicht folgen. »Welcher Hund? Hattest du denn einen Hund? An einen Hund kann ich mich überhaupt nicht erinnern.«

»Nein, nein, ich meine den Hofhund, als du ein kleiner Junge warst.« Er lachte und ließ das Zigarettenetui zuschnappen.

»Ja? Weißt du, daß ich das vergessen hatte? Das scheint eine Ewigkeit her zu sein. Ich kann einfach nicht glauben, daß es nur sechs Jahre her ist. Als ich dich heute wiedererkannt hatte, mußte ich einen gewaltigen Satz machen – mußte ich mit einem Satz mein ganzes Leben überspringen, um zu jener Zeit zurückzufinden. Ich war damals ein solches Kind.« Er trommelte auf den Tisch. »Ich habe oft daran gedacht, wie ich dich gelangweilt haben muß. Und jetzt ist mir völlig klar, warum du mir so einen Brief geschrieben hattest, wenn mir dieser Brief damals auch förmlich den Todesstoß versetzt hatte. Ich habe ihn neulich wiedergefunden, und ich mußte einfach lachen, als ich ihn las. Er war so treffend – gab ein so wahres Bild von mir.« Er schaute auf. »Du willst doch nicht etwa gehen?«

Sie hatte den Pelzkragen wieder zugeknöpft und den Schleier vors Gesicht gezogen.

»Ja, ich muß leider«, sagte sie und brachte sogar ein Lächeln zustande. Jetzt wußte sie, daß er sich nur lustig gemacht hatte.

»Ach nein, bitte nicht«, bat er. »Bleib wenigstens noch einen Augenblick«, und er hob einen ihrer Handschuhe vom Tisch auf und hielt ihn krampfhaft fest, als würde sie das am Weggehn hindern. »Ich komme jetzt mit so wenig Leuten zusammen, mit denen ich reden kann, daß ich so etwas wie ein Barbar geworden bin«, sagte er. »Habe ich etwas gesagt, was dich gekränkt hat?«

»Nicht die Spur«, log sie. Aber als sie ihm zusah, wie er sacht, ganz sacht ihren Handschuh durch die Finger zog, schwand tatsächlich ihr Unwille, und dazu glich er in diesem Augenblick mehr dem Mann von vor sechs Jahren...

»Was ich damals am liebsten gewollt hätte«, sagte er, »am liebsten wäre ich so etwas wie ein Teppich gewesen – hätte mich für dich in so etwas wie einen Teppich verwandelt, damit du darauf treten konntest und dir spitze Steine und der Schlamm, die dir so verhaßt waren, nichts zuleide taten. Das allein war wirklich – es war ganz egoistisch. Wenn ich noch etwas wünschte, dann nur, mich schließlich in einen Zauberteppich zu verwandeln und dich in alle diese Länder zu tragen, die du sehen wolltest.«

Als er sprach, hob sie den Kopf, als tränke sie etwas; das seltsame Wesen in ihrer Brust begann zu schnurren...

»Ich spürte, daß du so einsam warst wie niemand sonst auf der Welt«, fuhr er fort, »daß du aber vielleicht als einziger Mensch auf der Welt wirklich und wahrhaftig lebendig warst. Zur falschen Zeit geboren«, murmelte er und streichelte den Handschuh, »dem Untergang geweiht.«

O Gott! Was hatte sie getan! Wie hatte sie wagen können, ihr Glück so wegzuwerfen Er war der einzige Mann, der sie je verstanden hatte. War es zu spät? Konnte es zu spät sein? *Sie* war der Handschuh, den er da hielt...

»Und dann der Umstand, daß du keine Freunde hattest und dich nie andern angeschlossen hattest. Wie gut habe ich das verstanden, ging es mir doch genauso. Ist das jetzt noch so?«

»Ja«, hauchte sie. »Genauso. Ich bin allein wie eh und je.«

»Ich auch«, lachte er leise, »genauso.«

Plötzlich gab er ihr mit einer raschen Bewegung den Handschuh wieder und scharrte mit dem Stuhl über den Fußboden. »Doch was mir damals so rätselhaft erschienen war, ist mir jetzt völlig klar. Und dir natürlich auch ... Wir sind ganz einfach große Egoisten gewesen, ganz mit uns selbst beschäftigt, so von uns eingenommen, daß in unsern Herzen für niemanden sonst Platz blieb. Weißt du,« rief er naiv, herzlich und glich wieder auf schreckliche Weise einer anderen Seite seines alten Ich, »als ich in Rußland war, habe ich damit begonnen, mich mit einem System der Gemüter, der Denkweisen zu beschäftigen, dabei habe ich entdeckt, daß wir keineswegs außergewöhnlich waren. Es ist eine recht bekannte Form von ...«

Sie war gegangen. Wie vom Donner gerührt, unsäglich erstaunt saß er da ... Und dann bat er die Kellnerin um die Rechnung.

»Aber die Sahne ist nicht angerührt worden«, sagte er. »Die setzen Sie bitte nicht mit drauf.«

PSYCHOLOGIE

Als sie die Tür öffnete und ihn da stehen sah, freute sie sich wie noch nie, und auch er schien sehr, sehr froh zu sein, als er ihr ins Atelier folgte.
»Nicht bei der Arbeit?«
»Nein. Wollte gerade Tee trinken.«
»Und Sie erwarten auch niemanden?«
»Gar niemanden.«
»Ah! Fein.«
Er legte Hut und Mantel sachte, ja gemächlich ab, als hätte er Zeit, ausreichend Zeit für alles, oder als wolle er sich für immer davon verabschieden. Dann trat er ans Feuer und streckte die Hände den hurtigen, züngelnden Flammen entgegen.

Einen Augenblick lang standen sie beide still in dem zukkenden Lichtschein. Auf ihren lächelnden Lippen schmeckten sie gleichsam noch das süße Erschrecken der Begrüßung. Ihre geheimen Ichs flüsterten: »Warum sollten wir denn sprechen? Ist das nicht genug?«
»Mehr als genug. Bis zu diesem Augenblick habe ich nie gemerkt...«
»Wie gut das tut, einfach so bei dir zu sein...«
»Es ist wie...«
»Es ist mehr als genug.«
Aber plötzlich drehte er sich um und sah sie an, und sie ging rasch woandershin.
»Eine Zigarette? Ich setze nur mal den Kessel auf. Haben Sie schon großen Teedurst?«
»Nein. Nicht gerade.«
»Hm, aber ich.«

»Ach, Sie!« Er versetzte dem armenischen Kissen einen ordentlichen Knuff und warf sich auf den Diwan. »Sie sind ja eine richtige kleine Chinafrau.«

»O ja«, lachte sie. »Ich bin genauso auf Tee versessen wie starke Männer auf Wein.«

Sie zündete die Lampe unter dem weiten orangefarbenen Schirm an, zog die Vorhänge zu und rückte den Teetisch heran. Zwei Vögel sangen im Kessel; das Feuer flackerte. Er setzte sich auf und umklammerte seine Knie. Es war köstlich – diese ganze Sache mit dem Teetrinken –, und bei ihr gab es immer so leckere Sachen – herzhafte Sandwiches, süße mürbe Mandelstangen und einen dunklen, schweren Kuchen, der nach Rum schmeckte –, allerdings war es eine Unterbrechung. Er wünschte, es wäre vorbei, der Tisch weggeschoben, die beiden Sessel ans Licht gerückt und der Augenblick gekommen, da er seine Pfeife herausholte, sie stopfte und, während er den Tabak fest andrückte, sagte: »Ich hab darüber nachgedacht, was Sie das letzte Mal gesagt haben, und mir scheint ...«

Ja, das war's, worauf er wartete und sie auch. Ja, als sie die Teekanne über der Spiritusflamme trockenschwenkte und anwärmte, sah sie die beiden anderen, ihn, wie er bequem in die Kissen zurückgelehnt dasaß, und sie, *en escargot* in dem blau überzogenen Sessel. Das Bild wirkte so klar und so aufs I-Tüpfelchen genau, es hätte auf dem Deckel der blauen Teekanne gemalt sein können. Und doch konnte sie nichts übereilen. Sie hätte rufen mögen: »Lassen Sie mir Zeit!« Sie brauchte Zeit, um ruhig zu werden. Sie brauchte Zeit, um sich von all den vertrauten Dingen zu befreien, mit denen sie so intensiv lebte. Denn all diese heiteren Dinge um sie her waren ein Teil von ihr – sie hatte sie geschaffen, und sie wußten das und erhoben die größten, leidenschaftlichsten Ansprüche. Jetzt aber mußten sie abtreten. Sie mußten weggefegt, weggescheucht werden, wie Kinder, die man die düstern Treppen hinaufschickt, ins Bett steckt, mit dem ausdrücklichen Befehl, sofort einzuschlafen – ohne einen Mucks!

Denn der ganz besondere Zauber ihrer Freundschaft lag in ihrer völligen Preisgabe. Wie zwei offene Städte inmitten einer unermeßlichen Ebene, so lagen ihrer beider Gedanken offen füreinander da. Und nicht etwa, daß er, bis an die Zähne bewaffnet, in die ihre hineingeritten käme wie ein Eroberer, der nur für das fröhliche Seidengeflatter Augenmerk hat – noch daß sie in die seine eintrat wie eine Königin, die auf Blütenblättern sacht dahinschreitet. Nein, sie waren eifrige, ernste Reisende, ganz darein vertieft, zu verstehen, was es da zu sehen gab, und zu entdecken, was da verborgen war. Sie kosteten diese außergewöhnliche, vollkommene Gelegenheit aus, die es ihm ermöglichte, völlig aufrichtig ihr gegenüber zu sein, und ihr, völlig offen mit ihm zu sein.

Und das beste daran war, sie waren beide alt genug, ihr Abenteuer in vollen Zügen zu genießen, ohne irgendwelche dummen gefühlsduseligen Komplikationen. Leidenschaft hätte alles verdorben; das war ihnen völlig klar. Außerdem war derlei ein für allemal vorbei für sie beide – er war einunddreißig, sie dreißig – sie hatten ihre Erfahrungen gemacht, und die waren vielfältig und reichhaltig gewesen, aber jetzt war die Zeit der Ernte gekommen – der Ernte. Hatten nicht seine Romane das Zeug zu wirklich großen Romanen? Und ihre Dramen. Wer noch außer ihr besaß diesen vortrefflichen Sinn für echte englische Komödie? ...

Behutsam schnitt sie den Kuchen in dicke Stückchen, und er langte nach einem.

»Nun nehmen Sie aber auch zur Kenntnis, wie gut er ist«, beschwor sie ihn. »Essen Sie ihn mit Verstand. Verdrehen Sie die Augen, wenn Sie können, und lassen Sie ihn auf der Zunge zergehen. Das ist kein Allerweltskuchen – es ist die

Art von Kuchen, von der es im ersten Buch Mose hätte heißen können: ›Und Gott sprach: Es werde Kuchen. Und es ward Kuchen. Und Gott sah, daß er gut war.‹«

»Sie brauchen mich durchaus nicht zu bitten«, sagte er. »Wahrhaftig nicht. Es ist schon komisch, aber hier registriere ich immer, was ich esse, und woanders nie. Das kommt sicher daher, daß ich schon so lange allein lebe und beim Essen immer lese ... für gewöhnlich betrachte ich etwas zu essen eben nur als etwas zu essen ... etwas, was zu bestimmten Zeiten da ist ... um verschlungen zu werden ... um ... nicht mehr da zu sein.« Er lachte. »Jetzt sind Sie sicher entsetzt.«

»Bis ins Mark«, sagte sie.

»Aber – sehen Sie –« Er schob seine Tasse weg und begann sehr schnell zu sprechen. »Ich habe einfach überhaupt kein äußeres Leben. Ich habe keine Ahnung, wie die Dinge heißen, Bäume und so weiter – und ich achte nie auf Räumlichkeiten oder Möbel oder darauf, wie die Leute aussehen. Für mich sind alle Zimmer gleich – ein Ort, wo man sitzen und lesen oder sich unterhalten kann – außer«, und hier hielt er inne, lächelte auf eine seltsam naive Weise und sagte: »außer dieses Atelier.« Er sah umher, und dann blickte er sie an; er lachte vor Erstaunen und Freude. Er glich einem Mann in einem Eisenbahnzug, der aufwacht und entdeckt, daß er bereits am Ziel der Reise angekommen ist.

»Und noch etwas Seltsames. Wenn ich die Augen schließe, kann ich dieses Zimmer bis in die letzte Einzelheit – die allerletzte Einzelheit sehen ... Wenn ich's bedenke, ist mir das bisher noch nie bewußt geworden. Oft, wenn ich woanders bin, suche ich es in Gedanken wieder auf – schlendere zwischen Ihren roten Sesseln umher, bestaune die Obstschale auf dem schwarzen Tisch – und streife nur so ganz leicht über diesen wunderbaren Kopf eines schlafenden Knaben.«

Er sah dorthin, als er sprach. Die Plastik stand auf der Ecke vom Kaminsims; der Kopf hing kraftlos zur Seite, der Mund war geöffnet, als lauschte der Kleine im Schlaf einem süßen Klang ...

»Ich liebe diesen Jungen«, murmelte er. Und darauf waren sie beide still.

Ein neues Schweigen trat zwischen sie. Es war in nichts wie die Pause voll Zufriedenheit, die ihren Begrüßungen gefolgt war – dem »Also denn, da wären wir wieder beisammen, und es gibt keinen Grund, warum wir nicht da weitermachen sollten, wo wir das letzte Mal abgebrochen hatten.« Für jenes Schweigen war Raum im Kreise des warmen, köstlichen Feuers und Lampenlichts. Wie oft hatten sie nicht etwas hineingeworfen, einfach weil es ihnen Spaß machte zu beobachten, wie sich die Kabbelwellen an den seichten Ufern brachen. Aber in dieses ihnen fremde Gewässer fiel der Kopf des Knäbleins, das seinen zeitlosen Schlaf schlief – und die Kabbelwellen flossen dahin, weit, weit weg – in grenzenlose Ferne – in tiefe glitzernde Dunkelheit.

Und dann brachen sie beide das Schweigen. Sie sagte: »Ich muß das Feuer schüren«, und er: »Ich hab mal probiert ...« Beide flohen sie. Sie schürte das Feuer und stellte den Tisch wieder zurück, der blaue Sessel wurde herangerollt, sie kuschelte sich hinein, und er lehnte sich in die Kissen zurück. Geschwind! Geschwind! Sie mußten verhindern, daß es noch einmal geschähe.

»Also, ich habe das Buch gelesen, das Sie letztes Mal hiergelassen hatten.«

»Aha, und was halten Sie davon?«

Sie waren darüber weg, und alles war wie immer. Wirklich? Waren sie nicht ein wenig zu flink, zu prompt mit ihren Antworten, allzu bereit, aufeinander einzugehen? War das denn wirklich mehr als nur eine äußerst gekonnte Nachahmung anderer Male? Ihm klopfte das Herz; ihr brannte das Gesicht, und das Dumme war, daß sie nicht zu entdecken vermochte, wo sie eigentlich waren oder was denn eigentlich vor sich ging. Sie hatte keine Zeit, zurückzublicken. Und als sie gerade so weit gekommen war, geschah es wieder. Sie stockten, zauderten, brachen ab, schwiegen. Abermals waren sie sich des grenzenlosen, fragenden Dunkels bewußt. Und wieder waren sie da – zwei Jäger, über das Feuer gebeugt, hörten sie plötzlich aus dem Dschungel drüben einen Windstoß und einen lauten, fragenden Ruf...

Sie hob den Kopf. »Es regnet«, murmelte sie. Und ihre Stimme glich seiner, als er gesagt hatte: »Ich liebe diesen kleinen Jungen.«

Nun gut. Warum gaben sie nicht einfach nach – ergaben sich – und warteten ab, was dann geschähe? Aber nein. So verstört sie auch waren und so wenig sie alles fassen konnten, wußten sie doch genug, um zu begreifen, daß ihrer kostbaren Freundschaft Gefahr drohte. Sie war es, die zerstört werden würde – nicht sie beide – und sie wollten damit nichts zu tun haben.

Er stand auf, klopfte die Pfeife aus, fuhr sich mit der Hand durchs Haar und sagte: »In letzter Zeit habe ich mir viel Gedanken darüber gemacht, ob der Roman der Zukunft ein psychologischer Roman sein wird oder nicht. Wie groß ist denn die Gewißheit, daß Psychologie *qua* Psychologie überhaupt etwas mit Literatur zu tun hat?«

»Soll das heißen, Sie sind der Meinung, es könne durchaus sein, daß die mysteriösen, nicht-existierenden Wesen – die jungen Schriftsteller von heute – versuchen, sich einfach über den Psychoanalytiker hinwegzusetzen?«

»Ja, genau. Und ich glaube, das kommt daher, weil diese Generation eben klug genug ist, um zu erkennen, daß sie krank ist, und um zu begreifen, daß sie nur dann Aussichten auf Heilung hat, wenn sie die Symptome darlegt – ausgiebige Untersuchungen darüber anstellt – sie erforscht – versucht, die Wurzel des Übels bloßzulegen.«

»O je«, jammerte sie. »Was für furchtbar düstere Aussichten!«

»Überhaupt nicht«, entgegnete er. »Sehn Sie ...« Weiter ging das Gespräch. Und jetzt schien es, als wäre es ihnen wirklich gelungen. Sie wandte sich in ihrem Sessel, um ihn anzusehen, als sie antwortete. Ihr Lächeln hieß soviel wie: »Wir haben gewonnen.« Und voller Zuversicht erwiderte er das Lächeln: »Auf der ganzen Linie.«

Aber das Lächeln verriet sie. Es dauerte zu lange; ein Grinsen wurde daraus. Sie sahen sich als zwei kleine grinsende Marionetten, die im Nichts draufloszappelten.

›Wovon haben wir denn nur gesprochen?‹ dachte er. Beinahe hätte er aufgestöhnt, so langweilte er sich.

›Was für ein Theater wir aufgeführt haben‹, dachte sie. Und sie sah ihn, wie er mühselig – ach, so mühselig – das Gelände absteckte, und sich selbst, wie sie hinterherlief, hier einen Baum setzte und da einen blühenden Busch und hier einen Schwapp glitzernder Fische in ein Becken tat. Dieses Mal schwiegen sie, so tief war ihre Bestürzung.

Die Uhr schlug sechsmal ihr lustiges Ping!, und das Feuer flackerte leicht. Was für Dummköpfe sie doch waren – schwerfällig, linkisch, ältlich – regelrecht borniert!

Und jetzt schlug sie die Stille in Bann wie feierliche Musik. Es war eine Qual – die Stille zu ertragen war eine Qual für sie, und er würde sterben – er würde sterben, wenn sie durchbrochen würde ...

Und doch verlangte es ihn danach, den Bann zu brechen. Nicht mit Worten. Jedenfalls nicht mit ihrem üblichen, einem den Verstand raubenden Geschwätz. Es gab eine andere Art, wie sie zueinander sprechen konnten, und auf diese neue Art und Weise wollte er murmeln: »Spürst du das auch? Kannst du das verstehen?«...

Statt dessen hörte er sich zu seinem Entsetzen sagen: »Ich muß mich auf den Weg machen; um sechs bin ich mit Brand verabredet.«

Welcher Teufel gab ihm diese Worte ein statt der anderen? Sie sprang auf – sprang förmlich aus ihrem Sessel, und er hörte sie rufen: »Dann müssen Sie sich beeilen. Er ist immer so pünktlich. Warum haben Sie das nicht eher gesagt?«

›Du hast mir weh getan; du hast mir weh getan! Wir haben versagt!‹ raunte ihr heimliches Ich, während sie ihm, fröhlich lächelnd, Hut und Stock reichte. Und ehe er noch etwas sagen konnte, war sie schon durch den Korridor gelaufen und hatte die mächtige Eingangstür geöffnet.

Konnten sie so auseinandergehen? Wie konnten sie nur? Er stand draußen auf der Stufe, und sie hielt von innen die Tür. Im Augenblick regnete es nicht.

›Du hast mir weh getan – weh getan‹, flüsterte ihr Herz. ›Warum gehst du nicht? Nein, geh nicht! Bleib. Nein – geh!‹ Und sie sah hinaus in die Nacht.

Sie sah die herrlich geschwungene Treppe, den dunklen, mit glitzerndem Efeu eingefaßten Garten, die gewaltigen kahlen Weiden auf der anderen Straßenseite und darüber den weiten sternglänzenden Himmel. Doch er würde natürlich nichts von all dem wahrnehmen. Er war über alles erhaben. Er – mit seinem wunderbaren ›verinnerlichten‹ Blick!

Sie hatte recht. Er sah wirklich nichts von alledem. Ein Jammer! Er hatte es verpaßt. Jetzt war es zu spät, irgend etwas zu tun. War es wirklich zu spät? Ja. Ein Windstoß, kalt und abscheulich, fauchte durch den Garten. Zum Kuckuck mit dem Leben! Er hörte sie »au revoir« rufen, und die Tür schlug zu.

Ins Atelier zurückgekehrt, benahm sie sich so merkwürdig. Mit erhobenen Armen lief sie auf und ab und rief: »Ach! Ach! Wie dumm! Wie idiotisch! Wie blöd!« Und dann warf sie sich auf den Diwan und dachte an nichts – sie lag einfach da in ihrem Zorn. Alles war vorbei. Was war vorbei? Oh – etwas. Und sie würde ihn nie wiedersehen – nie. Nachdem lange, lange Zeit (vielleicht waren es auch nur zehn Minuten) in diesem schwarzen Abgrund vergangen waren, ertönte das kurze, schrille Gebimmel der Klingel. Das war natürlich er. Und genauso natürlich hätte sie sich nicht im geringsten darum kümmern, sondern es einfach immerzu klingeln lassen sollen. Sie flog förmlich zur Tür.

Auf der Treppe vor der Tür stand eine ältliche Jungfer, ein bemitleidenswertes Geschöpf, das sie einfach vergötterte (der Himmel weiß, warum) und die Angewohnheit hatte, aufzutauchen, zu klingeln und dann, wenn sie die Tür öffnete, zu sagen: »Meine Liebe, schicken Sie mich wieder fort!« Was sie nie tat. Für gewöhnlich bat sie sie herein und ließ sie alles bewundern und nahm – übergnädig – den Strauß etwas schmuddelig aussehender Blumen an. Heute aber ...

»Ach, es tut mir ja so leid«, rief sie. »Aber ich habe Besuch. Wir arbeiten gerade an ein paar Holzschnitten. Ich werde bestimmt den ganzen Abend zu tun haben.«

»Das macht nichts. Das macht überhaupt nichts, meine Liebe«, erwiderte die gute Freundin. »Ich kam gerade vorbei, und da habe ich mir gedacht, ich bringe Ihnen ein paar Veilchen.« Sie fummelte zwischen den Speichen eines riesigen alten Schirms herum. »Ich hab sie hier hineingetan. Ein so guter Platz, Blumen vor dem Wind zu schützen. Hier sind sie«, sagte sie und schüttelte ein welkes Sträußchen.

Einen Augenblick lang nahm sie die Veilchen nicht. Aber während sie da stand und von innen die Tür hielt, geschah etwas Seltsames ... Wieder sah sie den herrlichen Schwung der Treppe, den dunklen, in glitzerndem Efeu eingefaßten

Garten, die Weiden, den weiten leuchtenden Himmel. Wieder spürte sie das Schweigen, das einer Frage glich. Doch dieses Mal zögerte sie nicht. Sie trat einen Schritt vor. Sehr zart und behutsam, als fürchte sie, dieses grenzenlose Gewässer von Stille aufzurühren, legte sie die Arme um die Freundin.

»Meine Liebe«, murmelte die glückliche Freundin, von solcher Dankbarkeit schier überwältigt. »Das ist doch wirklich nichts weiter. Bloß ein ganz einfaches Drei-Pence-Sträußchen.«

Aber als sie sprach, wurde sie umarmt – wurde zärtlicher, wundervoller umschlungen, mit solch süßem Druck und so lange, daß dem armen lieben Wesen direkt schwindlig wurde und sie gerade noch die Kraft hatte, mit zitternder Stimme hervorzustoßen: »Dann bin ich Ihnen wohl wirklich nicht so unangenehm?«

»Gute Nacht, liebe Freundin«, flüsterte die andere. »Kommen Sie nur bald wieder.«

»O ja. Gewiß.«

Diesmal ging sie langsam ins Atelier zurück, und als sie mit halbgeschlossenen Augen mitten im Zimmer stand, fühlte sie sich so leicht, so ausgeruht, als wäre sie aus kindlichem Schlaf aufgewacht. Sogar das Atmen war eine Freude ...

Der Diwan war sehr unordentlich. Alle Kissen ›wie Berge im Aufruhr‹, wie sie es nannte. Sie rückte sie wieder zurecht, ehe sie zum Schreibtisch hinüberging.

›Ich habe über unser Gespräch über den psychologischen Roman nachgedacht‹, warf sie schnell hin, ›es ist wirklich ungemein interessant ...‹ Und so weiter und so fort.

Und zum Schluß schrieb sie: ›Gute Nacht, lieber Freund. Kommen Sie nur bald wieder.‹

EHE À LA MODE

Auf dem Weg zum Bahnhof durchfuhr William erneut schmerzhafte Enttäuschung, als er daran dachte, daß er den Kindern gar nichts mitbrächte. Arme kleine Kerle! Es war schwer für sie. Immer waren ihre ersten Worte, wenn sie zur Begrüßung herbeigerannt kamen: »Was hast du mir mitgebracht, Pappi?«, und er hatte nichts. Er würde ihnen auf dem Bahnhof paar Süßigkeiten kaufen müssen. Aber das hatte er ja schon die letzten vier Sonnabende getan. Das letzte Mal hatten sie lange Gesichter gezogen, als sie dieselben alten Packungen zum Vorschein kommen sahen.

Und Paddy hatte gesagt: »Schon wieder mit roten Streifen!«

Und Johnny hatte gemeint: »Meins ist immer rosa. Ich mag aber kein Rosa.«

Aber was sollte William denn bloß machen? So einfach war das Ganze nämlich nicht. Früher hätte er natürlich ein Taxi genommen, wäre zu einem anständigen Spielzeugladen gefahren und hätte in fünf Minuten etwas für sie rausgesucht. Aber heutzutage hatten sie russische Spielsachen, französische Spielsachen, serbische Spielsachen – Spielsachen von Gott weiß woher. Es war über ein Jahr her, daß Isabel die alten Esel und Lokomotiven und was nicht alles noch ausrangiert hatte, weil sie so ›fürchterlich sentimental‹ und so ›ungeheuer schlecht für das Formempfinden der Kleinen‹ wären.

»Es ist so wichtig«, hatte die neue Isabel erklärt, »daß ihnen von Anfang an die richtigen Dinge gefallen. Das spart später so viel Zeit. Wirklich, wenn die armen Lieblinge ihre Kinderjahre damit zubringen müssen, diese Greuel anzustarren, kann man sich gut vorstellen, wie sie heranwachsen und darum bitten, daß man ihnen die Königliche Akademie zeigt.«

Und sie redete, als ob ein Besuch der Königlichen Akademie unverzüglich den sicheren Tod für jeden bedeutete ...

»Nun, ich weiß nicht«, sagte William bedächtig. »Als ich so alt war wie sie, habe ich immer ein altes, zusammengeknotetes Handtuch mit ins Bett genommen und gestreichelt.«

Die neue Isabel warf ihm einen Blick zu, die Augen zusammengekniffen, den Mund offen.

»Liebster William! Das glaub ich dir gern!« Sie lachte auf die neue Art.

Also müßten es doch Süßigkeiten sein, dachte William düster, als er in seiner Tasche nach Kleingeld für den Taxifahrer kramte. Und er sah die Kinder vor sich, wie sie die Schachteln herumreichten – die Kerlchen waren furchtbar großzügig –, während sich Isabels noble Freunde in keiner Weise scheuten zuzugreifen ...

Wie wäre es mit Obst? William zögerte vor einem Stand gleich im Bahnhof drin. Wie wäre es mit einer Melone für jeden? Müßten sie auch davon abgeben? Oder eine Ananas für Pad und eine Melone für Johnny? Isabels Freunde könnten sich doch kaum zu den Mahlzeiten der Jungen ins Kinderzimmer hinaufschleichen. Wie dem auch sei, als William die Melone kaufte, hatte er die schreckliche Vision, wie einer von Isabels jungen Dichtern, aus irgendeinem unerfindlichen Grund, hinter der Kinderzimmertür eine Melonenscheibe aufschlapperte.

Mit den beiden unhandlichen Paketen marschierte er dann zu seinem Zug. Der Bahnsteig wimmelte von Menschen, der Zug war da. Türen knallten auf und zu. Von der Lokomotive kam ein so gewaltiges Zischen, daß die Leute ganz benommen dreinschauten, als sie hin und her hasteten. William steuerte stracks auf ein Raucherabteil erster Klasse zu, verstaute seinen Koffer und die Pakete, zog einen großen Packen zerknüllter Unterlagen aus seiner Innentasche, ließ sich auf einen Eckplatz fallen und begann zu lesen.

›Unser Klient ist überdies sicher ... Wir sind geneigt, neuerlich zu erwägen ... im Falle des –‹ Ach, das war besser. William strich sich das glatt anliegende Haar zurück und streckte die Beine quer über den Abteilboden aus. Der vertraute, dumpf nagende Schmerz in seiner Brust ließ nach. ›Bezugnehmend auf unseren Beschluß –‹ Er zog einen blauen Stift heraus, und bedächtig strich er einen Absatz an.

Zwei Männer kamen herein, stiegen über seine Beine weg und strebten auf die andere Ecke zu. Ein junger Bursche warf seine Golfschläger ins Gepäcknetz und setzte sich ihm gegenüber. Der Zug ruckte leicht, sie fuhren. William blickte auf und sah den heißen, gleißenden Bahnhof entschwinden. Ein Mädchen mit rotem Gesicht lief neben dem Wagen her, etwas Angespanntes und beinahe Verzweifeltes lag in ihrem Winken und Rufen. ›Hysterisch!‹ dachte William träge. Dann grinste ein ölbeschmierter Arbeiter, ganz schwarz im Gesicht, am Bahnsteigende dem vorbeifahrenden Zug hinterher. Und William dachte: ›Ein scheußliches Leben!‹ und kehrte zu seinem Papierkram zurück.

Als er wieder aufsah, waren da Felder, und Vieh hatte vor der Sonne unter den dunklen Bäumen Schutz gesucht. Ein breiter Fluß, an dessen seichten Stellen nackte Kinder plantschten, kam in Sicht und glitt wieder vorbei. Fahl schimmerte der Himmel, und wie ein dunkler Fleck in einem Edelstein flog hoch oben ein einzelner Vogel.

›Nach eingehender Überprüfung des Schriftwechsels unseres Klienten ...‹ Der letzte Satz, den er gelesen hatte, hallte in seinem Kopf nach. ›Nach eingehender Überprüfung ...‹ William klammerte sich an diesen Satz, aber das nützte nichts; mittendrin machte es klick!, und die Felder, der Himmel, die dahinsegelnden Vögel, das Wasser, alles sagte: »Isabel.« Dasselbe widerfuhr ihm jeden Sonnabendnachmittag. Wenn er auf dem Weg zu Isabel war, begannen diese unzähligen eingebildeten Wiedersehen. Sie war am Bahnhof, ein bißchen nur stand sie abseits von allen anderen; sie saß draußen im offenen Taxi; sie war am Gartentor; sie ging über das verdorrte Gras; an der Tür oder noch in der Halle.

Und ihre klare, helle Stimme sagte: »Es ist William«, oder »Hallo, William!«, oder »William ist da!« Er strich ihr über die kühle Hand, die kühle Wange.

Isabels köstliche Frische! Als kleiner Junge hatte er riesiges Vergnügen daran gefunden, nach dem Regen in den Garten zu laufen und den Rosenbusch über sich zu schütteln. Isabel war dieser Rosenstrauch, weich wie Blütenblätter, glitzernd und kühl. Und er war noch immer der kleine Junge. Aber jetzt lief er nicht in den Garten hinaus, es gab kein Lachen, kein Schütteln. In seiner Brust begann wieder der dumpfe, unaufhörlich nagende Schmerz. Er zog die Beine heran, warf die Papiere beiseite und schloß die Augen.

»Was ist los, Isabel? Was ist denn nur los?« fragte er zärtlich. Sie waren im Schlafzimmer, in ihrem neuen Haus. Isabel saß vor dem Toilettentisch auf einem mit Farbe angestrichenen Hocker. Der Toilettentisch war mit schwarzen und grünen Schächtelchen übersät.

»Was soll denn sein, William?« Und sie beugte sich vor, das feine helle Haar fiel ihr ins Gesicht.

»Ach, du weißt schon!« Er stand inmitten dieses fremden Zimmers und kam sich auch wie ein Fremder vor. Da schnellte Isabel herum und sah ihm ins Gesicht.

»Ach, William!« rief sie flehend, und sie hielt die Haarbürste hoch. »Bitte! Bitte, sei doch nicht so schrecklich spießig und – tragisch. Immer sagst du oder guckst du so oder gibst sonstwie zu verstehen, daß ich anders geworden wäre. Bloß weil ich wirklich Gleichgesinnte kennengelernt habe und mehr unternehme und mich für – für alles furchtbar interessiere, benimmst du dich, als ob ich« – Isabel warf mit einem Schwung ihr Haar zurück und lachte – »unsere Liebe getötet hätte oder so etwas. Das ist so schrecklich albern« – sie biß sich auf die Lippen –, »und das macht einen ganz verrückt, William. Sogar wegen des neuen Hauses und der Dienstboten brummelst du herum.«

»Isabel!«

»Ja, ja, das ist schon so«, sagte Isabel rasch. »Du denkst, sie wären ein weiteres schlechtes Zeichen. Oh, ich weiß, daß du so denkst. Ich spüre es«, fuhr sie leise fort, »jedesmal, wenn du die Treppe raufkommst. Aber wir hätten doch nicht länger in dem anderen engen kleinen Loch wohnen bleiben können, William. Sei wenigstens praktisch! Also, da war doch noch nicht einmal genug Platz für die Kinder.«

Ja, das stimmte. Jeden Vormittag, wenn er vom Gericht nach Hause kam, fand er die Kinder mit Isabel in dem hinteren Wohnzimmer. Sie ritten da auf dem Leopardenfell, das über die Sofalehne geworfen war, oder sie spielten Kaufmannsladen, Isabels Schreibtisch war der Ladentisch, oder Pad saß auf dem Teppich vor dem Kamin und ruderte mit einer kleinen Kohlenschaufel aus Messing wie ums liebe Leben, während Johnny mit der Zange auf Piraten schoß. Und abends ging's dann im Huckepack die schmale Stiege hinauf zu ihrer dicken alten Nanny.

Ja, es war sicherlich ein enges kleines Haus gewesen. Ein weißes Häuschen mit blauen Vorhängen, vor dem Fenster ein Blumenkasten mit Petunien. William empfing ihre Freunde an der Tür mit den Worten: »Unsere Petunien schon gesehn? Ganz schön gewaltig für London, meint ihr nicht auch?«

Verrückt, völlig unverständlich aber war, daß er nicht die leiseste Ahnung davon gehabt hatte, daß Isabel nicht genauso glücklich war wie er. Mein Gott, so blind zu sein! Damals war er nicht im entferntesten auf die Idee gekommen, daß sie in Wirklichkeit dieses unbequeme kleine Haus haßte, daß sie der Meinung war, die dicke Nanny würde die Kinder verziehen, daß sie sich verzweifelt einsam fühlte, sich nach neuen Menschen und neuer Musik und Bildern und so weiter sehnte. Wenn sie nicht zu diesem Atelierfest bei Moira Morrison gegangen wären – wenn Moira Morrison beim Abschied nicht gesagt hätte: »Ich werde Ihre Frau retten, Sie Egoist. Sie ist wie eine köstliche kleine Titania« – wenn Isabel nicht mit Moira nach Paris gefahren wäre – wenn – wenn...

Der Zug hielt erneut an einem Bahnhof. Bettingford. Du lieber Himmel! In zehn Minuten wären sie da. William stopfte den Papierkram wieder in seine Taschen. Der junge Mann ihm gegenüber war schon längst verschwunden. Jetzt stiegen die beiden anderen aus. Die Spätnachmittagssonne beschien Frauen in Baumwollkleidern und braungebrannte, barfüßige kleine Kinder. Sie strahlte auf eine seidige gelbe Blume mit rauhen Blättern herab, die einen felsigen Hang überwucherte. Die Luft, die ungestüm durch die Fenster hereinwehte, roch nach Meer. Ob Isabel dieses Wochenende wohl dieselben Leute da hätte, fragte sich William.

Und er dachte daran, wie sie früher ihre Ferien verbracht hatten, sie vier, dazu Rose, das kleine Bauernmädchen, um die Kinder zu betreuen. Isabel trug eine Strickjacke und das Haar in einem Zopf. Sie sah ungefähr wie vierzehn aus. Du lieber Gott! wie sich seine Nase immer schälte! Und was für Mengen sie aßen, und was für Mengen sie schliefen in dem mächtigen Federbett, ihrer beider Füße umeinander verschränkt... William konnte ein düsteres Lächeln nicht unterdrücken, als er sich Isabels Entsetzen vorstellte, wenn sie das ganze Ausmaß seiner Sentimentalität wüßte.

»Hallo, William!« Sie war also doch auf dem Bahnhof; wie er es sich vorgestellt hatte, stand sie ein kleines Stück abseits von den anderen, und – Williams Herz machte einen Satz – sie war allein.

»Hallo, Isabel!« William starrte sie an. Er fand, sie sähe so schön aus, daß er etwas sagen müsse. »Du siehst so kühl aus.«

»Ja?« erwiderte Isabel. »Mir ist aber gar nicht sehr kühl. Komm, dein schrecklicher alter Zug hat Verspätung. Das Taxi ist draußen.« Sie legte ihm leicht die Hand auf den Arm, als sie am Fahrkartenkontrolleur vorbeigingen. »Wir sind alle gekommen, um dich abzuholen. Aber Bobby Kane haben wir im Süßwarenladen gelassen, wir müssen dort vorbeifahren.«

»Oh!« sagte William. Das war alles, was er im Augenblick hervorbringen konnte.

Im grellen Sonnenlicht wartete das Taxi, Bill Hunt und Dennis Green lümmelten auf der einen Seite, den Hut ins Gesicht gezogen, während auf der anderen, mit einem Hut wie eine Riesenerdbeere, Moira Morrison auf und ab hüpfte.

»Kein Eis! Kein Eis! Kein Eis!« rief sie fröhlich.

Und Dennis fiel unter dem Hut hervor ein: »Gibt's nur im Fischladen.«

Und mit den Worten: »Mit *ganzem* Fisch drin«, tauchte Bill Hunt auf.

»Ach, wie dumm!« jammerte Isabel. Und sie erklärte William, wie sie die ganze Stadt nach Eis abgeklappert hätten, während sie auf ihn gewartet hatte. »Einfach alles läuft die steilen Klippen hinab ins Meer, von der Butter angefangen.«

»Wir werden uns mit der Butter einfetten müssen«, sagte Dennis. »Möge es Ihrem Kopf, William, nicht an Fett fehlen.«

»Hört mal«, fragte William, »wie sollen wir sitzen? Ich geh wohl lieber zum Fahrer vor.«

»Nein, Bobby Kane sitzt beim Fahrer«, sagte Isabel. »Du

setzt dich zwischen Moira und mich.« Das Taxi fuhr los. »Was hast du denn da in den geheimnisvollen Paketen?«

»Ab-ge-schla-ge-ne Köp-fe!« ließ sich Bill Hunt hören, er schüttelte sich unter seinem Hut.

»Oh, Obst!« Isabel klang sehr zufrieden. »Kluger William! Eine Melone und eine Ananas! Das ist doch zu nett!«

»Nein, wart mal«, sagte William lächelnd. In Wirklichkeit aber war er bekümmert. »Ich hab sie für die Kinder mitgebracht.«

»Ach, du liebe Güte!« Isabel lachte und schob ihm die Hand unter den Arm. »Sie würden sich in Qualen wälzen, wenn sie das essen sollten. Nein« – sie tätschelte seine Hand –, »du mußt ihnen das nächste Mal etwas mitbringen. Ich weigere mich, meine Ananas herzugeben.«

»Grausame Isabel! Laß mich mal riechen!« sagte Moira. Flehend schlang sie die Arme um William. »Oh!« Der Erdbeerhut fiel nach vorn; sie war nur ganz leise zu hören.

»Eine Dame, in eine Ananas verliebt«, sagte Dennis, als das Taxi vor einem kleinen Laden mit einer gestreiften Markise hielt. Die Arme vollbepackt mit allerlei Päckchen, trat Bobby Kane heraus.

»Hoffentlich sind sie wirklich gut. Ich hab sie wegen der Farben genommen. Da sind ein paar runde drunter, die sehen wirklich zu göttlich aus. Und seht euch doch bloß mal dieses Nugat an«, rief er verzückt, »guckt doch nur mal! Ein richtiges kleines Gedicht!«

Aber in dem Augenblick erschien der Händler. »Ach, das hab ich doch ganz vergessen. Nichts davon ist bezahlt«, rief Bobby, wobei er ganz erschrocken aussah. Isabel gab dem Mann einen Schein, und Bobby strahlte wieder. »Hallo, William! Ich sitze neben dem Fahrer.« Und barhäuptig, ganz in Weiß, die Ärmel bis zu den Schultern aufgekrempelt, sprang er auf seinen Platz. »Avanti!« rief er ...

Nach dem Tee gingen die anderen schwimmen, während William dablieb, um sich mit den Kindern zu versöhnen. Aber Johnny und Paddy schliefen schon, die rosenrote Glut war verblaßt, Fledermäuse schwirrten umher, und die Schwimmer waren noch immer nicht zurückgekehrt. Als William die Treppe hinabschlenderte, ging das Mädchen mit einer Lampe durch die Halle. Er folgte ihr ins Wohnzimmer, einen langgestreckten gelben Raum. William gegenüber an der Wand war ein junger Mann gemalt, überlebensgroß, mit stark schlotternden Beinen, der einer jungen Frau mit einem sehr kurzen und einem sehr langen, dünnen Arm ein großknospiges Gänseblümchen bot. Über den Stühlen und dem Sofa hingen schwarze Stoffbahnen mit großen Flecken wie von zerbrochenen Eiern, und überall, wohin man sah, schien ein mit Zigarettenkippen gefüllter Aschenbecher zu stehen. William setzte sich in einen der Sessel. Wenn man heutzutage mit einer Hand in die Polster fuhr, stieß man nicht auf ein Schaf mit drei Beinen oder eine Kuh, die ein Horn verloren hatte, oder eine dicke, runde Taube aus Noahs Arche. Man angelte dagegen noch eins dieser eingeschlagenen Büchlein verschmiert aussehender Gedichte hervor ... Er dachte an das Bündel Papiere in seiner Tasche, aber er war zu hungrig und zu müde zum Lesen. Die Tür stand offen; aus der Küche drang Lärm. Die Dienstboten unterhielten sich, als wären sie allein im Haus. Plötzlich erklang lautes kreischendes Gelächter und ein ebenso lautes »Sch!« Sie hatten sich seiner erinnert. William stand auf und ging durch die Glastür in den Garten, und als er dort im Dunkeln stand, hörte er die Schwimmer den Sandweg heraufkommen. Ihre Stimmen schallten durch die Stille.

»Ich denke, Mona ist dran, ihre kleinen Tricks zu gebrauchen.«

Tragisches Stöhnen von Moira.

»Wir brauchten für die Wochenenden ein Grammophon, das ›Das Mädchen von den Bergen‹ spielte.«

»Ach nein! Ach nein!« rief Isabels Stimme. »Das ist nicht fair William gegenüber. Seid nett zu ihm, Kinder! Er bleibt nur bis morgen abend da.«

»Überlaß ihn mir!« rief Bobby Kane. »Mich um Leute zu kümmern ist meine Spezialstrecke.«

Das Tor schwang auf und zu. William regte sich auf der Terrasse. Sie hatten ihn entdeckt. »Hallo, William!« Das Handtuch schwenkend, begann Bobby Kane, auf dem verdorrten Rasen auf und ab zu springen und Pirouetten zu drehen. »Schade, daß Sie nicht mit waren, William. Das Wasser war göttlich. Und hinterher waren wir alle in einer kleinen Kneipe und haben Schlehenlikör getrunken.«

Die anderen hatten das Haus erreicht. »Sag mal, Isabel«, rief Bobby, »soll ich heute abend mein Nijinsky-Gewand anziehen?«

»Nein«, entschied Isabel, »keiner zieht sich um. Wir kommen ja alle bald um vor Hunger. William auch. Kommt, mes amis, fangen wir mit Sardinen an.«

»Ich hab die Sardinen entdeckt«, sagte Moira, sie lief in die Halle und hielt eine Dose hoch in die Luft.

»Eine Dame mit einer Sardinenbüchse«, kommentierte Dennis feierlich.

»Nun, William, und was macht London so?« fragte Bill Hunt, als er den Korken aus einer Whiskyflasche zog.

»Ach, London hat sich nicht groß verändert«, antwortete William.

»Das gute, alte London«, sagte Bobby sehr herzlich, dabei spießte er eine Sardine auf.

Doch im nächsten Moment war William vergessen. Moira Morrison begann zu sinnieren, welche Farbe die Beine unter Wasser denn nun wirklich hätten.

»Meine haben die Farbe ganz, ganz heller Pilze.«

Bill und Dennis verschlangen enorme Mengen. Und Isabel füllte Gläser, wechselte Teller, suchte Streichhölzer, das alles mit einem seligen Lächeln. Einmal sagte sie: »Ich wünschte, Bill, du würdest das malen.«

»Was malen?« fragte Bill laut, wobei er sich den Mund mit Brot vollstopfte.

»Uns«, antwortete Isabel, »hier am Tisch. In zwanzig Jahren wäre das so großartig.«

Bill verdrehte die Augen und kaute. »Das Licht stimmt nicht«, sagte er unwirsch, »viel zuviel Gelb«, und aß weiter. Und auch das schien Isabel zu entzücken.

Nach dem Abendessen jedoch waren sie alle so müde, daß sie nur gähnen konnten, bis es spät genug war, ins Bett zu gehen ...

Erst am nächsten Nachmittag, als William aufs Taxi wartete, fand er sich mit Isabel allein. Als er seinen Koffer in die Halle hinabbrachte, verließ Isabel die anderen und kam zu ihm herüber. Sie bückte sich und hob den Koffer an. »Der ist aber schwer!« sagte sie und lachte ein wenig verlegen. »Laß mich tragen! Bis ans Tor.«

»Nein, warum solltest du?« erwiderte William. »Nichts dergleichen. Gib ihn her.«

»Ach, bitte, laß mich doch«, bat Isabel. »Ich möchte wirklich.« Schweigend gingen sie nebeneinanderher. William hatte das Gefühl, daß es jetzt nichts zu sagen gab.

»Also«, triumphierte Isabel, als sie den Koffer absetzte und gespannt die sandige Straße entlangsah. »Diesmal scheine ich dich ja kaum zu Gesicht gekriegt zu haben«, sagte sie, ganz außer Atem. »Die Zeit ist so kurz, nicht wahr? Mir ist, als wärst du gerade erst gekommen. Das nächste Mal –« Das Taxi kam in Sicht. »Hoffentlich kümmern sie sich in London richtig um dich. Es tut mir so leid, daß die Kleinen heute den ganzen Tag nicht da waren, aber Miss Neill hatte das so geplant. Du wirst ihnen sehr fehlen. Du Ärmster, mußt wieder nach London fahren.« Das Taxi bog ein. »Auf Wiedersehen!« Sie gab ihm einen kleinen, hastigen Kuß, und fort war sie.

Felder, Bäume, Hecken flogen vorbei. Sie schaukelten durch das leere, wie ausgestorben wirkende Städtchen, plagten sich die Steigung zum Bahnhof hinauf.

Der Zug war schon da. William steuerte auf ein Raucherabteil erster Klasse zu und warf sich in die Ecke, aber diesmal ließ er die Akten, wo sie waren. Er verschränkte die Arme gegen den beharrlichen, dumpf nagenden Schmerz und begann, im Geist einen Brief an Isabel zu schreiben.

Wie immer kam die Post spät. Unter bunten Sonnenschirmen saßen sie in Liegestühlen vorm Haus. Nur Bobby Kane lag zu Isabels Füßen auf dem Rasen. Es war trüb, drückend schwül. Schlaff wie eine Fahne hing der Tag herab.

»Ob es im Himmel auch Montage gibt?« fragte Bobby wie ein Kind.

Und Dennis murmelte: »Der Himmel wird ein einziger langer Montag sein.«

Doch Isabel überlegte hin und her, was wohl aus dem Lachs geworden war, den sie gestern abend zum Abendessen hatten. Mittags hätte es Fischmayonnaise geben sollen, und jetzt ...

Moira schlief. Schlafen war ihre neueste Entdeckung. »Das ist sooo wunderbar. Man macht nur die Augen zu, weiter nichts. Es ist sooo köstlich.«

Als der alte rotbäckige Briefträger auf seinem Dreirad die sandige Straße entlanggefahren kam, hatte man das Gefühl, die Lenkstange müßte eigentlich ein Ruder sein.

Bill Hunt ließ sein Buch sinken. »Die Post«, sagte er voller

Behagen, und sie alle warteten. Aber, du herzloser Briefträger – Oh, du tückische Welt! Es gab nur einen einzigen Brief, einen dicken Brief für Isabel. Nicht mal eine Zeitung.

»Und meiner ist nur von William«, bedauerte Isabel.

»Von William – schon?«

»Er schickt dir euren Trauschein zurück, als zarte Mahnung.«

»Hat denn jeder einen Trauschein? Ich dachte, nur die Dienstboten.«

»Seiten über Seiten! So seht doch mal! Eine Dame, einen Brief lesend«, sagte Dennis.

Meine liebste, teuerste Isabel. Seiten über Seiten. Je weiter Isabel las, desto mehr wandelte sich ihr Erstaunen in ein Gefühl, als müßte sie ersticken. Was in aller Welt hatte William bewogen...? Wie seltsam das war... Was konnte ihn veranlaßt haben...? Sie war verwirrt, ihre Erregung wuchs, sogar Angst war dabei. Das sah William ähnlich. Wirklich? Es war natürlich absurd, es mußte einfach absurd sein, ja lächerlich. »Ha, ha, ha! Du liebe Güte!« Was sollte sie nur tun? Isabel warf sich in den Liegestuhl zurück und lachte, bis sie gar nicht mehr mit Lachen aufhören konnte.

»Erzähl schon, ja erzähl schon«, bettelten die andern. »Du mußt's uns erzählen.«

»Ich brenne darauf«, gluckste Isabel. Sie richtete sich auf, nahm den Brief und winkte ihnen damit zu. »Kommt her«, sagte sie. »Hört zu, das ist zu phantastisch. Ein Liebesbrief!«

»Ein Liebesbrief! Einfach göttlich!« *Meine liebste, teuerste Isabel.* Kaum hatte sie begonnen, als ihr Gelächter sie auch schon unterbrach.

»Weiter, Isabel, das ist großartig.«

»Das ist der phantastischste Fund.«

»Ach, lies doch schon weiter, Isabel!«

Da sei Gott vor, mein Liebling, daß ich Deinem Glück im Wege stehe.

»Oh! Oh! Oh!«

»Sch! Scht! Scht!«

Und Isabel las weiter. Als sie zum Ende kam, waren sie geradezu hysterisch. Bobby wälzte sich auf dem Rasen und schluchzte beinahe.

»Den mußt du mir geben, so wie er ist, ganz, für mein neues Buch«, sagte Dennis bestimmt. »Ich werde ihm ein ganzes Kapitel widmen.«

»Ach, Isabel«, stöhnte Moira, »die Stelle ist ganz großartig, wo es um das Dich-im-Arm-Halten geht.«

»Ich hab immer gedacht, diese Briefe bei Scheidungen wären bloß erfunden. Aber sie verblassen ja neben dem hier.«

»Gib mal her. Ich will ihn selbst lesen, mit diesen meinen eigenen Augen«, sagte Bobby Kane.

Doch zum Erstaunen aller zerknüllte Isabel den Brief in ihrer Hand. Sie lachte nicht mehr. Rasch blickte sie in die Runde; sie sah erschöpft aus. »Nein, nicht jetzt. Nicht jetzt«, stammelte sie.

Und noch ehe es ihnen gelungen war, ihre Fassung wiederzugewinnen, war sie ins Haus gerannt, durch die Halle, die Treppen hinauf, in ihr Schlafzimmer. Sie setzte sich auf die Bettkante.

»Wie gemein, ekelhaft, widerlich, abscheulich«, murmelte Isabel. Sie hielt die Finger an die Augen gepreßt und wiegte sich hin und her. Und wieder sah sie die andern, aber nicht vier, über vierzig, wie sie lachten, höhnten, spotteten, die Hände ausstreckten, während sie ihnen Williams Brief vorlas. Oh, daß sie so was Scheußliches getan hatte! Wie hatte sie das nur tun können! *Da sei Gott vor, mein Liebling, daß ich Deinem Glück im Wege stehe.* William! Isabel preßte das Gesicht ins Kopfkissen. Aber sie spürte, daß sogar das feierlich-ernste Schlafzimmer sie für das hielt, was sie war, oberflächlich, leer schwätzend, hohl ...

Alsbald ließen sich aus dem Garten unten Stimmen vernehmen.

»Isabel, wir gehen jetzt alle schwimmen. Komm doch!«

»Komm, die du William angetraut bist!«

»Ruft sie noch einmal, ehe ihr geht, ruft noch mal!«

Isabel richtete sich auf. Jetzt war der Augenblick gekommen, jetzt galt es zu entscheiden. Würde sie mit ihnen schwimmen gehen oder hierbleiben, um William zu schreiben? Was, was sollte sie tun? ›Ich muß mich entschließen.‹ Ach, wie konnte es da überhaupt eine Frage geben? Natürlich würde sie hierbleiben, um zu schreiben.

»Titania!« flötete Moira.

»Isa-bel?«

Nein, das war wirklich zu schwer. ›Ich – ich werde mit ihnen schwimmen gehen und später William schreiben. Andermal. Später. Nicht jetzt. Aber ich werde ganz bestimmt schreiben‹, hastete es durch Isabels Gedanken.

Und mit der neuen Art zu lachen rannte sie die Treppe hinunter.

EINE INDISKRETE REISE

Sie sieht aus wie die heilige Anna. Ja, die Concierge ist das Abbild der heiligen Anna, mit dem schwarzen Kopftuch, den herabhängenden grauen Haarbüscheln und der kleinen blakenden Lampe in der Hand. Wirklich sehr schön, dachte ich und sah lächelnd zu der heiligen Anna hinüber, die streng sagte: »Um sechs. Sie haben gerade noch Zeit. Auf dem Schreibtisch steht ein Becher Milch.« Ich sprang aus meinem Schlafanzug und in eine Schüssel mit kaltem Wasser, wie eben eine Engländerin in einem französischen Roman. Die Concierge, überzeugt, daß mich Gefängniszellen und der Tod durch das Bajonett erwarteten, öffnete die Fensterläden, und kaltes, helles Licht fiel herein. Auf dem Fluß tutete ein kleiner Dampfer. Ein Wagen mit zwei galoppierenden Pferden flog vorbei. Schnell wirbelndes Wasser; auf der anderen Seite standen die hohen schwarzen Bäume in Gruppen zusammen wie Neger im Gespräch. Unheimlich, sehr unheimlich, dachte ich, als ich den uralten Wettermantel zuknöpfte. (Mit diesem Mantel hatte es seine Bewandtnis. Er gehörte nicht mir. Ich hatte ihn von einer Freundin geliehen. Ich hatte ihn in ihrer kleinen, dunklen Diele hängen sehen. Genau das Richtige! Die perfekte und angemessene Verkleidung – ein alter wasserdichter Mantel. In einem solchen Mantel wurde schon der Kampf gegen Löwen aufgenommen. Bei aufgewühlter See sind Damen aus offenen Booten gerettet worden, in nichts anderes gehüllt. Ein alter wasserdichter Mantel ist für mich Symbol und Kennzeichen des unbestreitbar ehrenwerten Reisenden, stellte ich fest und ließ dafür mein leuchtendrotes gutes Stück mit Kragen und Manschetten aus echtem Seehundsfell da.)

»Sie kommen nie dahin«, sagte die Concierge, die mir zusah, wie ich den Kragen hochschlug. »Nie! Nie!« Ich rannte die widerhallenden Stufen hinunter – eigenartig, wie sie klangen, so als ob ein verschlafenes Hausmädchen auf dem Klavier klimperte – und fort zum Quai. »Warum so eilig, *ma mignonne*?« fragte ein süßer kleiner Junge in bunten Socken, der vor den elektrischen Lotosknospen herumtanzte, die sich über dem Eingang zur Métro wölbten. Ach, da blieb nicht einmal Zeit, ihm eine Kußhand zuzuwerfen. Als ich auf dem großen Bahnhof ankam, hatte ich nur noch vier Minuten Zeit, und im Zugang zum Bahnsteig drängten sich Soldaten, ihre gelben Papiere und große unordentliche Bündel in der Hand. Auf der einen Seite stand der Commissaire der Polizei, auf der anderen ein Namenloser Offizier. Ob er mich passieren läßt? Ob? Es war ein alter Mann mit einem dicken aufgedunsenen Gesicht, das mit Warzen übersät war. Eine Hornbrille auf der Nase. Zitternd wagte ich einen Versuch. Ich holte mein süßestes Frühmorgenlächeln hervor und präsentierte es zusammen mit den Papieren. Aber das zarte Etwas flatterte gegen die Hornbrille und zerstob. Trotz alledem ließ er mich passieren, und ich rannte und rannte durch die Soldaten hindurch, die hohen Stufen hinauf in den gelb gestrichenen Wagen.

»Fährt der Zug direkt nach X.?« fragte ich den Schaffner, der meine Fahrkarte mit einer Zange knipste und sie mir dann wiedergab. »Nein, Mademoiselle, Sie müssen in X. Y. Z. umsteigen.«

»In –?«

»X. Y. Z.«

Und wieder hatte ich es nicht verstanden. »Wann kommen wir dort an, bitte?«

»Ein Uhr.« Doch das nützte mir nichts. Ich hatte keine Uhr. Na gut – später.

Ah! Der Zug hatte sich in Bewegung gesetzt. Der Zug war

auf meiner Seite. Er verließ den Bahnhof in einem Bogen, und bald fuhren wir vorbei an Gemüsegärten, vorbei an den großen eintönigen Miethäusern, vorbei an teppichklopfenden Dienstboten. Die Sonne stand bereits am Himmel und wanderte über die Felder, schimmerte rosig aus den Flüssen und rotgesäumten Tümpeln und schien auf den entlangschaukelnden Zug, streifte meinen Muff und forderte mich auf, den Mantel auszuziehen. Ich war nicht allein im Abteil. Mir gegenüber saß eine alte Frau, der Rock war ihr über die Knie gerutscht, auf dem Kopf trug sie eine Haube aus schwarzer Spitze. In den dicken, mit einem Ehering und zwei Trauerringen geschmückten Händen hielt sie einen Brief. Langsam, ganz langsam verleibte sie sich einen Satz ein, sah dann auf und aus dem Fenster, ihre Lippen zitterten leicht, dann den nächsten Satz, und wieder wandte sie das alte Gesicht dem Licht zu, als prüfe sie den Geschmack ... Zwei Soldaten lehnten aus dem Fenster, ihre Köpfe stießen fast aneinander, einer von ihnen pfiff vor sich hin, der andere hatte seinen Mantel mit ein paar rostigen Sicherheitsnadeln zugesteckt. Und jetzt überall Soldaten, bei der Arbeit an den Gleisen, gegen Lastwagen gelehnt, oder sie standen da, die Hände in die Hüften gestemmt, die Augen auf den Zug gerichtet, als ob sie wenigstens einen Fotoapparat an jedem Fenster erwarteten. Und nun fuhren wir an großen aufgeputzten, Tanzböden oder Strandpavillons ähnlichen Holzbaracken vorbei. Auf jeder wehte eine Flagge. Da war ein Kommen und Gehen von Sanitätern. Die Verwundeten saßen an die Wände gelehnt und sonnten sich. An allen Brücken, Bahnübergängen, Bahnhöfen ein *petit soldat* in voller Montur. Er sah richtig verlassen und betrübt drein, wie eine kleine Witzzeichnung, die darauf wartet, daß der Witz darunter geschrieben wird. Gibt es wirklich so etwas wie Krieg? Sollten all die lachenden Stimmen wahrhaftig in den Krieg ziehen? Diese dunklen Wälder, in denen die weißen Stämme der Birken und Eschen so geheimnisvoll leuchten, diese weiten Gewässer, über denen große Vögel kreisen, die im Licht blau und grün schimmernden Flüsse, sind an solchen Orten Schlachten geschlagen worden?

An was für herrlichen Friedhöfen wir vorbeifahren! Bunt leuchten sie in der Sonne auf, als wären sie voller Kornblumen, Mohnblumen und Margeriten. Wo kommen in dieser Jahreszeit nur so viele Blumen her? Aber das sind ja gar keine Blumen. Das sind Sträuße von Bändern auf den Soldatengräbern.

Ich sah auf und begegnete dem Blick der alten Frau. Sie lächelte und faltete den Brief zusammen. »Er ist von meinem Sohn, der erste, den wir seit Oktober bekommen haben. Ich bringe ihn meiner Schwiegertochter.«

»...?«

»Ja, sehr gut«, sagte die alte Frau, schüttelte den Rock herunter und steckte den Arm durch den Henkelkorb. »Er möchte, daß ich ihm paar Taschentücher und ein starkes Stück Strick schicke.«

Wie heißt doch die Station, wo ich umsteigen muß? Vielleicht erfahre ich es nie. Ich stand auf und lehnte mich ans Fenster, die Füße gekreuzt. Das Gesicht brannte mir wie in meiner Kindheit, wenn ich auf dem Weg zum Strand war. Wenn der Krieg vorüber ist, werde ich mit einem Lastkahn auf diesen Flüssen entlangfahren, eine weiße Katze und einen Resedatopf zur Gesellschaft an Bord.

Hügelabwärts marschierte, im Licht rot und grün aufleuchtend, eine Reihe Soldaten. Wieder andere flitzten in der Ferne, aber deutlich zu erkennen, auf Fahrrädern vorbei. Nein wirklich, *ma France adorée*, diese Uniform ist lächerlich. Deine Soldaten sind dir auf die Brust geklebt wie respektlose Abziehbilder.

Der Zug verlangsamte die Fahrt, hielt. Alle außer mir stiegen aus. Ein Langer sah mich sehr freundlich an. Er hatte seine Holzschuhe mit einem Strick hinten angebunden, sein Weinbecher war aus Zinn und innen herrlich unmöglich rosa. Muß man vielleicht hier nach X. umsteigen? Ein anderer, dessen Käppi aus einer nassen Papiertüte zum Vorschein gekommen war, hob mit Schwung meinen Koffer herunter. Wie nett Soldaten doch waren! »*Merci bien, Monsieur, vous êtes tout à fait aimable*...« – »Nicht hier lang«, sagte ein Infanterist. »Hier auch nicht«, ein anderer. So folgte ich der Menge. »Ihren Paß, Mademoiselle...« – »Wir, Sir Edward Grey...« Ich lief über den schlammigen Platz in den Speisesaal.

Ein grüner Raum mit einem vorspringenden Ofen und Tischen an jeder Seite. An der Theke, die lauter bunte Flaschen zierten, lehnte eine Frau, die Arme über den Brüsten verschränkt. Durch eine offene Tür kann ich die Küche sehen und den Koch in einem weißen Kittel, wie er Eier in ein Gefäß schlägt und die Schalen in eine Ecke wirft. Die blauen und roten Röcke der essenden Männer hängen an den Wänden. Auf den Stühlen stapeln sich Bajonette und Koppel. Lieber Himmel, was für ein Lärm! Die durchsonnte Luft war wie aufgewühlt und erschüttert von all dem Lärm. Ein kleiner Junge, sehr blaß, ging von Tisch zu Tisch, nahm die Bestellungen entgegen und goß mir ein Glas dunklen Kaffee ein. Ssssch! zischten die Eier in der Pfanne. Die Frau kam eilig hinter der Theke hervor und begann, dem Jungen zu helfen. *Toute de suite, tout' suite!* zwitscherte sie den lauten ungeduldigen Stimmen zu. Teller klapperten und flupp! knallten die Korken.

Auf einmal sah ich im Eingang einen Mann mit einem Eimer Fisch – braunem, gesprenkeltem Fisch, wie die Fische, die man in Schaukästen sieht, wo sie durch Wälder herrlichen gepreßten Seetangs schwimmen. Es war ein alter Mann in einer zerlumpten Jacke. Bescheiden stand er da und wartete, daß jemand auf ihn aufmerksam würde. Ein dünner Bart fiel ihm auf die Brust, die Augen unter den buschigen Brauen waren auf den Eimer gerichtet, den er trug. Er sah aus, als ob er aus einem Heiligenbild gestiegen wäre und die Soldaten um Verzeihung bäte, daß er überhaupt da war ...

Aber was hätte ich tun können? Ich konnte doch nicht mit zwei an einem Strohhalm baumelnden Fischen nach X. kommen. Und sicher gilt es in Frankreich als Vergehen, Fisch aus dem Fenster eines Eisenbahnwagens zu werfen. Solche Gedanken bewegten mich, als ich betrübt in einen kleineren, schäbigeren Zug einstieg. Vielleicht hätte ich sie zu – ah, *mon Dieu*, ich hatte den Namen von Onkel und Tante schon wieder vergessen! – mitnehmen sollen. Buffard, Buffon – wie war er doch gleich? Und wieder las ich den ungewöhnlichen Brief in der vertrauten Handschrift.

›Meine liebe Nichte!

Da jetzt das Wetter beständiger geworden ist, würden sich Deine Tante und Dein Onkel sehr freuen, wenn Du uns mal besuchen kämst. Telegrafiere mir, wann Du kommst. Ich werde Dich am Bahnhof abholen, wenn ich freihabe. Andernfalls wird Dich unsere gute alte Freundin, Madame Grinçon, die in dem kleinen Zollhäuschen an der Brücke wohnt, *juste en face de la gare*, zu uns bringen. *Je vous embrasse bien tendrement.*

Julie Boiffard.‹

Eine Visitenkarte lag dabei: M. Paul Boiffard.

Boiffard, natürlich, das war der Name. *Ma tante Julie et mon oncle Paul*, plötzlich fühlte ich sie nahe, wirklicher, greifbarer als alle Verwandten, die ich jemals gekannt hatte. Ich sah *tante Julie* stolzgeschwellt, mit der Suppenterrine in der Hand, und *oncle Paul*, wie er mit einer rotweißen Serviette um den Hals am Tisch saß. Boiffard – Boiffard, ich muß mir den Namen merken. Angenommen, der Commissaire Militaire fragt mich, wer die Verwandten seien, die ich besuchen wolle, und ich bringe den Namen durcheinander – Oh, wie fatal! Buffard, nein, Boiffard. Und dann, als ich Tante Julies Brief zusammenfaltete, sah ich zum ersten Mal in die Ecke der leeren Rückseite gekritzelt: *Venez vite, vite.* Merkwürdige, impulsive Frau! Ich bekam Herzklopfen ...

»Ah, jetzt ist es nicht mehr weit«, sagte die Dame mir gegenüber. »Sie fahren nach X., Mademoiselle?«

»Oui, Madame.«

»Ich auch ... Sind Sie schon mal dort gewesen?«

»Nein, Madame, das ist das erste Mal.«

»Wirklich eine merkwürdige Zeit für einen Besuch.«

Ich lächelte leicht und bemühte mich, nicht ihren Hut anzusehen. Sie war eine ganz gewöhnliche kleine Frau, aber sie trug einen schwarzen Samthut mit einer unglaublich überrascht dreinschauenden Seemöwe darauf, deren runde Augen so fragend auf mich gerichtet waren, daß ich es fast nicht ertragen konnte. Ich war drauf und dran, sie wegzuscheuchen oder mich vornüberzubeugen und die Frau von ihrer Anwesenheit zu unterrichten ...

»*Excusez-moi*, Madame, aber vielleicht haben Sie gar nicht gemerkt, daß eine *espèce de Seemöwe couché sur votre chapeau.*«

Konnte es Absicht sein, daß der Vogel dort war? Ich darf nicht lachen ... Bloß nicht lachen. Ob sie sich jemals mit dem Vogel auf dem Kopf im Spiegel gesehen hatte?

»Es ist zur Zeit sehr schwer, nach X. hineinzukommen, den Bahnhof zu verlassen«, sagte sie, und sie schüttelte den Kopf mit der Seemöwe in meine Richtung. »Ach, so ein Umstand! Man muß namentlich unterschreiben und angeben, was man will.«

»Oh, ist es wirklich so schlimm?«

»Aber sicher. Sehn Sie, der ganze Ort ist in den Händen des Militärs, und« – sie zuckte mit den Schultern – »man muß streng sein. Viele kommen nicht weiter als bis zum Bahnhof. Sie kommen an. Sie werden ins Wartezimmer verfrachtet, und damit hat sich's.«

Täuschte ich mich, oder hatte ihre Stimme einen eigenartigen, beleidigenden Ton?

»Eine derartige Strenge wird wohl unbedingt notwendig sein«, sagte ich kalt und streichelte meinen Muff.

»Notwendig!« rief sie. »Und ob! Also, Mademoiselle, Sie können sich einfach nicht vorstellen, was sonst los wäre. Sie wissen ja, wie Frauen sind, wenn es um Soldaten geht«, sie machte eine abschließende Handbewegung, »verrückt, vollkommen verrückt! Aber«, lachte sie leicht triumphierend, »sie könnten ja nicht nach X. reinkommen. Mon Dieu, nein! Das ist überhaupt keine Frage.«

»Ich denke nicht, daß sie es überhaupt versuchen«, sagte ich.

»So?« fragte die Seemöwe.

Eine Weile sagte Madame nichts. »Natürlich verfahren die Behörden sehr hart mit den Männern. Darauf steht sofortiger Arrest und dann – ab an die Front, ohne Pardon.«

»Was wollen *Sie* in X.?« wollte die Seemöwe wissen. »Was um alles in der Welt machen *Sie* denn hier?«

»Werden Sie lange in X. bleiben, Mademoiselle?«

Sie hatte gewonnen, ja, sie hatte gewonnen. Ich hatte Angst bekommen. Ein Laternenpfahl mit dem verhängnisvollen Namen darauf glitt vorbei. Ich konnte kaum atmen. Der Zug hatte angehalten. Beschwingt lächelte ich Madame zu und hüpfte die Stufen hinab auf den Bahnsteig ...

Der Raum war klein und warm, komplett eingerichtet. Zwei Offiziere vom Range eines Obersten saßen an zwei Tischen. Es waren große graubärtige Männer mit einer leichten Röte im Gesicht. Sie sahen prächtig und allmächtig aus. Der eine rauchte, was Damen gern eine schwere ägyptische Zigarette nennen, mit langer cremeartiger Asche, der andere spielte mit einer verzierten Feder. Ihre Köpfe schwankten über den engen Kragen wie große überreife Früchte. Als ich Paß und Fahrkarte hingab, hatte ich das schreckliche Gefühl, daß ein Soldat vortreten und mich auffordern würde niederzuknien. Zweifellos wäre ich auf die Knie gesunken.

»Was ist das?« fragte Gott Numero I verdrossen. Mein Paß gefiel ihm absolut nicht. Der bloße Anblick schien ihn zu ärgern. Er machte eine abweisende Handbewegung, die zu sagen schien: »*Non, je ne peux pas manger ça.*«

»Aber das geht nicht. Das geht auf keinen Fall. Sehen Sie, urteilen Sie selbst!« Und voller Mißbilligung schaute er mein Paßbild an, und dann, mit noch größerer Mißbilligung, blickten seine glasklaren Augen mich an.

»Ja, das Foto ist erbärmlich.« Ich konnte vor Angst kaum atmen. »Aber es hat nie Beanstandungen mit einem Visum gegeben.«

Er erhob seinen massigen Körper und ging hinüber zu Gott Numero II.

»Nur Mut!« sagte ich zu meinem Muff und hielt ihn fest. »Mut!«

Gott Numero II wies mit einem Finger auf mich, und ich zeigte Tante Julies Brief und Visitenkarte hin. Aber er schien nicht das leiseste Interesse an Tante Julie zu haben. Müßig stempelte er den Paß, kritzelte etwas auf meine Fahrkarte, und ich war wieder auf dem Bahnsteig.

»Da hinaus – gehn Sie da hinaus!«

Sehr blaß, mit einem leichten Lächeln auf den Lippen, die Hand zum Gruß erhoben, stand da der kleine Korporal. Ich rührte mich nicht, ganz bestimmt, ich rührte mich nicht. Er trat hinter mich.

»Und folge mir dann, als würdest du mich nicht sehn«, hörte ich ihn halb flüstern, halb singen.

Wie schnell er durch den schlüpfrigen Schlamm auf eine Brücke zuging! Er trug eine Briefträgertasche auf dem Rücken, ein Päckchen und den ›Matin‹ in der Hand. Wir schienen uns durch ein Labyrinth von Polizisten hindurchzuschlängeln, und ich konnte einfach nicht Schritt halten mit dem kleinen Korporal, der zu pfeifen anfing. Vom Zollhäuschen aus beobachtete ›unsere gute alte Freundin, Madame Grinçon‹, die Hände in einen Schal gewickelt, unser Kommen. Bei dem Zollhäuschen stand eine winzige unscheinbare Droschke. »*Montez vite, vite!*« sagte der kleine Korporal und schleuderte meinen Koffer, die Briefträgertasche, das Päckchen und den ›Matin‹ hinein.

»A-ie! A-ie! Sein Sie doch nicht so wahnwitzig! Fahrn Sie nicht selber mit! Man wird Sie sehen«, jammerte ›unsere gute alte Freundin, Madame Grinçon‹.

»*Ah, je m'en f ...*«, sagte der kleine Korporal.

Der Fahrer geriet schlagartig in Bewegung. Er peitschte den dürren Gaul, und ab ging's. Die beiden Türen, die die ganzen Seitenwände der Droschke darstellten, klapperten und schlugen hin und her.

»*Bonjour, mon ami!*«

»*Bonjour, mon ami!*«

Und dann stürzten wir uns auf die beiden klappernden Türen und hielten sie fest. Sie blieben einfach nicht zu. Es waren idiotische Türen.

»Lehn dich zurück, laß mich ran!« schrie ich. »Es wimmelt hier ja nur so von Polizisten.«

An den Kasernen bäumten sich die Pferde auf und hielten. Eine Menge lachender Gesichter verdunkelte das Fenster.

»*Prends ça, mon vieux*«, der kleine Korporal reichte das Päckchen hinaus.

»In Ordnung«, rief einer.

Wir winkten, und weiter ging's, an einem Fluß, eine seltsame weiße Straße entlang, mit kleinen Häusern zu beiden Seiten, fröhlich in der Abendsonne.

»Sobald wir wieder halten, springst du raus. Die Tür ist offen. Lauf geradewegs hinein. Ich komme nach. Der Mann ist bereits bezahlt. Das Haus wird dir bestimmt gefallen. Es ist ganz weiß. Und das Zimmer ist auch weiß, und die Leute sind –«

»Weiß wie Schnee.«

Wir sahen uns an. Wir begannen zu lachen. »Jetzt!« rief der kleine Korporal.

Ich sprang hinaus und hinein in die Tür. Dort stand meine mutmaßliche Tante Julie. Da im Hintergrund machte sich wohl mein Onkel Paul zu schaffen.

»Bonjour, Madame!« – »Bonjour, Monsieur!«

»Alles in Ordnung, Sie sind in Sicherheit«, sagte meine Tante Julie. Mein Gott, wie liebte ich sie da! Und sie öffnete die Tür zu dem weißen Zimmer und schloß sie wieder hinter uns. Runter mit dem Koffer, der Briefträgertasche, dem ›Matin‹. Ich warf meinen Paß in die Luft, und der kleine Korporal fing ihn auf.

Merkwürdig! Jeden Tag waren wir dort zum Mittag- und Abendessen gewesen. Aber jetzt, in der Dämmerung und allein, konnte ich es nicht finden. Ich stapfte in den geborgten *Sabots* durch den glitschigen Schlamm bis ans Ende des Dorfes. Nichts zu sehen. Ich konnte mich nicht einmal mehr daran erinnern, wie es aussah oder ob ein Name draußen dran stand oder ob da Flaschen und Tische am Fenster zu sehen waren. Die Häuser waren bereits hinter großen hölzernen Fensterläden für die Nacht dicht verschlossen. Sie sahen seltsam und geheimnisvoll aus in dem unwirklichen schwindenden Licht und dem leichten Regen. Wie eine Gruppe von Bettlern, die sich an einem Hang zusammendrängte, die Brusttaschen voll von reichem, ungesetzlichem Gold. Außer Soldaten war niemand unterwegs. Eine Gruppe Verwundeter stand unter einem Laternenpfahl und streichelte einen räudigen zitternden Hund. Singend kamen vier große Soldaten gezogen:

»*Dodo, mon homme, fais vit' dodo ...*«

und schwankten hügelabwärts zu ihren Baracken hinter dem Bahnhof. Sie schienen den letzten Atemzug des Tages mit sich zu nehmen. Ich begann, langsam zurückzugehen.

»Es muß eins dieser Häuser gewesen sein. Ich erinnere mich, es stand weit zurück von der Straße, und es hatte keine Stufen, nicht einmal eine Veranda. Es war, als ginge man direkt durch das Fenster.« Und dann kam auf einmal der Kellner aus einem solchen Haus heraus. Er sah mich, grinste fröhlich und begann, durch die Zähne zu pfeifen.

»*Bon soir, mon petit!*«

»Bon soir, Madame!« Und er folgte mir im Café an unseren üblichen Tisch, ganz am anderen Ende beim Fenster. Der Veilchenstrauß, den ich gestern dort in einem Glas stehengelassen hatte, stand noch da.

»Sie sind zu zweit?« fragte der Kellner und wedelte mit einem rotweißen Tuch über den Tisch. Seine langen, weit ausholenden Schritte hallten auf dem blanken Fußboden. Er verschwand in der Küche und kam wieder, um die Lampe anzuzünden, die unter einem ausladenden Schirm von der Decke herabhing, wie die Hüte, die man bei der Heuernte sieht. Warmes Licht fiel in den leeren Raum, der ursprünglich eine Scheune gewesen war, in die man wacklige Tische und Stühle gestellt hatte. Mitten hinein in den Raum ragte ein schwarzer Ofen. Auf der einen Seite stand ein Tisch mit einer Batterie Flaschen. Daran saß Madame, nahm das Geld entgegen und machte Eintragungen in ein rotes Buch. Ihrem Tisch gegenüber führte eine Tür in die Küche. Die Wände bedeckte eine gelblichweiße Tapete mit bombastischen grünen Bäumen. Hunderte und aber Hunderte von Bäumen streckten ihre pilzförmigen Wipfel gegen die Decke. Ich fragte mich, wer die Tapete wohl ausgesucht hatte und warum. Ob Madame sie für schön hielt oder glaubte, daß es angenehm und lustig sei, zu allen Jahreszeiten seine Mahlzeiten inmitten eines Waldes einzunehmen ... Zu beiden Seiten der Uhr hing ein Bild. Das eine zeigte einen jungen Mann in schwarzen eng anliegenden Hosen, der eine birnenförmige Dame in Gelb über die Lehne eines Gartenstuhls anbetete, *Premier Rencontre*: das zweite Schwarz und Gelb in amouröser Verstrickung, *Triomphe d'Amour*.

Die Uhr tickte in einem wohltuenden Gleichmaß: *C'est ça, c'est ça*. In der Küche war der Kellner beim Abwaschen. Ich hörte das geisterhafte Geklapper von Geschirr.

Und Jahre vergingen. Vielleicht ist der Krieg lange aus, draußen ist überhaupt kein Ort, die Straßen sind ruhig unter dem Gras. Ich stelle mir vor, daß man genau das am allerletzten Tag tun wird, in einem leeren Café sitzen und dem Ticken einer Uhr lauschen, bis –

Durch die Küchentür kam Madame herein, nickte mir zu und setzte sich auf ihren Platz an den Tisch, die dicken Hände über dem roten Buch gefaltet. Ping! machte die Tür. Eine Handvoll Soldaten kam herein, sie legten die Mäntel ab und begannen, Karten zu spielen, wobei sie den hübschen Kellner neckten und sich über ihn lustig machten. Dieser warf seinen kleinen runden Kopf hoch, strich sich die dichten Ponyhaare aus den Augen und parierte mit seiner gebrochenen Stimme. Manchmal bäumte sich seine Stimme auf, aus der Tiefe seiner Kehle, dunkel und rauh, und dann, mitten im Satz, brach sie und löste sich in einem komischen Piepsen auf. Das schien ihm selbst Spaß zu machen. Es hätte einen nicht überrascht, wenn er auf den Händen in die Küche gelaufen wäre und beim Servieren ein Rad geschlagen hätte.

Ping! machte wieder die Tür. Zwei andere kamen herein. Sie setzten sich an den Tisch, der Madame am nächsten war, und mit einer vogelgleichen Bewegung beugte sie sich zu ihnen, den Kopf auf eine Seite gelegt. Oh, hatten sie Ärger! Der Leutnant war ein ausgemachter Trottel, ständig schnüffelte er herum, fuhr auf sie los, und sie hatten nur Knöpfe angenäht. Ja, das war's, sie nähen Knöpfe an, und da kommt dieser junge Schnösel. »Na, was gibt's?« Sie machten diese idiotische Stimme nach. Madame zog die Mundwinkel nach unten und nickte voller Mitgefühl. Der Kellner brachte ihnen Gläser. Er nahm eine Flasche mit orangefarbenem Zeug und stellte sie an den Rand des Tisches. Ein Ausruf der Kartenspieler ließ ihn herumfahren, und krach! fiel die Flasche runter, der Inhalt ergoß sich über Tisch und Fußboden, und knall! zerbrach sie in klirrende Stücke. Bestürztes Schweigen, durch das der Wein auf den Boden tröpfelte... Es sah komisch aus, wie die Tropfen so langsam fielen, als weinte der Tisch. Dann ein Aufschrei der Kartenspieler: »Jetzt kriegst du dein Fett, mein Junge!... So ist's richtig! Jetzt bist du erledigt!... *Sept, huit, neuf.*« Sie spielten weiter. Der Kellner sagte kein Wort. Den Kopf gesenkt, die Hände ausgebreitet, stand er da. Dann bückte er sich und hob die Scherben auf, Stück für Stück, und tupfte mit einem Tuch den Wein auf. Erst als Madame beschwingt ausrief: »Wart nur, bis *er* es entdeckt!«, hob er den Kopf.

»Er kann nichts sagen, wenn ich's bezahle«, murmelte er und verzog das Gesicht. Dann ging er mit dem klatschnassen Tuch in die Küche.

»*Il pleure de colère*«, sagte Madame entzückt und strich sich mit ihren dicken Händen übers Haar.

Allmählich füllte sich das Café. Es wurde sehr warm. Blauer Rauch stieg von den Tischen auf und hing in Schwaden über der Lampe, die an die Hüte bei der Heuernte erinnerte. Ein stickiger Geruch von Zwiebelsuppe, Stiefeln und feuchtem Tuch hing in der Luft. Durch den Lärm hörte man wieder die Tür gehen. Ein schmächtiger Bursche kam herein. Er stand mit dem Rücken zur Tür und hielt eine Hand über die Augen.

»Hallo! Der Verband ist ab?«

»Wie macht sich's, *mon vieux*?«

»Laß mal sehen!«

Aber er gab keine Antwort. Er zuckte mit den Schultern und wankte auf einen Tisch zu, setzte sich und lehnte sich an die Wand. Langsam ließ er die Hand sinken. In seinem weißen Gesicht brannten die Augen wie bei einem Kaninchen. Sie füllten sich mit Tränen und liefen über, sie füllten sich und liefen über. Er zog ein weißes Tuch aus der Tasche und wischte sich die Augen.

»Das ist der Rauch«, sagte einer. »Der beißt.«

Seine Kameraden beobachteten ihn ein wenig, sahen zu, wie sich seine Augen wieder füllten und wieder überflossen. Die Tränen liefen ihm übers Gesicht, tropften vom Kinn auf den Tisch. Er rieb die Stelle mit dem Jackenärmel, und dann, wie abwesend vor sich hin starrend, rieb und rieb er immer weiter mit der Hand über den Tisch. Und dann begann er, im Takt zu seiner Handbewegung den Kopf zu schütteln. Er stöhnte laut auf und zog wieder das Tuch heraus.

»*Huit, neuf, dix*«, sagten die Kartenspieler.

»*P'tit*, noch ein bißchen Brot.«

»Zwei Kaffee.«

»*Un Picon!*«

Der Kellner, wieder auf dem Posten, aber noch ganz rot im Gesicht, rannte hin und her. Unter den Kartenspielern entbrannte ein fürchterlicher Streit, tobte zwei Minuten lang, verebbte im aufflackernden Gelächter. »Uuh!« stöhnte der Mann mit den tränenden Augen, schaukelte hin und her und wischte. Aber niemand achtete auf ihn außer Madame. Sie sah zu den beiden Soldaten hinüber und verzog ein wenig das Gesicht.

»*Mais vous savez, c'est un peu dégoûtant, ça*«, sagte sie streng.

»Ah, oui, Madame«, erwiderten die Soldaten und musterten ihren gesenkten Kopf und die hübschen Hände, als sie vielleicht zum hundertsten Male eine Spitzenrüsche auf ihrem üppigen Busen ordnete.

»*V'la Monsieur!*« krächzte der Kellner über die Schulter hinweg in meine Richtung. Aus einem unerfindlichen Grund tat ich, als hätte ich das nicht gehört, lehnte mich über den Tisch und roch an den Veilchen, bis sich die Hand des kleinen Korporals über meine legte.

»Zuerst *un peu de charcuterie*?« fragte er zärtlich.

»In England«, sagte der Soldat mit den blauen Augen, »trinkt man Whisky zum Essen. *N' est-ce pas, Mademoiselle?* Ein kleines Glas Whisky pur vor dem Essen. Whisky und Soda zu ihren *bifteks*, und danach wiederum Whisky mit heißem Wasser und Zitrone.«

»Stimmt das?« fragte sein großer Freund, der gegenübersaß, ein Hüne mit einem roten Gesicht, schwarzem Bart und großen, schwimmenden Augen. Sein Haar sah aus wie mit einer Mähmaschine geschnitten.

»Nicht ganz«, erwiderte ich.

»*Si, si*«, rief der Soldat mit den blauen Augen. »Ich muß das schließlich wissen. Ich bin Geschäftsmann. Ich habe mit englischen Vertretern zu tun, und es ist immer dasselbe.«

»Bah, ich mag keinen Whisky«, sagte der kleine Korporal. »Der nächste Morgen ist zu widerlich. Kannst du dich an den Whisky in der kleinen Bar in Montmartre erinnern, *ma fille?*«

»*Souvenir tendre*«, seufzte der Schwarzbart, schob zwei Finger in den Verschluß seiner Jacke und ließ den Kopf nach unten fallen. Er war sehr betrunken.

»Aber ich kenne was, was ihr noch nie getrunken habt«, der Soldat mit den blauen Augen zeigte mit dem Finger auf mich. »Was wirklich Gutes.« Klack! schnalzte er mit der Zunge. »*Épatant!* Und das Komische dabei ist, daß man es kaum von Whisky unterscheiden kann, außer daß es –«, er versuchte, mit der Hand nach dem Wort zu greifen, »feiner, vielleicht süßer ist. Es beißt auch nicht so, und am andern Morgen fühlt man sich pudelwohl.«

»Wie heißt das?«

»Mirabelle!« Er wälzte das Wort förmlich im Mund herum, unter der Zunge. »Ah-ha, das ist großartig.«

»Ich hätte gern noch Champignons«, sagte der Schwarzbart.

»Ich hätte gern noch einen Pilz. Ich könnte bestimmt noch einen Champignon essen, wenn Mademoiselle ihn mir von ihrer Hand reichte.«

»Du müßtest das mal probieren«, beharrte der Soldat mit den blauen Augen, beide Hände auf den Tisch gestützt. Er sprach mit so tiefem Ernst, daß ich mich zu fragen begann, um wieviel nüchterner er wäre als der Schwarzbart. »Du müßtest das mal probieren, und zwar heute. Ich möchte gern von dir wissen, ob du nicht auch glaubst, daß es wie Whisky schmeckt.«

»Vielleicht gibt's das Zeug hier«, sagte der kleine Korporal, und er rief den Kellner. »*P'tit!*«

»Non, Monsieur«, sagte der Junge, der immer ein Lächeln zeigte. Er servierte uns das Dessert auf Tellern, die mit blauen Papageien und Hirschkäfern bemalt waren.

»Wie heißt das auf Englisch?« fragte der Schwarzbart und zeigte auf den Papagei. Ich sagte es ihm. »Parrot.«

»*Ah, mon Dieu!* ... *Pair-rot* ...« Er legte die Arme um seinen Teller. »Ich liebe dich, *ma petite pair-rot*. Du bist süß, du bist blond, du bist englisch. Du kennst nicht den Unterschied zwischen Whisky und Mirabelle.«

Der kleine Korporal und ich sahen uns an und lachten. Er kniff die Augen zusammen, wenn er lachte, so daß man nur die langen geschwungenen Wimpern sah.

»Hm, ich weiß, wo es Mirabelle gibt«, sagte der Soldat mit den blauen Augen. »Café des Amis. Wir gehen dorthin – ich bezahle – ich bezahle für uns alle.« Seine Geste umfaßte Tausende Pfund.

Doch mit einem lauten, schwirrenden Geräusch schlug die Wanduhr halb neun. Und kein Soldat darf nach 20 Uhr ein Café betreten.

»Geht vor«, sagte der Soldat mit den blauen Augen. Aber die Uhr des kleinen Korporals zeigte dieselbe Zeit. Ebenso die riesige Zwiebel, die der Schwarzbart hervorholte und behutsam auf dem Kopf eines der Hirschkäfer ablegte.

»Nun gut, wir werden's riskieren«, drängte der Soldat mit den blauen Augen, und er fuhr mit den Armen in seinen gewaltigen Kratzenledermantel. »Es lohnt sich«, versprach er. »Es lohnt sich. Wartet nur ab!«

Draußen schienen die Sterne zwischen wuscheligen Wolken hervor. Und der Mond flackerte wie eine Kerzenflamme über einem spitzen Turm. Auf den weißen Häusern zitterten die Schatten der dunklen, an Federbüsche erinnernden Bäume. Keine Menschenseele zu sehen. Kein Laut zu hören außer dem Sch-sch! eines fernen Zuges, wie ein großes, im Schlaf scharrendes Tier.

»Du frierst«, flüsterte der kleine Korporal. »Du frierst, ma fille.«

»Nein, wirklich nicht.«

»Aber du zitterst ja.«

»Ja, aber ich friere nicht.«

»Wie sind eigentlich die Frauen in England?« fragte der Schwarzbart. »Wenn der Krieg aus ist, geh ich nach England. Ich such mir eine kleine Engländerin und heirate sie – und ihren ›pair-rot‹.« Ein lautes Lachen würgte ihn.

»Idiot!« Der Soldat mit den blauen Augen schüttelte ihn. Er beugte sich zu mir herüber. »Erst nach dem zweiten Glas schmeckst du's richtig«, flüsterte er.

»Das zweite kleine Glas und dann – ah! dann kennst du's.«

Das Café des Amis schimmerte im Mondlicht. Wir blickten schnell die Straße hinauf und hinunter, rannten die vier Holzstufen hinauf und öffneten die klingelnde Glastür, die in einen niedrigen, von einer Hängelampe erleuchteten Raum führte, wo etwa zehn Leute beim Essen saßen. Sie saßen auf zwei Bänken an einem schmalen Tisch.

»Soldaten!« kreischte eine Frau auf und sprang in einem Satz hinter einer Suppenschüssel hervor, eine spindeldürre Frau in einem schwarzen Umschlagtuch. »Soldaten! Um diese Zeit! Werft mal einen Blick auf die Uhr dort! Ja!« Und sie zeigte mit dem tropfenden Schöpflöffel auf die Uhr.

»Sie geht vor«, sagte der Soldat mit den blauen Augen. »Sie geht vor, Madame. Und machen Sie doch nicht soviel Lärm, ich bitte Sie. Wir werden trinken und gehen.«

»Wirklich?« schrie sie, kam um den Tisch herumgerannt und pflanzte sich vor uns auf. »Kommt ja gar nicht in Frage! Um diese nächtliche Stunde in das Haus einer ehrbaren Frau zu kommen, eine Szene zu machen, ich werde die Polizei auf euch hetzen. O Gott, o Gott! Es ist eine Schande, es ist einfach eine Schande!«

»Sch!« machte der kleine Korporal und hob die Hand. Totenstille. In der Stille hörten wir Schritte vorbeigehen.

»Die Polizei«, flüsterte der Schwarzbart und winkte einem Mädchen mit Ohrringen zu, das keß zurücklächelte. »Sch!«

Die Gesichter sahen auf, lauschten. ›Wie schön sie sind!‹ dachte ich. ›Wie im Neuen Testament eine Familie beim Abendmahl...‹ Die Schritte verhallten.

»Wär euch recht geschehn, wenn sie euch erwischt hätten!« schalt die aufgebrachte Frau. »Schade, daß die Polizei nicht gekommen ist. Ihr hättet's verdient, jawohl.«

»Ein kleines Glas Mirabelle, und wir gehn wieder«, beharrte der Soldat mit den blauen Augen.

Sie schimpfte und murrte immer noch, als sie vier Gläser und eine große Flasche aus dem Schrank nahm. »Aber hier drin trinkt ihr das nicht. Denkt ja nicht!« Der kleine Korporal rannte in die Küche. »Nicht dahin! Nicht dahin! Idiot!« schrie sie. »Können Sie nicht sehn, daß dort ein Fenster ist? Und gegenüber eine Mauer, wo die Polizei jeden Abend hinkommt, um...«

»Sch!« Erneute Angst.

»Ihr seid verrückt, und ihr werdet im Gefängnis landen, alle vier«, sagte die Frau. Sie stürzte aus dem Zimmer. Auf Zehenspitzen gingen wir ihr nach in eine dunkle, übelriechende Spülküche, die voll stand von Pfannen mit fettigem Wasser, Salatblättern und Suppenknochen.

»Hier!« Sie setzte die Gläser ab. »Trinkt und geht!«

»Ach, endlich!« Die glückliche Stimme des Soldaten mit

den blauen Augen drang durch die Dunkelheit. »Was meinst du? Ist das Zeug nicht genau, wie ich gesagt habe? Schmeckt das nicht wie exzellenter – ex-zellenter Whisky?«

DIE KLEINE GOUVERNANTE

Ach Gott, wie sehr wünschte sie, es wäre nicht Nacht. Sie wäre viel lieber bei Tage gereist, viel, viel lieber. Aber die Dame in der Gouvernantenvermittlung hatte gesagt: »Sie fahren am besten mit dem Abendschiff, und wenn Sie im Zug dann in ein Abteil ›Für Damen‹ einsteigen, dann ist das viel sicherer, als wenn Sie in einem fremden Hotel übernachten. Und verlassen Sie nicht das Abteil. Laufen Sie nicht die Gänge lang, und schließen Sie ja die Tür zur Toilette zu, wenn Sie dahin gehen. Um acht kommt der Zug in München an, und Frau Arnholdt schreibt, zum Hotel Grunewald ist's nur eine Minute. Ein Dienstmann kann Sie hinbringen. Frau Arnholdt wird am selben Abend um sechs Uhr eintreffen, so daß Sie einen angenehm ruhigen Tag haben, um sich nach der Fahrt auszuruhen und Ihr Deutsch aufzufrischen. Und wenn Sie etwas essen möchten, dann würde ich Ihnen raten, schnell in die nächste Bäckerei zu gehen, dort können Sie sich Rosinenbrötchen und eine Tasse Kaffee kaufen. Sie sind noch nie im Ausland gewesen, nicht wahr?« – »Nein.« – »Also, ich sage immer meinen Mädchen, es ist besser, fremden Leuten zuerst zu mißtrauen, als zu trauen, und es ist sicherer, fremde Leute böser Absichten zu verdächtigen als guter ... Das klingt ziemlich hart, aber wir müssen doch Frauen von Welt sein, nicht wahr?«

Es war fein gewesen in der Damenkabine. Die Stewardess war so freundlich, sie besorgte den Geldumtausch für sie und wickelte ihr die Füße ein. Sie hatte auf einem der harten, mit blaßroten Zweigen gemusterten Ruhebetten gelegen und die anderen Mitreisenden beobachtet, die, ganz ungezwungen und natürlich, ihre Hüte an den Polstern feststeckten, Schuhe und Röcke auszogen, Toilettenkästchen öffneten und mit geheimnisvoll knisternden Päckchen hantierten, sich einen Schleier um den Kopf banden, ehe sie sich hinlegten. Wumm, wumm, wumm dröhnte gleichmäßig die Schiffsschraube. Die Stewardess zog einen grünen Schirm über die Lampe und setzte sich an den Ofen, den Rock über die Knie zurückgeschlagen, im Schoß ihr Strickzeug. Über ihr auf einem Bord stand ein Wasserkrug, dahinein war ein buschiger Blumenstrauß gezwängt. ›Reisen gefällt mir ungemein‹, dachte die kleine Gouvernante. Sie lächelte und überließ sich ganz der Wärme und dem Schaukeln.

Doch als das Schiff anlegte und sie an Deck ging, in einer Hand den Reisekorb, die dicke wollene Reisedecke und den Schirm in der anderen, blies ihr ein fremder, kalter Wind unter den Hut. Sie schaute hinauf zu den Masten und Spieren des Schiffs, die sich schwarz von dem grünlich glitzernden Himmel abhoben, und hinunter auf den dunklen Landungssteg, wo fremdartige eingemummte Gestalten wartend herumstanden. Sie bewegte sich vorwärts mit der schläfrigen Menge, von der alle außer ihr wußten, wohin sie gehen und was sie tun mußten, und sie hatte Angst. Nur so ein bißchen – nur eben genug, um sich zu wünschen, ach, zu wünschen, daß es Tag wäre und daß eine der Frauen, die ihr im Spiegel zugelächelt hatte, als sie sich beide in der Damenkabine die Haare gekämmt hatten, jetzt irgendwo in der Nähe wäre. »Die Fahrkarten bitte! Zeigen Sie Ihre Fahrscheine! Halten Sie die Fahrscheine bereit!« Sie balancierte vorsichtig auf den Absätzen, als sie die Laufplanke hinunterging. Dann kam ein Mann in einer schwarzen Ledermütze auf sie zu und berührte sie am Arm. »Wohin, Miss?« Er sprach Englisch – mit einer solchen Mütze war er sicher Schaffner oder Stationsvorsteher. Kaum hatte sie geantwortet, als er sich auch schon auf ihren Reisekorb stürzte. »Hier lang«, rief er mit unwirscher, entschlossener Stimme, und er schob und drängte sich an den Menschen vorbei. »Aber ich möchte keinen Träger!« Was für ein schrecklicher Mensch! »Ich will keinen Träger. Ich möchte das selber tragen.« Sie mußte rennen, um mit ihm Schritt zu halten, und ihr Zorn, viel stärker als sie, lief vor ihr her und riß dem Schuft die Tasche aus der Hand. Er kümmerte sich nicht im geringsten darum, sondern marschierte weiter den langen, dunklen Bahnsteig lang und über ein Gleis. »Ein Räuber!« Sie war fest überzeugt, er wäre ein Räuber, als sie zwischen die Schienen trat und die Schlacke unter ihren Schuhen knirschen hörte. Auf der anderen Seite – oh, Gott sei Dank! – wartete ein Zug, an dem ›München‹ stand. Der Mann blieb neben den riesengroßen, hell erleuchteten Wagen stehen. »Zweite Klasse?« fragte die unverschämte Stimme. »Ja, ein Damenabteil.« Sie war ganz außer Atem. Sie suchte in ihrem kleinen Portemonnaie nach einer Münze, die klein genug wäre für diesen schrecklichen Menschen, während er ihren Reisekorb in das Gepäcknetz eines leeren Wagens schleuderte, an dessen Fenster ein Zettel ›Dames Seules‹ geklebt war. Sie stieg ein und gab ihm zwanzig Centimes. »Was soll das?« schrie der Mann und starrte erst das Geld und dann sie an, hielt es an seine Nase, beschnupperte es, als hätte er noch nie im Leben eine solche Summe gesehen, geschweige denn in der Hand gehalten. »Es kostet einen Franc. Das wissen Sie doch, oder? Es kostet einen Franc. Soviel habe ich zu kriegen!« Einen Franc! Bildete er sich etwa ein, sie gäbe ihm einen Franc dafür, daß er sie so hereingelegt hatte, bloß weil sie ein Mädchen und bei Nacht allein unterwegs war? Niemals, niemals! Sie quetschte das Portemonnaie in der Hand zusammen und übersah ihn einfach – sie betrachtete eine Ansicht von St. Malo an der Wand gegenüber und hörte ihn einfach nicht. »O nein. O nein. Vier Sous. Sie irren sich. Da, nehmen Sie das zurück. Ich möchte einen

Franc.« Er sprang aufs Trittbrett und warf ihr das Geld in den Schoß. Vor Angst zitternd, kroch sie ganz in sich zusammen, streckte eine eiskalte Hand aus und nahm das Geld – verbarg es in ihrer Hand. »Das ist alles, was Sie kriegen«, sagte sie. Ein oder zwei Minuten spürte sie, wie seine stechenden Augen sie durchbohrten, er nickte langsam und verzog den Mund: »Se-ehr gut. Trrrès bien.« Er zuckte mit den Schultern und verschwand in der Dunkelheit. Ach, was für eine Wohltat! Das war einfach schrecklich gewesen. Als sie aufstand, um nachzusehen, ob der Reisekorb auch nicht umfallen konnte, erblickte sie sich selbst im Spiegel, ganz weiß, mit großen, runden Augen. Sie band den ›Autoschleier‹ ab und knöpfte das grüne Cape auf. »Aber jetzt ist doch alles vorbei«, sagte sie zu dem Gesicht im Spiegel, irgendwie kam es ihr vor, als hätte es mehr Angst als sie.

Die Leute begannen auf den Bahnsteig zu strömen. Sie standen in Grüppchen beisammen und unterhielten sich. Das seltsame Licht der Bahnhofslampen malte ihre Gesichter beinahe grün. Ein kleiner Junge in Rot kam mit einem riesigen Teewagen herangeklappert, stützte sich darauf, pfiff und ließ eine Serviette auf die Stiefel klatschen. Eine Frau in einer schwarzen Alpakaschürze schob einen Karren mit Kopfkissen zum Ausleihen vor sich her. Sie sah träumerisch und gedankenverloren aus, wie eine Frau, die einen Kinderwagen schiebt – hin und her, hin und her –, mit einem schlafenden Baby darin. Von irgendwoher trieb es Kränze aus weißem Rauch herbei, und sie hingen unter dem Dach wie verworrene Ranken. ›Wie seltsam das alles ist‹, dachte die kleine Gouvernante, ›und dazu noch mitten in der Nacht.‹ Sie lugte aus ihrer sicheren Ecke hervor, jetzt nicht mehr ängstlich, sondern stolz darauf, daß sie den Franc nicht gegeben hatte. »Ich kann auf mich selbst aufpassen, ja natürlich. Wichtig ist, nicht zu –« Plötzlich hörte sie vom Gang her kräftige Schritte und Männerstimmen, laut, von Fetzen lärmenden Gelächters unterbrochen. Sie kamen in ihre Richtung. Die kleine Gouvernante verkroch sich in ihre Ecke, als vier junge Männer in Zylinderhüten vorbeigingen und durch Tür und Fenster hereinsahen. Einer von ihnen schüttete sich vor Lachen förmlich aus, als er auf das Schild ›Dames Seules‹ zeigte, und die vier beugten sich herab, um das kleine Mädchen, das mutterseelenallein in der Ecke saß, besser sehen zu können. O du liebe Güte, sie waren im Nachbarabteil. Sie hörte sie umhergehen und dann eine plötzliche Stille, woraufhin ein großer hagerer Mensch mit einem winzigen schwarzen Schnurrbart ihre Tür aufriß. »Wenn Mademoiselle zu uns herüberkommen möchte«, sagte er auf französisch. Sie sah, wie sich die anderen hinter ihm drängten, unter seinem Arm hindurch spähten und über die Schulter hinweg, und sie saß sehr gerade und still da. »Wenn Mademoiselle uns die Ehre erweisen würde«, spottete der Lange. Einer von ihnen konnte nicht länger an sich halten; schallend platzte er heraus. »Mademoiselle ist sehr ernst«, beharrte der junge Mann unter Verbeugungen und Grimassenschneiden. Schwungvoll zog er den Hut, und sie war wieder allein.

»En voiture. En voi-ture!« Jemand lief neben dem Zug auf und ab. »Ach, wenn es doch nicht Nacht wäre. Ach, wenn doch noch eine Frau mit im Wagen säße. Ich habe Angst vor den Männern da nebenan.« Die kleine Gouvernante blickte zum Fenster hinaus, um zu sehen, wie ihr Gepäckträger zurückkam – derselbe Mann steuerte, die Arme voller Gepäck, auf ihr Abteil zu. Aber – aber was machte er denn da? Er schob den Daumennagel unter die Aufschrift ›Dames Seules‹ und riß sie geradewegs herunter, und dann stand er da und schielte zu ihr hin, während ein alter Mann, in ein Plaidcape gehüllt, das Trittbrett erklomm. »Aber das ist ein Damenabteil.« – »O nein, Mademoiselle, Sie irren sich. Nein, nein, ich versichere Sie. Merci, Monsieur.« – »En voi-turre!« Schrilles Pfeifen. Triumphierend trat der Gepäckträger zurück, und der Zug fuhr los. Für ein paar Augenblicke füllten sich ihre Augen mit großen Tränen, und durch den Tränenschleier hindurch sah sie, wie sich der alte Mann aus einem Schal herauswickelte und die Klappen seiner Jägermütze aufband. Er sah sehr alt aus. Mindestens neunzig. Er hatte einen weißen Schnurrbart, kleine blaue Augen hinter einer großen goldumrandeten Brille und rosige, zerfurchte Wangen. Ein angenehmes Gesicht – und charmant war die Art, wie er sich vorbeugte und in holprigem Französisch sagte: »Störe ich Sie, Mademoiselle? Möchten Sie lieber, daß ich die ganzen Sachen wieder aus dem Gepäcknetz nehme und mir ein anderes Abteil suche?« Wie! Dieser alte Mann sollte all die schweren Sachen schleppen, bloß weil sie ... »Nein, es ist schon in Ordnung. Sie stören mich absolut nicht.« – »Oh, tausend Dank.« Er setzte sich ihr gegenüber, knöpfte den Kragen seines riesigen Mantels auf und schleuderte ihn von den Schultern.

Der Zug schien froh zu sein, daß er den Bahnhof hinter sich gelassen hatte. Er machte einen großen Satz in die Dunkelheit hinein. Mit dem Handschuh rieb sie ein Stück vom Fenster blank, aber sie konnte nichts sehen – nur einen Baum, der sich wie zu einem schwarzen Fächer reckte, oder zerstreute Lichter oder die Umrisse eines Berges, erhaben und gewaltig. Im Nachbarabteil begannen die jungen Männer zu singen, »Un, deux, trois«. Sie sangen immer wieder dasselbe Lied, so laut sie konnten.

»Ich hätte mir nie wagen können einzuschlafen, wenn ich allein gewesen wäre«, stellte sie fest. »Ich hätte meine Füße nicht hochtun oder nicht mal den Hut absetzen können.« Der Gesang bewirkte ein merkwürdiges kleines Zittern in ihrer Magengegend, und während sie die verschränkten Arme unter dem Cape fest an sich preßte, damit es aufhöre, freute sie sich richtig darüber, daß der alte Mann bei ihr im Abteil saß. Durch ihre langen Wimpern spähte sie zu ihm hinüber, vorsichtig darauf bedacht, daß er nicht hersähe. Er saß kerzengerade da, die Brust herausgestreckt, das Kinn eingezogen, die Knie zusammengepreßt, und las eine deutsche Zeitung. Deshalb sprach er so drollig Französisch. Er war Deutscher. Vermutlich irgend etwas in der Armee – Oberst oder General – früher natürlich, nicht jetzt; dazu war er jetzt zu alt. Wie geschniegelt und gebügelt er für einen alten Mann aussah! In seiner schwarzen Krawatte steckte eine Perlennadel, und am kleinen Finger trug er einen Ring mit einem dunkelroten Stein; aus der Jackettasche seines Zweireihers sah die Spitze eines weißen Seidentüchleins hervor. Alles in allem bot er irgendwie einen wirklich angenehmen Anblick. Die meisten alten Männer waren so scheußlich. Sie konnte es nicht ertragen, wenn sie tatterig waren – oder einen widerlichen Husten oder irgend so etwas hatten. Doch daß er keinen Bart trug, das änderte alles, und dann waren seine Bakken so rosig und der Schnurrbart so ganz weiß. Die deutsche Zeitung sank herab, und mit derselben entzückenden Galanterie beugte sich der alte Mann vor: »Sprechen Sie Deutsch, Mademoiselle?« – »Ja, ein wenig, mehr als Französisch«, antwortete die kleine Gouvernante; sie wurde dunkelrot, und die Röte überzog langsam ihr Gesicht und ließ ihre blauen Augen beinahe schwarz aussehen. »Ach so!« Der alte Mann verneigte sich artig. »Dann möchten Sie sich vielleicht ein paar Illustrierte ansehen?« Er streifte von einer kleinen Rolle Zeitschriften ein Gummiband ab und reichte sie hinüber. »Vielen Dank.« Sie sah sich sehr gern Bilder an, zuvor aber wollte sie Hut und Handschuhe ablegen. Sie stand auf, löste die Nadeln an dem braunen Strohhut und legte ihn fein säuberlich ins Gepäcknetz neben den Reisekorb, streifte die braunen Glacéhandschuhe ab, rollte beide fest zusammen und steckte sie aus Sicherheitsgründen in den Hut, dann setzte sie sich wieder hin, bequemer diesmal, die Beine übereinandergeschlagen, im Schoß die Zeitungen. Wie freundlich der alte Mann in der Ecke sie beobachtete, wie ihre unbedeckte kleine Hand die großen weißen Seiten umblätterte, ihr zusah, wie sie die Lippen bewegte, als sie die langen Wörter vor sich hin sagte, den Blick auf ihrem Haar ruhen ließ, das im Lichtschein hell schimmerte. Ach! wie tragisch war es doch für eine kleine Gouvernante, wenn sie Haare hatte, die einen an Mandarinen und Ringelblumen, an Aprikosen und Schildpattkatzen und Champagner denken ließen! Vielleicht war es das, was der alte Mann dachte, als er so starrte und starrte, und daß nicht einmal die dunklen häßlichen Kleider ihre zarte Schönheit verhüllen konnten. Vielleicht war die Röte, die ihm ins Gesicht stieg, Zornesröte, daß etwas so Junges und Zartes allein und unbeschützt durch die Nacht fahren mußte. Wer weiß, ob er nicht auf seine sentimentale deutsche Art murmelte: »Ja, es ist eine Tragödie! Ich wollte bei Gott, ich wär der Großvater von dem Kind!«

»Haben Sie vielen Dank. Sie waren sehr interessant.« Mit einem reizenden Lächeln gab sie ihm die Zeitungen zurück. »Sie sprechen aber sehr gut Deutsch«, sagte der alte Mann. »Sie sind natürlich schon einmal in Deutschland gewesen?« – »O nein, das ist das erste Mal« – eine kleine Pause, dann – »das ist überhaupt das erste Mal, daß ich im Ausland bin.« – »Wirklich! Ich bin überrascht. Sie machten auf mich den Eindruck, wenn ich so sagen darf, als wären Sie ans Reisen gewöhnt.« – »Ja, also – ich bin in England ziemlich viel herumgekommen, und einmal war ich in Schottland.« – »So. Ich bin einmal in England gewesen, aber Englisch habe ich nicht lernen können.« Er hob eine Hand und schüttelte lachend den Kopf. »Nein, das war zu schwierig für mich ... ›Ow-do-you-do? Please vich is ze way to Leicestaire Squaare?‹« Sie lachte ebenfalls. »Ausländer sagen immer ...« Sie unterhielten sich ziemlich ausführlich darüber. »Aber München wird Ihnen gefallen«, sagte der alte Mann. »München ist eine wunderbare Stadt. Museen, Bilder, Galerien, schöne Gebäude und Geschäfte, Konzerte, Theater, Restaurants – all das bietet München. Ich bin viele, viele Male in meinem Leben in ganz Europa herumgereist, aber immer kehre ich wieder nach München zurück. München wird Ihnen bestimmt viel Freude machen.« – »Ich werde nicht in München *bleiben*«, erwiderte die kleine Gouvernante, und scheu fügte sie hinzu: »Ich trete bei einer Arztfamilie in Augsburg eine Stelle als Gouvernante an.« – »Ach, so ist das.« Augsburg kannte er. Nun – Augsburg war nicht schön. Eine solide Industriestadt. Aber wenn Deutschland für sie neu war, würde sie hoffentlich auch dort etwas Interessantes finden. »Ganz bestimmt.« – »Aber wie schade, daß Sie nicht München kennenlernen, ehe Sie weiterfahren. Sie sollten unterwegs ein bißchen Urlaub machen« – er lächelte – »und ein paar angenehme Erinnerungen sammeln.« – »Bedaure, *das* könnte ich nicht machen«, sagte die kleine Gouvernante mit einem Kopfschütteln, plötzlich wichtig und ernsthaft. »Und dann, wenn man allein ist ...« Er verstand. Er verneigte sich, ebenfalls ernsthaft. Dann schwiegen sie. Der Zug ratterte dahin, bot seine dunkle, flammende Brust den Hügeln und Tälern dar. Im Abteil war es warm. Sie schien sich gleichsam an das dunkle Vorwärtsbrausen anzuschmiegen und davongetragen zu werden, weiter, immer weiter. Schwache Geräusche waren zu hören; Schritte im Gang, das Öffnen und Schließen von Türen – Stimmengemurmel – Pfeifen ... Dann wurde das Fenster wie von langen Regennadeln zerstochen ... Aber das machte nichts ... es war ja draußen ... und sie hatte einen Schirm ... sie spitzte den Mund, seufzte, öffnete und schloß einmal die Hände und fiel in tiefen Schlaf.

»Pardon! Pardon!« Das gleitende Geräusch der Abteiltür ließ sie erschrocken aus dem Schlaf auffahren. Was war passiert? Jemand war hereingekommen und wieder hinausgegangen. Der alte Mann saß in seiner Ecke, aufrechter denn je, die Hände in den Rocktaschen, und schaute sehr finster drein. »Ha! Ha! Ha!« tönte es aus dem Nachbarabteil. Noch halb im Schlaf, hob sie die Hände an ihr Haar, um sich zu überzeugen, daß es kein Traum sei. »Schändlich!« murmelte der alte Mann mehr zu sich als zu ihr. »Gemeine, gewöhnliche Kerle! Es tut mir leid, daß sie Sie gestört haben, gnädiges Fräulein, daß sie hier so hereingeplatzt sind.« Nein, eigentlich nicht. Sie wäre jetzt sowieso aufgewacht, und sie zog ihre silberne Uhr hervor, um zu sehen, wie spät es wäre. Halb fünf. Kaltes blaues Licht füllte die Fensterscheiben. Wenn sie jetzt eine Stelle blank rieb, konnte sie helle Feldstreifen sehen, eine Gruppe weißer Häuser, die wie Pilze wirkten, eine Straße, ›wie gemalt‹, mit Pappeln zu beiden Seiten, einen schmalen Fluß. Wie schön das war! Wie schön und wie anders! Sogar die rosaroten Wolken am Himmel sahen fremd aus. Es war kalt, aber sie tat, als wäre es noch viel kälter, rieb die Hände aneinander und schauderte, zupfte am Mantelkragen, weil sie so glücklich war.

Der Zug verlangsamte die Fahrt. Die Lokomotive stieß ein langes, schrilles Pfeifen aus. Sie näherten sich einer Stadt. Höhere Häuser, rosig und gelb, glitten vorbei, hinter den grünen Augenlidern in tiefem Schlaf, von den Pappeln bewacht, die in der blauen Luft zitterten, als stünden sie auf Zehenspitzen und lauschten. In einem Haus machte eine Frau die Fensterläden auf, schleuderte eine rot-weiße Matratze über den Fensterrahmen, stand da und starrte auf den Zug. Eine blasse Frau mit schwarzem Haar und einem weißen wollenen Tuch um die Schultern. Jetzt erschienen mehr Frauen an den Türen und Fenstern der schlafenden Häuser. Da kam eine

Schafherde. Der Schäfer trug eine blaue Bluse und spitze Holzschuhe. Sieh doch! Sieh doch da die Blumen – auch am Bahnhof. Hochstämmige Rosen wie Brautbuketts, weiße Geranien, wachsartig und rosarot, wie man sie zu Hause *niemals* auch nur in einem Gewächshaus sah. Langsamer, immer langsamer. Ein Mann mit einer Gießkanne sprengte den Bahnsteig. »A-a-a-ah!« Da kam einer angerannt und schwenkte die Arme. Eine riesige, dicke Frau watschelte durch die Glastüren des Bahnhofsgebäudes mit einem Erdbeerkorb. Ach, hatte sie einen Durst! Sie hatte sehr großen Durst! »A-a-a-ah!« Der Armschwenker rannte wieder zurück. Der Zug hielt.

Der alte Mann zog den Mantel um sich und stand auf, er lächelte ihr zu. Er murmelte etwas, was sie nicht ganz verstand, aber sie erwiderte das Lächeln, als er aus dem Abteil ging. Als er fort war, betrachtete sich die kleine Gouvernante wieder im Spiegel, sie schüttelte sich und strich an sich herum mit genau der praktischen Fürsorge eines Mädchens, das alt genug ist, um allein zu verreisen, und das niemanden anders hat, um ihr zu versichern, daß ›hinten alles in Ordnung‹ ist. Der Durst, ach, der Durst! Die Luft schmeckte nach Wasser. Sie ließ das Fenster herunter, und die dicke Frau mit den Erdbeeren ging vorbei, als wäre es Absicht; sie hielt den Korb zu ihr hoch. »Nein, danke«, sagte die kleine Gouvernante, dabei hing ihr Blick an den großen Beeren auf den schimmernden Blättern. »Wieviel?« fragte sie, als die dicke Frau sich entfernen wollte. »Zwei Mark fünfzig, Fräulein.« – »Du lieber Gott!« Sie trat vom Fenster weg und setzte sich in ihre Ecke, einen Augenblick lang ganz ernüchtert. Eine halbe Krone! »Hu-u-u-u-u-i-i-i!« schrillte der Zug, als sammelte er sich, um wieder loszufahren. Der alte Mann würde doch hoffentlich nicht zurückbleiben. Ach, es war Tag – alles war wunderbar, wenn sie nur nicht solchen Durst gehabt hätte. Wo war denn bloß der alte Mann – ach, hier kam er ja, sie zeigte ihm ihre Grübchen, als wäre er ein alter, gerngesehener Freund, als er die Tür schloß, sich umdrehte und unter seinem Umhang ein Körbchen Erdbeeren zum Vorschein brachte. »Wenn das Fräulein mir die Ehre erweisen und dies annehmen würde...« – »Was – für mich?« Aber sie wich zurück und hob abwehrend die Hände, als schickte er sich an, ihr ein wildes kleines Kätzchen in den Schoß zu legen.

»Gewiß doch, für Sie«, erwiderte der alte Mann. »Was mich betrifft, so ist es zwanzig Jahre her, daß ich mutig genug war, Erdbeeren zu essen.« – »Oh, recht vielen Dank. Danke bestens«, stammelte sie, »sie sind sehr schön!« – »Essen Sie nur«, sagte der alte Mann, er sah zufrieden und freundlich aus. »Und Sie wollen nicht mal eine haben?« – »Nein, nein, nein.« Zaghaft und bezaubernd zauderte ihre Hand. Sie waren so groß und saftig, sie mußte zweimal hineinbeißen – der Saft lief ihr über die Finger – und es war, während sie die Beeren aß, daß sie das erste Mal an den alten Mann als Großvater dachte. Was für einen vollkommenen Großvater er abgeben würde! Ganz wie aus dem Bilderbuch!

Die Sonne kam heraus, die rosaroten Wolken am Himmel, die Erdbeerwolken, wurden von dem Blau verspeist. »Sind sie gut?« fragte der alte Mann. »So gut, wie sie aussehen?«

Als sie die Beeren aufgegessen hatte, war ihr, als kenne sie ihn schon Jahre. Sie erzählte ihm von Frau Arnholdt und wie sie die Stelle bekommen hatte. Ob er das Hotel Grunewald kannte? Frau Arnholdt würde nicht vor dem Abend ankommen. Er hörte zu und hörte zu, bis er über die ganze Sache genausoviel wußte wie sie, bis er sagte, ohne sie dabei anzusehen – er strich die Innenseite seiner braunen Wildlederhandschuhe glatt: »Ob ich Ihnen heute wohl ein bißchen München zeigen darf? Nicht viel – sondern vielleicht nur eine Bildergalerie und den Englischen Garten. Es wäre doch so schade, wenn Sie den Tag im Hotel verbringen müßten, und auch ein bißchen unbequem ... an einem fremden Ort. Nicht wahr? Sie wären am frühen Nachmittag wieder zurück, oder wann immer Sie möchten natürlich, und Sie würden einem alten Mann eine große Freude machen.«

Erst eine Weile später, nachdem sie »Ja« gesagt hatte – weil er ihr in dem Augenblick, da sie es gesagt und er ihr gedankt hatte, von seinen Reisen in die Türkei zu erzählen begann und von Rosenöl –, fragte sie sich, ob das unrecht von ihr wäre. Schließlich kannte sie ihn ja gar nicht. Aber er war so alt, und er war so sehr freundlich zu ihr gewesen – von den Erdbeeren ganz zu schweigen ... Und sie hätte es auch nicht erklären können, wenn sie »Nein« gesagt hätte, und in gewisser Weise war es ihr letzter Tag, der letzte Tag, den sie wirklich genießen konnte. »War das unrecht von mir? War's unrecht?«

Ein Klecks Sonnenlicht fiel in ihre Hände und lag da, warm und zitternd. »Wenn ich Sie bis zum Hotel begleiten und Sie gegen zehn wieder abholen dürfte«, schlug er vor. Er zog ein Notizbuch heraus und gab ihr seine Karte. ›Herr Regierungsrat...‹ Er hatte einen Titel! Nun, da *mußte* es einfach in Ordnung sein! Daraufhin überließ sich die kleine Gouvernante dem erregenden Gefühl, wirklich im Ausland zu sein, hinauszusehen und die fremden Reklameschilder zu lesen, von den Orten zu erfahren, zu denen sie kamen – wobei der charmante alte Großvater für ihre Aufmerksamkeit und ihr Vergnügen sorgte, bis sie München und den Hauptbahnhof erreichten. »Dienstmann! Dienstmann!« Er suchte ihr einen Gepäckträger, entledigte sich mit wenigen Worten seines Gepäcks, geleitete sie durch die verwirrende Menge aus dem Bahnhof die sauberen weißen Stufen hinunter auf die weiße Straße zu ihrem Hotel. Er erklärte dem Geschäftsführer, wer sie war, als ob all das einfach hätte geschehen müssen, und dann verlor sich für einen Augenblick ihre kleine Hand in den großen braunen Wildlederhandschuhen. »Ich hole Sie um zehn ab.« Fort war er.

»Hier lang, Fräulein«, sagte ein Kellner, der sich, ganz Auge und Ohr für das seltsame Paar, hinter dem Rücken des Geschäftsführers versteckt hatte. Sie folgte ihm zwei Treppen hoch in ein dunkles Schlafzimmer. Er ließ ihren Reisekorb fallen und zog eine schmutzige klappernde Jalousie hoch. Uff! was für ein häßliches, kaltes Zimmer – was für riesige Möbel! Sich vorzustellen, den Tag hier zu verbringen! »Ist das das Zimmer, das Frau Arnholdt bestellt hat?« fragte die kleine Gouvernante. Der Kellner hatte eine eigentümliche Art, sie anzustarren, als ob sie etwas Seltsames an sich hätte. Er spitzte den Mund, als wolle er pfeifen, dann überlegte er es sich aber anders. »Gewiß«, sagte er. Nun, warum ging er denn nicht? Warum starrte er sie so an? »Gehen Sie«, sagte die kleine Gouvernante mit kühler englischer Einfachheit. Seine kleinen Korinthenaugen fielen ihm beinahe aus dem schlaffen Gesicht. »Gehen Sie sofort«, wiederholte sie eisig. An der Tür drehte er sich um. »Und der Herr«, sagte er, »soll ich den Herrn heraufbringen, wenn er kommt?«

Über den weißen Straßen dicke weiße, mit Silber eingefaßte Wolken – und überall Sonnenschein. Dicke, behäbige Kutscher lenkten behäbige Droschken; drollige Frauen mit kleinen runden Hüten machten die Straßenbahnschienen sauber; lachende und einander anrempelnde Menschen; Bäume zu beiden Seiten der Straßen, und beinahe überall, wohin man schaute, gewaltige Springbrunnen; Gelächter auf den Fußwegen, auf der Straßenmitte oder aus geöffneten Fenstern. Und neben ihr, noch geschniegelter als zuvor, einen zusammengerollten Schirm in der einen Hand, gelbe statt braune Handschuhe in der andern, ihr Großvater, der sie eingeladen hatte, den Tag mit ihm zu verbringen. Es verlangte sie danach zu laufen, es verlangte sie danach, sich bei ihm einzuhängen, es verlangte sie danach, jede Minute auszurufen: »Ach, ich bin so schrecklich glücklich!« Er führte sie über die Straßen, stand still dabei, während sie ›schaute‹, seine freundlichen Augen strahlten sie an, und er sagte: »Alles, was Sie sich wünschen.« Um elf aß sie zwei Weißwürste und zwei frische Brötchen, und sie trank Bier dazu, das, wie er sagte, nicht betrunken machte, das ganz und gar nicht wie englisches Bier sei, aus einem Glas wie eine Blumenvase. Und dann nahmen sie eine Droschke, und wahrhaftig, sie muß Tausende und aber Tausende von wundervollen klassischen Bildern in vielleicht einer Viertelstunde gesehen haben! »Ich werde über sie nachdenken müssen, wenn ich allein bin...« Aber als sie aus der Bildergalerie herauskamen, regnete es. Der Großvater spannte seinen Schirm auf und hielt ihn über die kleine Gouvernante. Sie machten sich auf den Weg ins Restaurant zum Mittagessen. Sie dicht neben ihm, damit er auch etwas von dem Schirm hätte. »Es ist einfacher«, bemerkte er in seiner gleichgültigen Art, »wenn Sie meinen Arm nehmen, Fräulein. Und außerdem ist das in Deutschland so Sitte.« So nahm sie denn seinen Arm und ging neben ihm her, während er auf die berühmten Statuen wies, so gefesselt, daß er ganz vergaß, den Schirm zuzumachen, auch als der Regen längst vorüber war.

Nach dem Mittagessen gingen sie in ein Café, um eine Zigeunerkapelle spielen zu hören, aber das gefiel ihr gar nicht. Hu! das waren ja so fürchterliche Männer mit Eierköpfen und Schmissen im Gesicht, daß sie ihren Stuhl umdrehte, die brennenden Wangen in den Händen vergrub und statt dessen ihren alten Freund beobachtete... Dann gingen sie in den Englischen Garten. »Wie spät es wohl sein mag«, fragte die kleine Gouvernante. »Meine Uhr ist stehengeblieben. Gestern abend im Zug habe ich vergessen, sie aufzuziehen. Wir haben so eine Menge gesehen, daß es mir vorkommt, als wäre es schon mächtig spät.« – »Spät!« Er blieb lachend vor ihr stehen und schüttelte den Kopf auf eine Weise, die ihr nun schon bekannt vorkam. »Dann hat es Ihnen nicht wirklich Spaß gemacht. Spät! Wieso denn, wir haben doch noch nicht einmal ein Eis gegessen!« – »Oh, aber es hat mir Spaß gemacht!« rief sie bekümmert, »mehr, als ich vielleicht sagen kann. Es war wunderbar! Nur, Frau Arnholdt wird um sechs im Hotel sein, und ich müßte spätestens um fünf dort sein.« – »Das sollen Sie auch. Nach dem Eis setze ich Sie in eine Droschke, und Sie können ganz bequem dorthin fahren.« Sie war wieder froh. Das Schokoladeneis schmolz – schmolz in kleinen Schlückchen tief nach unten. Die Schatten der Bäume tanzten auf den Tischtüchern, und sie saß sicher mit dem Rücken zu der reichverzierten Uhr, die fünf Minuten nach halb sieben zeigte. »Wirklich und wahrhaftig«, sagte die kleine Gouvernante ganz ernsthaft, »das war der glücklichste Tag meines Lebens. Noch nicht einmal in meiner Vorstellung hat es einen solchen Tag gegeben.« Trotz Eis glühte ihr dankbares Kindergemüt vor Liebe zu dem Großvater aus dem Märchen.

So gingen sie denn aus dem Garten hinaus und eine lange Allee entlang. Der Tag war fast zu Ende. »Sehen Sie diese großen Gebäude gegenüber?« fragte der alte Mann. »Dort im dritten Stock – da wohne ich. Ich und die alte Haushälterin, die sich um mich kümmert.« Sie war sehr interessiert. »Ehe ich Ihnen jetzt eine Droschke besorge, wollen Sie meinem ›Heim‹ einen Besuch abstatten, und darf ich Ihnen da eine Flasche Rosenöl geben, wovon ich Ihnen im Zug erzählt habe? Zur Erinnerung?« Sehr gern. »Noch nie in meinem Leben habe ich eine Junggesellenwohnung gesehen«, lachte die kleine Gouvernante.

Der Flur war ziemlich dunkel. »Oh, meine alte Aufwartefrau ist sicher fortgegangen, um für mich ein Huhn zu kaufen. Einen Augenblick.« Er öffnete eine Tür und trat zur Seite, um sie vorbeizulassen, ein klein wenig schüchtern, aber neugierig, in ein eigenartiges Zimmer. Sie wußte nicht recht, was sie sagen sollte. Es war kein hübsches Zimmer. In gewisser Hinsicht war es sehr häßlich – aber ordentlich und für so einen alten Mann sicher bequem. »Nun, was halten Sie davon?« Er kniete sich hin und nahm aus einem Schrank ein rundes Tablett mit zwei blaßroten Gläsern und einer großen blaßroten Flasche. »Dazu zwei kleine Schlafzimmer«, sagte er fröhlich, »und eine Küche. Es genügt, ja?« – »Oh, völlig.« – »Und wenn Sie jemals in München sein sollten und ein paar Tage dableiben möchten, nun, da gibt es immer ein kleines Nest – ein Hühnerbein und Salat und einen alten Mann, der entzückt wäre, Sie wieder einmal als Gast dazuhaben und noch viele, viele Male, liebes kleines Fräulein!« Er zog den Stöpsel aus der Flasche und goß Wein in die beiden blaßroten Gläser. Die Hand zitterte ihm, und der Wein schwappte auf das Tablett. Es war sehr still im Zimmer. Sie sagte: »Ich glaube, ich muß jetzt gehn.« – »Aber Sie trinken doch ein winziges Gläschen Wein mit mir – nur eins, ehe Sie gehen?« fragte der alte Mann. »Nein, wirklich nicht. Ich trinke nie Wein. Ich – ich habe versprochen, nie Wein oder so etwas anzurühren.« Und obgleich er inständig bat und obgleich sie sich furchtbar unhöflich vorkam, besonders da er es sich so zu Herzen zu nehmen schien, blieb sie fest entschlossen. »Nein, *wirklich*, bitte.« – »Also, wollen Sie sich dann nur für fünf Minuten auf das Sofa setzen und mich auf Ihr Wohl trinken lassen?« Die kleine Gouvernante setzte sich auf den Rand des roten Samtsofas, und er setzte sich neben sie und trank in einem Zug auf ihr Wohl. »Sind Sie heute wirklich glücklich gewesen?« fragte der alte Mann. Er drehte sich um, so dicht neben ihr, daß sie sein Knie an ihrem spürte.

Ehe sie noch antworten konnte, hielt er ihre Hände. »Und geben Sie mir einen kleinen Kuß, ehe Sie gehen?« fragte er und zog sie noch enger an sich.

Es war ein Traum! Das gab es doch gar nicht! Das war doch nicht derselbe alte Mann. Oh, wie furchtbar! Voller Entsetzen starrte ihn die kleine Gouvernante an. »Nein, nein, nein!« stammelte sie und entwand sich seinen Händen. »Einen kleinen Kuß. Einen Kuß. Was ist denn schon dabei? Bloß einen Kuß, liebes kleines Fräulein. Einen Kuß.« Er schob sein Gesicht dicht heran, ein gemeines Lächeln um den Mund. Und wie seine kleinen blauen Augen hinter den Brillengläsern funkelten! »Niemals – niemals! Wie können Sie nur!« Sie sprang auf, aber er kam ihr zuvor, er hielt sie an der Wand fest und drückte seinen alten harten Körper an sie und sein zuckendes Knie, und obgleich sie ihren Kopf hin- und herwarf, ganz außer sich, küßte er sie auf den Mund. Auf den Mund! Wohin keine Menschenseele, die nicht nahe verwandt mit ihr war, sie jemals zuvor geküßt hatte ...

Sie rannte, rannte die Straße entlang, bis sie zu einer breiten Straße kam mit Straßenbahnschienen und einem Polizisten, der wie eine Aufziehpuppe in der Mitte stand. »Ich möchte eine Straßenbahn zum Hauptbahnhof«, schluchzte die kleine Gouvernante. »Fräulein?« Sie rang die Hände. »Hauptbahnhof. Da – da kommt jetzt eine«, und während er sehr erstaunt achtgab, sprang das kleine Mädchen, dem der Hut schiefgerutscht war, das ohne Taschentuch weinte, auf die Straßenbahn – weder sah sie den stirnrunzelnden Schaffner noch hörte sie, wie die ›hochwohlgebildete Dame‹ mit einer empörten Bekannten über sie herzog. Sie schüttelte sich, schluchzte laut auf und stöhnte: »Oh, oh!«, dabei preßte sie die Hände an den Mund. »Sie war beim Zahnarzt«, gellte die Stimme einer dicken alten Frau, die zu einfältig war, um lieblos zu sein. »Na, sagen Sie mal, was heißt Zahnschmerzen! Das Kind hat gar keinen mehr im Mund.« Währenddessen schaukelte und quietschte die Straßenbahn durch eine Welt voller alter Männer mit zuckenden Knien.

Als die kleine Gouvernante ins Vestibül des Hotels Grunewald kam, stand derselbe Ober, der am Morgen in ihrem Zimmer gewesen war, an einem Tisch und polierte Gläser auf einem Tablett. Der Anblick der kleinen Gouvernante schien ihn mit einer unerklärlichen vielsagenden Zufriedenheit zu erfüllen. Er war auf ihre Frage gefaßt; seine Antwort kam prompt und zuvorkommend. »Ja, Fräulein, die Dame ist hiergewesen. Ich habe ihr gesagt, daß Sie angekommen und gleich wieder mit einem Herrn weggegangen sind. Sie hat mich gefragt, wann Sie wiederkämen – aber das konnte ich ihr natürlich nicht sagen. Und dann ist sie zum Geschäftsführer gegangen.« Er nahm ein Glas vom Tisch, hielt es gegen das Licht, schaute es an, wobei er ein Auge zukniff, und begann, es mit einem Zipfel seiner Schürze zu polieren. »...?« – »Wie bitte, Fräulein? Ach, nein, Fräulein. Der Chef konnte ihr auch nichts sagen – nichts.« Er schüttelte den Kopf und lächelte zu dem blinkenden Glas. »Wo ist die Dame jetzt?« fragte die kleine Gouvernante. Sie zitterte so sehr, daß sie ein Taschentuch vor den Mund halten mußte. »Woher soll ich das wissen?« rief der Kellner, und als er an ihr vorbeischoß, um sich auf einen Neuankömmling zu stürzen, schlug ihm das Herz so stark gegen die Rippen, daß er beinahe laut losgekichert hätte. ›So ist's recht! So ist's recht!‹ dachte er. ›Das wird's ihr zeigen.‹ Und als er sich den mächtigen Koffer des Neuankömmlings auf die Schultern schwang – ha! –, als wäre er ein Riese und der Koffer leicht wie eine Feder, wiederholte er in geziertem Tonfall die Worte der kleinen Gouvernante: »Gehen Sie! Gehen Sie sofort! Das werde ich! Ja, das werde ich!« schrie er sich selbst an.

DEUTSCHE BEI TISCH

Auf den Tisch kam Brotsuppe. »Ah«, sagte der Herr Rat, er stützte sich auf den Tisch, als er in die Terrine spähte, »genau das brauche ich. Mein Magen ist schon seit ein paar Tagen nicht in Ordnung. Brotsuppe, und dazu noch, wie sie sein sollte. Ich bin selber ein guter Koch« – wandte er sich an mich.

»Wie interessant«, ich versuchte meiner Stimme genau den angemessenen Grad an Begeisterung zu verleihen.

»O ja – das muß man schon, wenn man nicht verheiratet ist. Ich für mein Teil habe alles, was ich von Frauen wollte, auch ohne Heirat gehabt.« Er stopfte sich die Serviette in den Kragen und blies in seine Suppe, als er sprach. »Nun, um neun mache ich mir ein englisches Frühstück, aber nicht viel. Vier Scheiben Brot, zwei Eier, zwei Scheiben kalten Schinken, einen Teller Suppe, zwei Tassen Tee – für Sie ist das so gut wie nichts.«

Das behauptete er mit so viel Nachdruck, daß ich nicht den Mut aufbrachte, ihn Lügen zu strafen.

Plötzlich waren alle Augen auf mich gerichtet. Mir war, als trüge ich die Last des unsinnigen Frühstücks meiner Nation. Ich, die ich früh nur eine Tasse Kaffee trank, während ich mir noch die Bluse zuknöpfte.

»Überhaupt nichts«, rief Herr Hoffmann aus Berlin. »Ach, als ich in England war, da hab ich vielleicht morgens gegessen!«

Er verdrehte Augen und Schnauzbart und wischte sich Suppenspritzer von Rock und Weste.

»Essen sie wirklich so viel?« fragte Fräulein Stiegelauer. »Suppe und Bäckerbrot und Schweinefleisch und Tee und

Kaffee und Kompott und Honig und Eier und kalten Fisch und Nierchen und heißen Fisch und Leber? Auch alle Damen, ganz besonders die Damen?«

»Gewiß. Ich hab das selber gesehen, als ich in einem Hotel am Leicester Square wohnte«, rief der Herr Rat. »Es war ein gutes Hotel, aber sie konnten dort einfach keinen Tee kochen – also –«

»Ach, das ist etwas, was ich *kann*«, sagte ich, hell auflachend. »Ich kann ausgezeichnet Tee kochen. Das große Geheimnis besteht darin, die Teekanne anzuwärmen.«

»Die Teekanne anwärmen«, unterbrach der Herr Rat und schob den Suppenteller weg. »Wozu wärmen Sie denn die Teekanne an? Ha! ha! Großartig! Man ißt doch wohl nicht die Teekanne?«

Mit einem Ausdruck, der tausend vorsätzliche Angriffe ahnen ließ, hielt er seine kalten blauen Augen auf mich gerichtet.

»Also das ist das große Geheimnis Ihres englischen Tees? Die Teekanne anwärmen, weiter nichts.«

Ich wollte eigentlich sagen, daß das nur der leichte Galopp in der Vorrunde sei, konnte das aber nicht übersetzen und schwieg also.

Das Mädchen brachte Kalbfleisch mit Sauerkraut und Kartoffeln herein.

»Sauerkraut esse ich mit größtem Vergnügen«, sagte der Reisende aus Norddeutschland, »doch jetzt habe ich so viel davon gegessen, daß ich es nicht bei mir behalten kann. Ich muß sofort –«

»Ein schöner Tag!« rief ich, an Fräulein Stiegelauer gewandt. »Sind Sie heute zeitig aufgestanden?«

»Um fünf bin ich zehn Minuten durchs nasse Gras gelaufen. Dann wieder ins Bett. Halb sechs bin ich eingeschlafen und um sieben aufgewacht, da habe ich eine Ganzwaschung vorgenommen. Wieder ins Bett. Um acht hatte ich einen Kaltwasserumschlag, und halb neun habe ich eine Tasse Pfefferminztee getrunken. Um neun hab ich Malzkaffee getrunken und meine ›Kur‹ begonnen. Geben Sie mir doch bitte das Sauerkraut. Sie essen keins?«

»Nein, danke. Ich finde es immer noch etwas scharf.«

»Stimmt das«, fragte die Witwe, sie stocherte beim Sprechen mit einer Haarnadel in den Zähnen herum, »daß Sie Vegetarier sind?«

»Nun ja, seit drei Jahren habe ich kein Fleisch mehr gegessen.«

»Un-möglich! Haben Sie Familie?«

»Nein.«

»Da sieht man's wieder mal, wohin das führt. Hat man je schon gehört, daß man bei lauter Grünzeug Kinder kriegt? Das ist nicht möglich. Aber jetzt gibt es ja sowieso keine großen Familien mehr in England. Sie sind wohl von Ihrem Stimmrechtlerinnentum zu sehr in Anspruch genommen. Nun ja, ich habe neun Kinder geboren, und Gott sei Dank, sie sind alle am Leben. Schöne, gesunde Kinder – obwohl, nachdem das erste geboren war, mußte ich –«

»Wie wunderbar!« rief ich.

»Wunderbar«, entgegnete die Witwe geringschätzig, als sie die Haarnadel wieder in den Kauz steckte, der ihr auf dem Kopf thronte. »Ganz und gar nicht! Eine Freundin von mir hatte vier zur gleichen Zeit. Ihr Mann gab vor Freude ein Abendessen und ließ die vier auf die Tafel legen. Natürlich war sie sehr stolz darauf.«

»Deutschland«, dröhnte der Reisende und biß in eine Kartoffel, die er mit dem Messer aufgespießt hatte, »ist die Heimstatt der Familie.«

Darauf folgte ein anerkennendes Schweigen.

Die Teller wurden gewechselt für Rindfleisch, rote Johannisbeeren und Spinat. Sie wischten die Gabeln an Schwarzbrot ab und begannen von neuem.

»Wie lange bleiben Sie hier?« fragte der Herr Rat.

»Ich weiß nicht genau. Im September muß ich wieder in London sein.«

»Sie fahren selbstverständlich nach München?«

»Dazu werde ich leider keine Zeit haben. Sehen Sie, es ist wichtig, meine ›Kur‹ nicht zu unterbrechen.«

»Aber Sie *müssen* nach München fahren. Wenn Sie nicht in München waren, haben Sie nichts von Deutschland gesehen. Die ganzen Ausstellungen, das ganze Kunst- und Geistesleben Deutschlands ist in München. Im August sind da die Wagnerfestspiele und Mozart und eine japanische Bildersammlung – und dann das Bier! Was gutes Bier ist, wissen Sie erst, wenn Sie in München gewesen sind. Nun, jeden Nachmittag sehe ich dort feine Damen, wirklich feine Damen, sage ich Ihnen, die solche Gläser trinken.« Er gab gut die Höhe eines Waschkruges an, und ich lächelte.

»Wenn ich sehr viel Münchner Bier trinke, schwitze ich so«, sagte Herr Hoffmann. »Wenn ich hier bin, draußen im Freien oder vor meinen Bädern, schwitze ich auch, aber das mag ich; in der Stadt dagegen ist das ganz was anderes.«

Von diesem Gedanken angeregt, wischte er sich Gesicht und Nacken mit der Serviette und säuberte sorgfältig die Ohren.

Eine Glasschüssel mit Aprikosenkompott wurde auf den Tisch gestellt.

»Oh, Obst!« sagte Fräulein Stiegelauer, »das ist so nötig für die Gesundheit. Heute morgen hat der Arzt zu mir gesagt, je mehr Obst ich essen könnte, desto besser wäre es.«

Ganz augenscheinlich folgte sie diesem Rat.

Der Reisende: »Sie haben sicherlich auch Angst vor einem

Angriff, wie? Oh, das ist gut so. In der Zeitung habe ich alles über Ihr englisches Stück gelesen. Haben Sie es gesehen?«

»Ja.« Ich saß kerzengerade da. »Ich versichere Ihnen, wir haben keine Angst.«

»Na ja, Sie sollten aber welche haben«, sagte der Herr Rat. »Wo Sie doch überhaupt keine Armee haben – ein paar kleine Jungs mit mehr Nikotin als Blut in den Adern.«

»Haben Sie keine Angst«, schaltete sich Herr Hoffmann ein, »wir wollen England nicht. Wenn wir's wollten, hätten wir's doch schon längst. Wir wollen Sie wirklich nicht.«

Mit leichter Hand schwang er den Löffel und sah zu mir herüber, als ob ich ein kleines Kind wäre, das er ganz nach Belieben behalten oder fortschicken konnte.

»Und wir wollen ganz gewiß nicht Deutschland haben«, sagte ich.

»Heute früh habe ich ein Sitzbad genommen. Heute nachmittag muß ich dann ein Kniebad nehmen und ein Armbad«, ließ sich der Herr Rat hören. »Dann mache ich eine Stunde Gymnastik, und damit wär's geschafft. Ein Glas Wein und ein paar Brötchen mit Sardinen –«

Kirschkuchen mit Schlagsahne wurde ihnen jetzt gereicht.

»Was ißt Ihr Mann am liebsten?« fragte die Witwe.

»Ich weiß wirklich nicht«, antwortete ich.

»Sie wissen das wirklich nicht? Wie lange sind Sie verheiratet?«

»Drei Jahre.«

»Das kann doch nicht Ihr Ernst sein! Sie hätten ihm doch nicht eine Woche als seine Frau den Haushalt führen können, ohne das zu wissen.«

»Ich hab ihn wirklich nie gefragt. Und er ist ganz und gar nicht wählerisch in puncto Essen.«

Stille. Sie alle schauten mich kopfschüttelnd an, den Mund voller Kirschkerne.

»Kein Wunder, daß sich in England diese fürchterliche Lage der Dinge von Paris wiederholt«, sagte die Witwe, wobei sie die Serviette zusammenfaltete. »Wie kann eine Frau erwarten, ihren Mann zu halten, wenn sie nach drei Jahren nicht einmal sein Lieblingsessen kennt?«

»Mahlzeit!«

»Mahlzeit!«

Ich schloß hinter mir die Tür.

DER FREMDE

Es schien der kleinen Schar am Kai, daß sich das Schiff nie wieder von der Stelle rühren würde. Da lag es, riesig, unbeweglich, auf dem grauen gekräuselten Wasser, eine Rauchfahne stand darüber, Scharen von Möven kreischten und tauchten nach den Abfällen aus der Kombüse am Heck. Gerade noch konnte man Pärchen umherschlendern sehen – kleine Fliegen, die auf dem Teller auf dem grauen gekräuselten Tischtuch hin und her spazierten. Andere Fliegen wimmelten in Schwärmen am Rande. Jetzt schimmerte etwas Weißes auf dem unteren Deck – vielleicht die Schürze des Kochs oder die Stewardess. Jetzt flitzte eine winzige schwarze Spinne die Leiter zur Brücke hinauf.

Vor der Menge stiefelte ein kräftig aussehender Mann mittleren Alters auf und ab und ließ den zusammengeklappten Schirm wirbeln. Er war ausnehmend gut, mit größter Sorgfalt gekleidet, grauer Mantel, grauer Seidenschal, dicke Handschuhe und dunkler Filzhut. Er schien der Anführer der kleinen Schar am Kai zu sein und sie zur gleichen Zeit zusammenzuhalten. Er war so etwas wie ein Zwischending zwischen Schäferhund und Schäfer.

Aber was für ein Trottel – was für ein ausgemachter Trottel war er doch, daß er den Feldstecher nicht mitgebracht hatte! Unter all diesen Leuten hier gab es nicht einen einzigen Feldstecher. »Komisch, Mr. Scott, daß keiner von uns an ein Fernglas gedacht hat. Wir hätten sie vielleicht ein bißchen in Trab bringen können. Wir hätten vielleicht ein paar Signale zustande kriegen können. *Landet ruhig. Eingeborene harmlos.* Oder: *Herzlich willkommen. Alles ist vergeben und vergessen.* Was? Wie?«

Mr. Hammonds flinker, lebhafter Blick, so nervös und doch so freundlich und voller Vertrauen, umspannte jeden am Kai, bezog sogar die alten Kerle mit ein, die, über die Gangways gelehnt, müßig herumhingen. Sie wußten, jedermann von ihnen wußte, daß Mrs. Hammond auf diesem Schiff war, und er war so schrecklich aufgeregt, daß es ihm niemals in den Sinn gekommen wäre, nicht zu glauben, daß diese wundervolle Tatsache ihnen auch etwas bedeutete. Sein Herz erwärmte sich für sie. Sie waren, stellte er fest, ein genauso anständiger Haufen – diese alten Kerle da drüben bei den Gangways ebenso – prima, solide alte Knaben. Was für Brustkästen – du lieber Gott! Und er machte seinen eigenen breit, versenkte die dick behandschuhten Hände in die Taschen und wippte mit den Füßen auf und ab.

»Ja, meine Frau ist die letzten zehn Monate in Europa gewesen. Zu Besuch bei unserer Ältesten, die vergangenes Jahr geheiratet hatte. Ich hab sie hergebracht, bis nach Salisbury. Da hab ich mir gedacht, daß ich sie lieber auch abholen sollte. Ja, ja, ja.«

Die hellwachen grauen Augen verengten sich wieder, um gespannt, rasch das unbewegliche Schiff zu mustern. Und abermals knöpfte er den Mantel auf. Zum Vorschein kam wieder die schmale, buttergelbe Uhr, und zum zwanzigsten – fünfzigsten – hundertsten Male rechnete er.

»Also, wir wollen doch mal sehen. Es war Viertel drei, als die Barkasse mit dem Arzt losfuhr. Viertel drei. Jetzt ist es genau zwei Minuten vor halb fünf. Das heißt also, der Arzt ist schon zweieinhalb Stunden weg. Zweieinhalb Stunden! Uii-uh!« Er ließ ein eigenartiges kleines halbes Pfeifen hören und schnappte die Uhr wieder zu. »Aber ich finde, man hätte es uns sagen müssen, wenn irgend etwas los wäre – meinen Sie nicht auch, Mr. Gaven?«

»O ja, Mr. Hammond! Ich denke nicht, daß etwas – etwas

los ist, worüber man sich Sorgen machen müßte«, sagte Mr. Gaven, wobei er die Pfeife am Absatz seines Schuhs ausklopfte. »Gleichzeitig –«

»Ganz recht! Ganz recht!« rief Mr. Hammond. »Verdammt ärgerlich!« Mit raschen Schritten lief er auf und ab und kehrte wieder zu seinem Platz zwischen Mr. und Mrs. Scott und Mr. Gaven zurück. »Es wird auch schon recht dunkel«, und er schwenkte den zusammengerollten Schirm, als ob die Dunkelheit wenigstens so anständig sein müßte, noch ein bißchen auf sich warten zu lassen. Aber langsam brach die Dämmerung herein, breitete sich sachte wie ein Fleck über das Wasser aus. Die kleine Jean Scott zerrte ihre Mutter an der Hand.

»Ich möchte meinen Tee, Mutti!« quengelte sie.

»Das glaub ich dir«, meinte Mr. Hammond. »Ich glaube, daß all die Damen hier ihren Tee möchten.« Und sein freundlicher, lebhafter, beinahe mitleidsvoller Blick umspannte sie wieder alle. Er fragte sich, ob Janey eine letzte Tasse Tee im Salon da draußen trank. Hoffentlich! Er glaubte es aber nicht. Es sähe ihr ähnlich, das Deck nicht zu verlassen. In dem Falle würde ihr vielleicht der Decksteward eine Tasse nach oben bringen. Wenn er dagewesen wäre, hätte er ihr eine geholt – irgendwie. Und einen Augenblick lang war er an Deck, stand da und sah auf sie hinunter, sah zu, wie sich die kleine Hand in der ihr eigenen Art um die Tasse schloß, während sie die einzige Tasse Tee trank, die an Bord zu kriegen war ... Aber jetzt war er wieder hier unten, und der Herrgott mochte wissen, wann dieser verfluchte Kapitän es aufgeben würde, da draußen auf dem Wasser herumzuliegen. Er drehte wieder eine kleine Runde, auf und ab, auf und ab. Er ging bis zum Taxistand, um sich zu vergewissern, daß sein Fahrer noch da war. Dann schwenkte er wieder um zu der kleinen Schar, die sich im Schutze der Bananenkisten zusammendrängte.

Die kleine Jean Scott verlangte noch immer nach ihrem Tee. Armes Kerlchen! Er wünschte, er hätte ein Stückchen Schokolade mit.

»Hier, Jean!« sagte er. »Möchtest du mal hoch?« Und leicht, zart schwang er das kleine Mädchen auf ein höher gelegenes Faß hinauf. Und diese Bewegung, sie zu halten, sie hinzusetzen, daß sie nicht herunterfiel, verschaffte ihm ein wunderbares Gefühl der Erleichterung, ihm wurde freier ums Herz.

»Halt dich fest«, sagte er und legte schützend einen Arm um sie.

»Ach, plagen Sie sich doch nicht mit Jean ab, Mr. Hammond!« rief Mrs. Scott.

»Das geht schon in Ordnung, Mrs. Scott. Keine Sorge. Ist mir ein Vergnügen. Jean ist mein kleines Herzblatt, nicht wahr, Jean?«

»Ja, Mr. Hammond«, erwiderte Jean und fuhr mit dem Finger die Delle in seinem Filzhut lang.

Aber plötzlich packte sie ihn am Ohr und schrie laut auf. »Sehen Sie doch, Mr. Hammond! Das Schiff fährt los! Sehn Sie doch, es kommt herein!«

Weiß Gott! So war's. Endlich! Langsam, ganz langsam drehte es sich. Eine Glocke tönte weit über das Wasser, und eine große Dampfwolke puffte in die Luft. Die Möwen flogen auf. Wie weiße Papierschnitzel flatterten sie davon. Ob das dumpfe Pochen von den Motoren oder von seinem Herzen kam, konnte Mr. Hammond nicht sagen. Er mußte sich zusammenreißen, es zu ertragen, was es auch immer wäre. In dem Augenblick kam der alte Kapitän Johnson, der Hafenmeister, den Kai daherspaziert, eine Ledermappe unterm Arm.

»Lassen Sie Jean nur, ich halte sie«, sagte Mr. Scott, gerade zur rechten Zeit. Denn Mr. Hammond hatte Jean vergessen. Er stürzte los, um den alten Kapitän Johnson zu begrüßen.

»Na, Kapitän«, erklang wieder die beflissene, nervöse Stimme, »endlich erbarmen Sie sich unser.«

»Es ist sinnlos, mir Vorwürfe zu machen, Mr. Hammond«, schnaufte der alte Kapitän, den Blick auf das Schiff gerichtet. »Sie haben Mrs. Hammond an Bord, ja?«

»Ja, ja«, erwiderte Mr. Hammond und hielt sich an der Seite des Hafenmeisters. »Mrs. Hammond ist da drauf. Hallo! Jetzt dauert's nicht mehr lange!«

Mit Klingelingeling wie Telefongeläut hielt das große Schiff auf sie zu, erfüllte die Luft mit dem eintönigen Dröhnen der Schraube, zerteilte jäh das dunkle Wasser, so daß sich zu beiden Seiten mächtige weiße Schaumfetzen kringelten. Hammond und der Hafenmeister standen vor den anderen. Hammond nahm den Hut ab. Er suchte auf den Decks – auf denen sich die Passagiere dicht drängten; er schwenkte den Hut und brüllte ein lautes, seltsames »Hallo!« über das Wasser, und dann drehte er sich um, brach in Lachen aus und sagte etwas – nichts – zum alten Kapitän Johnson.

»Haben Sie sie entdeckt?« fragte der Hafenmeister.

»Nein, noch nicht. Immer mit der Ruhe – warten wir noch ein Weilchen!« Und plötzlich schwenkte er zwischen zwei großen, schwerfälligen Idioten – »Weg da!« – wie zum Zeichen den Schirm – er sah eine erhobene Hand, einen weißen Handschuh mit einem Taschentuch winken. Noch einen Augenblick und dann – Gott sei Dank! Gott sei Dank! – da war sie. Dort war Janey. Dort stand Mrs. Hammond, ja, ja und nochmals ja – sie stand an der Reling und lächelte und nickte und schwenkte das Taschentuch.

»Na, das ist erster Klasse – erster Klasse! Nun ja, nun ja, nun ja!« Er stampfte doch wirklich mit den Füßen auf. Blitzschnell zog er sein Zigarrenetui heraus und hielt es dem alten Kapitän Johnson hin. »Nehmen Sie 'ne Zigarre, Kapitän! Die sind ganz gut. Nehmen Sie doch ein paar! Da« – und er drängte dem Hafenmeister alle Zigarren aus dem Etui auf –, »ich habe noch paar Kisten im Hotel.«

»Danke scheen, Mr. Hammond!« schnaufte der alte Kapitän Johnson.

Hammond steckte das Zigarrenetui wieder ein. Seine Hände zitterten, aber er hatte sich wieder gefangen. Er konnte Janey jetzt entgegentreten. Da war sie, sie lehnte an der Reling, unterhielt sich mit irgendeiner Frau, gleichzeitig aber sah sie zu ihm hin, war sie für ihn bereit. Als kein Abgrund mehr zwischen dem Schiff und dem Land gähnte, fiel ihm auf, wie klein sie auf dem riesigen Schiff aussah. Ihm preßte ein solcher Krampf das Herz zusammen, daß er am liebsten aufgeschrien hätte. Wie klein sie aussah, und doch war sie den ganzen weiten Weg zurückgekommen, ganz allein! Aber es paßte zu ihr. Paßte völlig zu Janey. Sie hatte den Mut eines – Und jetzt waren welche von der Mannschaft nach vorn gekommen und hatten die Passagiere getrennt. Sie hatten die Reling für die Gangways heruntergelassen.

Von Land und von Bord schwirrten die Stimmen durch die Luft, einander zu begrüßen.

»Alles in Ordnung?«

»Alles in Ordnung.«

»Wie geht's Mutter?«

»Viel besser.«

»Hallo, Jean!«

»He, Tante Emily!«

»Gute Reise gehabt?«

»Ausgezeichnet!«

»Jetzt hat's am längsten gedauert.«

»Gleich ist's soweit.«

Die Maschinen stoppten. Langsam schob sich das Schiff an den Pier heran.

»Platz da – Platz da – Platz da!« Und mit einem mächtigen

Ruck ließen die Kaiarbeiter die Gangways aufprallen. Hammond machte Janey Zeichen, da zu bleiben, wo sie war. Der alte Hafenmeister tat ein paar Schritte nach vorn. Er folgte hinterdrein. Was ›zuerst die Damen‹ oder solchen Quatsch betraf, so wäre ihm das nie in den Sinn gekommen.

»Nach Ihnen, Kapitän!« rief er jovial. Und in den Fußstapfen des alten Mannes marschierte er über den Landungssteg hinauf an Deck, schnurgerade auf Janey zu, und Janey verschwand in seinen Armen.

»Na also, na also, na also! Ja, ja! Da wären wir endlich!« stammelte er. Das war alles, was er sagen konnte. Und Janey tauchte auf, und ihr kühles Stimmchen – für ihn die einzige Stimme auf der ganzen Welt – sagte: »Ach, Liebster! Hast du lange gewartet?«

Nein, nicht lange. Oder das war jedenfalls völlige Nebensache. Jetzt war's ja vorbei. Aber die Hauptsache war, am Ende des Piers wartete ein Taxi auf sie. War sie fertig, von Bord zu gehen? War ihr Gepäck fertig? In dem Falle könnten sie schnurstracks mit dem Handgepäck losziehen, der Rest hat Zeit bis morgen. Er beugte sich über sie, und sie sah mit dem vertrauten, halben Lächeln zu ihm auf. Sie war unverändert. Nicht einen Tag älter geworden. Genau, wie er sie immer gekannt hatte. Sie legte ihm ihre kleine Hand auf den Ärmel.

»Wie geht's den Kindern, John?« fragte sie.

(Zum Teufel mit den Kindern!) »Ausgezeichnet. So gut wie noch nie.«

»Haben sie mir keine Briefe mitgeschickt?«

»Ja, ja – natürlich! Ich habe sie im Hotel gelassen, du kannst sie dir später zu Gemüte führen.«

»Ganz so fix können wir aber nicht gehen«, sagte sie. »Ich muß mich noch von den Leuten verabschieden – auch vom Kapitän.« Als er ein enttäuschtes Gesicht zog, drückte sie ihm leicht und verständnisvoll den Arm. »Wenn der Kapitän von der Brücke herunterkommt, solltest du ihm ein paar Dankesworte sagen, daß er sich so großartig um deine Frau gekümmert hat.« Nun denn, er hatte sie wieder. Wenn es bei ihr noch zehn Minuten länger dauerte – Als er Platz machte, war sie sogleich umringt. Die ganze erste Klasse schien Janey auf Wiedersehen sagen zu wollen.

»Auf Wiedersehen, *liebste* Mrs. Hammond! Und wenn Sie das nächste Mal in Sydney sind, rechne ich *ganz fest* mit Ihnen.«

»Meine liebe Mrs. Hammond! Sie werden doch auf keinen Fall vergessen, mir zu schreiben?«

»Also, Mrs. Hammond, was wäre dieses Schiff ohne Sie gewesen!«

Es war sonnenklar, daß sie bei weitem die beliebteste Frau an Bord war. Und sie nahm das alles hin – ganz wie immer. Völlig gelassen. Ganz das kleine Persönchen – ganz und gar Janey; da stand sie, den Schleier zurückgeworfen. Hammond achtete nie darauf, was seine Frau anhatte. Was sie auch trug, es war ihm einerlei. Heute jedoch bemerkte er, daß sie ein schwarzes ›Kostüm‹ trug – so hieß das doch? – mit weißen Rüschen, zur Verzierung war das wohl, an Hals und Ärmeln. All das, während Janey ihn herumreichte.

»John, Lieber!« Und dann: »Darf ich vorstellen –«

Schließlich hatten sie Reißaus genommen, und sie ging ihm zu ihrer Kabine voran. Janey den Gang entlang zu folgen, den sie so gut kannte – das war ihm sehr merkwürdig; die grünen Vorhänge hinter ihr zu zerteilen und in die Kabine einzutreten, die ihre gewesen war, bereitete ihm ein ganz außerordentliches Glücksgefühl. Aber – verdammt! – da auf dem Fußboden kniete die Stewardess und band die Reisedecken zusammen.

»Das ist die letzte, Mrs. Hammond«, sagte die Stewardess, sie erhob sich und zog die Ärmelaufschläge herunter.

Wieder wurde er vorgestellt, und dann verschwanden Janey und die Stewardess im Gang. Er hörte Geflüster. Sie regelte vermutlich die Trinkgeldsache. Er setzte sich auf das gestreifte Sofa und nahm den Hut ab. Da lagen die Decken, die sie mitgenommen hatte; sie sahen so gut wie neu aus. Ihr ganzes Gepäck sah frisch aus, untadelig. Die Anhänger waren in ihrer schönen klaren kleinen Schrift geschrieben – ›Mrs. John Hammond‹.

»Mrs. John Hammond!« Er tat einen langen Seufzer der Zufriedenheit und lehnte sich zurück, die Arme verschränkt. Die Anspannung war vorbei. Ihm war, als hätte er ewig so dasitzen können und erleichtert seufzen – erleichtert, weil er dieses schreckliche Ziehen, Zerren, diese Klammer um sein Herz los war. Die Gefahr war vorüber. So war ihm zumute. Sie waren wieder am trockenen Ufer.

Aber in dem Augenblick guckte Janeys Kopf um die Ecke.

»Lieber, hast du etwas dagegen? Ich möchte mich nur vom Arzt verabschieden gehen.«

Hammond schreckte hoch. »Ich komme mit.«

»Nein, nein!« wehrte sie ab. »Bemüh dich nicht. Lieber nicht. Ich bin gleich wieder da.«

Und ehe er noch antworten konnte, war sie weg. Er hatte nicht übel Lust, ihr nachzulaufen; aber statt dessen setzte er sich wieder hin.

Wäre sie wirklich gleich wieder da? Wie spät war es jetzt? Die Uhr kam zum Vorschein; er starrte ins Leere. Das war schon wirklich recht merkwürdig von Janey! Warum hatte sie nicht die Stewardess beauftragen können, für sie auf Wiedersehen zu sagen? Warum mußte sie denn hinter dem Schiffsarzt herjagen? Sie hätte ihm ja auch vom Hotel ein paar Zeilen schicken können, wenn die Sache so dringend war. Dringend? Konnte das etwa heißen, daß sie unterwegs krank gewesen war – daß sie ihm etwas verheimlichte? Das war's! Er ergriff den Hut. Er wollte den Kerl suchen, um, koste es, was es wolle, die Wahrheit aus ihm herauszupressen. Ihm war, als hätte er etwas gemerkt. Sie schien ihm um eine Spur zu ruhig – zu beherrscht. Vom ersten Augenblick an –

Die Vorhänge klirrten. Janey war wieder da. Er sprang auf.

»Janey, bist du auf dieser Reise krank gewesen? Du warst's!«

»Krank?« Ihre zarte kleine Stimme verspottete ihn. Sie stieg über die Decken, trat dicht an ihn heran, tippte ihm an die Brust und sah zu ihm auf.

»Liebling«, sagte sie, »mach mir doch keine Angst. Natürlich war ich nicht krank! Wie kommst du nur darauf? Seh ich denn etwa krank aus?«

Aber Hammond sah sie nicht. Er spürte nur, daß sie ihn anblickte und daß es nicht nötig war, sich irgendwelche Sorgen zu machen. Sie war hier, um nach dem Rechten zu sehen. Es war in Ordnung. Alles war in Ordnung.

Der zärtliche Druck ihrer Hand war so beruhigend, daß er seine darüberlegte, um sie dort festzuhalten. Und sie sagte: »Nun bleib mal ruhig stehen! Ich möchte dich anschauen. Ich hab dich doch noch gar nicht richtig gesehn! Du hast dir den Bart wunderbar stutzen lassen, und du siehst – jünger aus, denk ich, und ganz entschieden schlanker. Das Junggesellenleben bekommt dir.«

»Bekommt mir!« Er stöhnte vor lauter Liebe und zog sie wieder ganz dicht an sich heran. Und wieder, wie immer, war ihm, er hielte da etwas, das niemals ganz sein wäre – sein. Etwas gar zu Köstliches, gar zu Wertvolles, das davonflöge, sobald er losließe.

»Um Gottes willen, laß uns doch zum Hotel gehen, damit wir endlich für uns sind!« Und heftig läutete er, damit jemand käme, sich ums Gepäck zu kümmern.

Als sie zusammen den Pier entlanggingen, hängte sie sich bei ihm ein. Da hatte er sie wieder an seinem Arm. Und wie völlig anders es doch war, nach Janey in den Wagen zu steigen – die rot und gelb gestreifte Decke über sie beide zu breiten – den Fahrer zur Eile zu mahnen, weil sie beide noch keinen Tee gehabt hatten. Er brauchte nicht mehr ohne seinen Tee loszugehen noch ihn sich selbst einzuschenken. Sie war wieder da. Er wandte sich ihr zu, drückte ihr die Hand und sagte zärtlich, neckend, mit der ›speziellen‹ Stimme, wie er sie für sie hatte: »Froh, wieder zu Hause zu sein, mein Schatz?« Sie lächelte; sie machte sich nicht einmal die Mühe zu antworten, sondern schob sanft seine Hand fort, als sie in die besser beleuchteten Straßen kamen.

»Wir haben das beste Zimmer im Hotel«, sagte er. »Mit einem andern hätte ich mich nicht abspeisen lassen. Und ich hab das Zimmermädchen gebeten, ein bißchen Feuer zu machen, für den Fall, daß dir's kalt wäre. Sie ist ein nettes, gefälliges Ding. Und ich hab mir gedacht, daß wir jetzt, da wir einmal hier sind, nicht unbedingt morgen heimfahren, sondern den Tag damit verbringen, uns etwas anzusehen, und dann erst am Morgen drauf fahren. Ist dir das recht? Wir haben's doch nicht so eilig, oder? Die Kinder haben dich noch früh genug... Ich dachte, ein Tag für Besichtigungen wäre eine nette Unterbrechung auf deiner Reise – ja, Janey?«

»Hast du die Karten für übermorgen schon gekauft?« fragte sie.

»Das möcht ich meinen!« Er knöpfte den Mantel auf und zog seine dickbauchige Brieftasche heraus. »Da hätten wir's! Ich habe ein Abteil erster Klasse nach Cooktown reserviert. Hier – ›Mr. *und* Mrs. John Hammond‹. Ich fand, wir könnten es uns auch genausogut bequem machen, und wir wollen doch auch nicht, daß ständig andere Leute hereinplatzen. Aber wenn du hier noch etwas länger bleiben willst –?«

»O nein!« wehrte Janey rasch ab. »Nicht um alles in der Welt! Dann eben übermorgen. Und die Kinder –«

Da waren sie aber beim Hotel angelangt. Auf der breiten, strahlend hell erleuchteten Veranda stand der Direktor. Er kam herab, um sie zu begrüßen. Ein Portier lief aus der Halle herbei nach ihrem Gepäck.

»Nun, Mr. Arnold, da wäre nun endlich Mrs. Hammond!«

Der Direktor geleitete sie selbst durch die Halle und drückte die Fahrstuhlklingel. Hammond wußte, Geschäftsfreunde von ihm saßen jetzt im Vestibül, um vor dem Dinner noch etwas zu trinken. Aber er wollte auf gar keinen Fall eine Störung riskieren, er sah weder nach rechts noch nach links. Mochten sie doch denken, was sie wollten. Wenn sie dafür kein Verständnis hätten, dann wären sie größere Trottel – und er stieg aus dem Fahrstuhl, schloß die Tür zu ihrem Zimmer auf und geleitete Janey sorgsam hinein. Die Tür schloß sich. Jetzt waren sie endlich miteinander allein. Er drehte das Licht an. Die Vorhänge waren zugezogen, das Feuer flackerte hell. Er schleuderte den Hut auf das geräumige Bett und trat zu ihr.

Aber – kaum zu glauben! wieder wurden sie gestört. Diesmal war es der Portier mit dem Gepäck. Er machte zwei Touren daraus, ließ zwischendurch die Tür offenstehen, nahm sich Zeit, pfiff auf dem Korridor durch die Zähne. Hammond schritt im Zimmer auf und ab, zerrte sich die Handschuhe herunter, riß sich den Schal ab. Schließlich schleuderte er den Mantel auf die Bettkante.

Endlich war dieser Idiot weg. Die Tür klappte zu. Jetzt waren sie wirklich allein. Hammond sagte: »Mir ist, als ob ich dich nie wieder für mich allein hätte. Diese verdammten Leute! Janey«, und er senkte den brennenden, aufgeregten Blick zu ihr hinab, »wir wollen hier oben essen. Wenn wir ins Restaurant hinuntergehen, werden wir gestört, und dann ist da unten diese vermaledeite Musik.« (Die Musik, die er gestern abend so hoch gepriesen, der er so laut Beifall gespendet hatte!) »Wir können unsere eigenen Worte nicht hören. Essen wir doch hier oben vor dem Feuer. Für Tee ist's zu spät. Ich werde ein kleines Abendessen bestellen, ja? Wie gefällt dir das?«

»Tu das, Liebling!« stimmte Janey zu. »Und wenn du weg bist – die Briefe der Kinder –«

»Ach, die haben noch Zeit!« sagte Hammond.

»Aber dann hätten wir's hinter uns«, meinte Janey. »Und ich hätte erst mal Zeit, um zu –«

»Ach, ich brauche nicht runterzugehen«, erklärte Hammond. »Ich werde nur läuten und die Bestellung aufgeben ... du willst mich doch nicht gar wegschicken?«

Janey schüttelte lächelnd den Kopf.

»Aber du denkst an irgend etwas anderes. Du machst dir um irgend etwas Sorgen«, sagte Hammond. »Was ist los? Komm und setz dich hierher – komm her ans Feuer und setz dich auf mein Knie.«

»Ich will nur den Hut abnehmen«, sagte Janey und ging zum Frisiertisch hinüber. »A-ah!« Ein leiser Aufschrei.

»Was ist?«

»Nichts, Liebling. Ich hab eben die Briefe der Kinder gefunden. Ist schon in Ordnung. Sie reißen nicht aus. Das eilt jetzt nicht.« Die Briefe in der Hand, wandte sie sich zu ihm. Sie steckte sie in ihre gerüschte Bluse. Lebhaft, fröhlich rief sie: »Ach, wie typisch für dich, dieser Frisiertisch!«

»Wieso? Was ist denn damit?« fragte Hammond.

»Wenn er in der Ewigkeit angeschwebt käme, würde ich sagen: ›John!‹« lachte Janey, den Blick auf die große Flasche Haarwasser, die Korbflasche mit Kölnischwasser, die beiden Haarbürsten und ein Dutzend mit rosarotem Band zusammengebundener Kragen geheftet. »Ist das dein ganzes Gepäck?«

»Zum Teufel mit meinem Gepäck!« rief Hammond; aber trotzdem hatte er es gern, wenn Janey sich über ihn lustig machte. »Reden wir doch endlich miteinander. Kommen wir zur Sache. Sag mir« – und als sich Janey auf seine Knie setzte, ließ er sich zurückfallen und zog sie in den tiefen, häßlichen Sessel – »sag mir, daß du dich wirklich freust, wieder da zu sein, Janey.«

»Ja, Lieber, ich freue mich«, erwiderte sie.

Aber genauso, wie er das Gefühl hatte, sie würde davonfliegen, wenn er sie in den Armen hielt, so wußte Hammond nie ganz genau, wußte er einfach nie, ob sie sich ebenso freute wie er. Wie sollte er es auch wissen? Würde er es jemals wissen? Hätte er denn immer dieses verzehrende Verlangen – diesen stechenden Schmerz, dem Hunger ähnlich, Janey irgendwie so sehr zu einem Teil von sich werden zu lassen, daß nichts von ihr übrigblieb, um sich ihm zu entziehen? Nichts und niemand anders sollte auch nur das geringste von ihr abhaben. Er wünschte jetzt, daß er das Licht ausgedreht hätte. Das hätte sie ihm vielleicht nähergebracht. Und jetzt raschelten auch noch diese Briefe von den Kindern in ihrer Bluse. Am liebsten hätte er sie ins Feuer geworfen.

»Janey«, flüsterte er.

»Ja, Liebster?« Sie lag an seiner Brust, aber so leicht, so entrückt. Beider Atem kam und ging gemeinsam.

»Janey!«

»Was ist?«

»Dreh dich zu mir«, flüsterte er. Langsam überzog eine tiefe Röte seine Stirn. »Küß mich, Janey! Du mußt mich küssen!«

Ihm schien, als wäre da eine winzige Pause verstrichen – lang genug aber, daß er Qualen erlitt –, ehe ihr Mund den seinen berührte, fest und leicht, ehe sie ihn küßte, wie sie es immer tat, als ob der Kuß – wie konnte er das nur in Worte fassen? – bekräftigte, was der Mund sagte, den Kontrakt besiegelte. Aber das war es nicht, wonach ihn verlangte. Das war es ganz und gar nicht, wonach er sich verzehrte. Auf einmal fühlte er sich ungeheuer müde.

»Wenn du wüßtest«, sagte er und öffnete die Augen, »wie das heute gewesen ist – diese Warterei. Ich dachte schon, das Schiff legte nie an. Da waren wir nun und hingen herum. Was hat euch denn so lange aufgehalten?«

Sie gab keine Antwort. Sie sah von ihm weg ins Feuer. Hurtig, hurtig züngelten die Flammen über die Kohlen, flackerten auf, fielen zusammen.

»Du schläfst doch nicht gar?« fragte Hammond und schaukelte sie auf seinen Knien.

»Nein«, sagte sie. Und dann: »Bitte nicht, Lieber. Nein, ich war nur in Gedanken. Um die Wahrheit zu sagen«, fuhr sie fort, »gestern abend ist einer der Passagiere gestorben – ein Mann. Das war's, was uns aufgehalten hat. Wir haben ihn hereingebracht – ich meine, er wurde nicht auf See begraben. So haben natürlich der Schiffsarzt und der Hafenarzt –«

»Was hatte er denn?« fragte Hammond unbehaglich. Er haßte es, von Tod zu hören. Er haßte es, daß das passiert war. Irgendwie komisch, aber es war, als wären Janey und er auf dem Weg zum Hotel einem Trauerzug begegnet.

»Ach, es war ganz und gar nichts Ansteckendes«, antwortete Janey. Sie flüsterte fast. »Es war das Herz.« Pause. »Armer Kerl!« sagte sie. »Ziemlich jung.« Und sie sah dem Feuer zu, wie es aufflackerte und versank. »Er starb in meinen Armen.«

Der Schlag kam so unerwartet, daß Hammond dachte, er würde ohnmächtig. Er konnte sich nicht rühren; er kriegte keine Luft. Er spürte, wie die ganze Kraft aus ihm strömte – in den mächtigen dunklen Sessel strömte, und der große dunkle Sessel hielt ihn fest, schlug ihn wie in Fesseln, zwang ihn, es zu ertragen.

»Was?« fragte er tonlos. »Was sagst du da?«

»Das Ende war ganz friedlich«, ließ sich die kleine Stimme hören. »Er hat einfach nur«, und Hammond sah, wie sie die zarte Hand hochhob, »am Schluß sein Leben ausgehaucht.« Und die Hand fiel herab.

»Wer – war noch dabei?« brachte Hammond fertig zu fragen.

»Niemand. Ich war mit ihm allein.«

Oh, mein Gott, was sagte sie da! Was tat sie ihm da nur an! Das würde ihn umbringen. Und die ganze Zeit redete sie: »Ich hab gesehn, wie es anders wurde, und ich habe den Steward nach dem Arzt geschickt, aber der Arzt kam zu spät. Er hätte sowieso nichts tun können.«

»Aber – warum denn du, warum denn ausgerechnet du?« stöhnte Hammond,

Bei diesen Worten wandte sich Janey rasch um, rasch durchforschte sie sein Gesicht.

»Das macht dir doch nicht gar etwas aus, John?« fragte sie. »Du bist doch nicht – das hat doch mit uns beiden nichts zu tun.«

Irgendwie brachte er es fertig, für sie so etwas wie ein Lächeln zusammenzukratzen. Irgendwie stammelte er: »Nein – w-weiter, w-weiter! Du sollst mir alles erzählen.«

»Aber, John, Liebster –«

»Erzähl mir's, Janey!«

»Da gibt es nichts zu erzählen«, erwiderte sie erstaunt. »Er war einer von den Passagieren der ersten Klasse. Ich hab gesehn, daß er sehr krank war, als er an Bord kam ... Aber bis gestern schien es ihm soviel besser zu gehen. Am Nachmittag hatte er einen schweren Anfall – vermutlich Aufregung – Nervosität wegen der Ankunft. Und danach hat er sich nicht wieder erholt.«

»Aber warum hat denn nicht die Stewardess –«

»Ach, mein Liebster – die Stewardess!« sagte Janey. »Wie wäre ihm da zumute gewesen? Und außerdem ... es hätte ja auch sein können, daß er noch etwas sagen wollte ... daß –«

»Hat er nicht?« murmelte Hammond. »Hat er nichts mehr gesagt?«

»Nein, Liebling, kein Wort!« Sachte schüttelte sie den Kopf. »Die ganze Zeit über, die ich bei ihm war, war er zu schwach ... war er zu schwach, auch nur einen Finger zu rühren ...«

Janey schwieg. Doch ihre Worte, so leicht, so sanft, so kühl, schienen in der Luft zu schweben, wie Schnee in seine Brust zu fallen.

Das Feuer war zu roter Glut geworden. Mit lautem Knistern fiel es jetzt in sich zusammen, und es wurde kühler im Zimmer. Kälte kroch ihm die Arme hoch. Das Zimmer war riesengroß, ungeheuerlich, glitzernd. Es füllte seine ganze Welt aus. Dort das große leere Bett, darüber hingeworfen sein Mantel, wie ein Mann ohne Kopf, der sein Gebet aufsagt. Dort das Gepäck, es wartete gleichsam darauf, abermals weggetragen zu werden, irgendwohin, in Züge verfrachtet, auf Schiffe gehievt zu werden.

... ›Er war zu schwach. Er war zu schwach, einen Finger zu rühren.‹ Und doch ist er in Janeys Armen gestorben. Sie – die nie – niemals in all den Jahren – nie auch nur ein einziges Mal –

Nein, daran durfte er nicht denken. Der Gedanke daran war Wahnsinn. Nein, er wollte es sich nicht vorstellen. Er könnte es nicht aushalten. Es war einfach zu unerträglich!

Und jetzt zupfte Janey mit der Hand an seiner Krawatte. Sie drückte die Enden zusammen.

»Du – du bedauerst doch nicht, daß ich dir das erzählt habe, liebster John? Es hat dich doch nicht traurig gemacht? Es hat nicht unseren Abend verdorben – unser Beisammensein allein?«

Aber da mußte er das Gesicht verbergen. Er preßte das Gesicht an ihre Brust, und seine Arme umfingen sie.

Ihren Abend verdorben! Ihr Alleinsein verdorben! Nie wieder würden sie miteinander allein sein.

JE NE PARLE PAS FRANÇAIS

Ich weiß nicht, warum ich eine solche Vorliebe für dieses kleine Café habe. Es ist schmutzig und düster, ja düster. Nicht daß es etwas an sich hätte, was es von hundert anderen unterschiede – nein, ganz und gar nicht; oder daß jeden Tag dieselben sonderbaren Gestalten hierherkämen, die man von seiner Ecke aus beobachten und wiedererkennen und mehr oder weniger (mit starker Betonung auf dem Weniger) ergründen könnte.

Aber denken Sie nun bitte nicht, daß diese Bemerkung in Klammern ein Bekenntnis meiner Demut vor dem Mysterium der menschlichen Seele darstelle. Ganz und gar nicht; ich glaube nicht an die menschliche Seele. Hab ich nie getan. Ich glaube, daß die Menschen wie Handkoffer sind – sie werden mit allerhand Sachen vollgepackt, in Bewegung gesetzt, umhergeworfen, weggeschmissen, abgesetzt, verloren und wiedergefunden, auf einmal halb leer oder vollgestopft wie noch nie, bis der allerletzte Gepäckträger sie schließlich auf den allerletzten Zug schwingt und – fort rattern sie ...

Nicht, daß diese Handkoffer nicht auch sehr faszinierend sein können. Ach, und wie! Ich sehe mich selbst, müssen Sie wissen, wie einen Zollbeamten davor stehen.

»Haben Sie etwas zu verzollen? Wein, Alkohol, Zigarren, Parfüm, Seidenstoffe?«

Und das kurze Zögern, ob ich wohl angeschwindelt würde, ehe ich den Kreideschnörkel mache, und dann abermals das kurze Zögern gleich darauf, ob ich wohl angeschwindelt worden bin, dies sind vielleicht die beiden spannendsten Augenblicke im Leben. Ja, jedenfalls für mich.

Was ich jedoch ganz einfach sagen wollte, ehe ich diese

lange und ziemlich weit hergeholte und nicht sonderlich originelle Abschweifung begann, war, daß es hier keine Handkoffer zu überprüfen gibt, weil die Kundschaft dieses Cafés, die Damen und Herren, sich nicht hinsetzen. Nein, sie stehen an der Theke, sie, das sind eine Handvoll Arbeiter, die vom Fluß heraufkommen, ganz mit weißem Mehl, Kalk oder so etwas bestäubt, und ein paar Soldaten in Begleitung von mageren dunklen Mädchen mit silbernen Ohrringen, Einkaufskörbe am Arm.

Auch Madame ist mager und dunkel, Gesicht und Hände sind nahezu weiß. Bei einer bestimmten Beleuchtung sieht sie direkt durchsichtig aus, wie sie so aus ihrem schwarzen Umschlagtuch hervorleuchtet, wirkt ganz außerordentlich. Wenn sie nicht gerade bedient, sitzt sie auf einem Hocker, das Gesicht immer dem Fenster zugewandt. Ihre dunkel umränderten Augen blicken prüfend unter die Passanten und folgen ihnen, doch nicht, als suchte sie jemanden, als hielte sie nach jemandem Ausschau. Vor fünfzehn Jahren hatte sie das vielleicht getan; jetzt aber war die Haltung Gewohnheit geworden. Ein Zug von Müdigkeit und Hoffnungslosigkeit läßt erkennen, daß sie es, seit den letzten zehn Jahren mindestens, aufgegeben hat ...

Und dann der Kellner. Nicht bemitleidenswert – ganz bestimmt nicht komisch. Nie macht er eine dieser völlig belanglosen Bemerkungen, die einen so in Erstaunen versetzen, wenn sie von einem Kellner kommen (als wäre der arme Kerl so etwas wie eine Kreuzung zwischen einer Kaffeekanne und einer Weinflasche und dürfte nicht einmal einen Tropfen von irgend etwas anderem enthalten). Er ist grau, vertrocknet, hat Plattfüße und lange, brüchige Nägel, die einen ganz nervös machen, wenn er die zwei Sous zusammenkratzt. Wenn er nicht gerade über den Tisch wischt oder ein paar tote Fliegen wegschnipst, steht er da, eine Hand auf einer Stuhllehne, in seiner viel zu langen Schürze, und über dem anderen Arm den dreieckigen Fetzen einer schmutzigen Serviette, als warte er darauf, im Zusammenhang mit irgendeinem abscheulichen Mord fotografiert zu werden. ›Innenansicht des Cafés, wo die Leiche gefunden wurde‹. Sie haben ihn schon ... zigmal gesehen.

Glauben Sie nicht auch, daß jeder Ort seine Stunde am Tage hat, wo er wirklich lebendig wird? Das trifft nicht ganz, was ich meine. Es ist eher so. Es scheint einen Augenblick zu geben, da merkt man, daß man ganz zufällig genau zu dem Zeitpunkt auf die Bühne gekommen ist, zu dem man erwartet wurde. Alles ist für einen vorbereitet – wartet auf einen. Oh, Herr der Lage! Du bläshst dich auf vor Wichtigkeit. Und gleichzeitig lächelst du, heimlich, verstohlen, weil das Leben einem diese Auftritte nur widerwillig zu gewähren scheint, ja, es scheint darauf aus zu sein, sie einem wegzuschnappen und unmöglich zu machen, indem es einen in den Seitenkulissen festhält, bis es tatsächlich zu spät ist ... Nur dieses eine Mal hast du die alte Hexe besiegt.

Als ich zum allerersten Mal hierhergekommen war, hatte ich einen dieser Augenblicke erlebt. Vermutlich kehre ich deshalb immer wieder hierher zurück. Ich suche den Schauplatz meines Triumphes wieder auf – oder den Schauplatz des Verbrechens, wo ich die alte Hure einmal am Schlafittchen hatte und mit ihr tat, wie es mir beliebte.

Frage: Warum bin ich so bitter dem Leben gegenüber? Und warum sehe ich in ihm so eine Lumpensammlerin aus dem amerikanischen Kino, die einherschlurft, in ein schmutziges Tuch gehüllt, die alten Klauen um einen Stock gekrümmt?

Antwort: Das ist die direkte Auswirkung des amerikanischen Kinos auf ein schwaches Gemüt.

Jedenfalls ›ging der kurze Winternachmittag zur Neige‹, wie es so schön heißt, und ich ließ mich dahintreiben, wußte nicht recht, ob ich nach Hause gehen sollte oder nicht, als ich auf einmal hier drin war und zu dem Platz in der Ecke steuerte.

Ich hängte meinen englischen Überzieher und grauen Filzhut an denselben Haken hinter mir, und nachdem ich dem Kellner Zeit genug gelassen hatte, daß mindestens zwanzig Fotografen ihn zur Genüge knipsen konnten, bestellte ich einen Kaffee.

Er schenkte mir ein Glas mit dem üblichen rötlichen Zeug ein, das von grünem unstetem Licht umspielt war, und schlurfte davon. Ich saß da und preßte die Hände an das Glas, denn draußen war es bitter kalt.

Plötzlich merkte ich, daß ich lächelte, ganz losgelöst von mir selbst. Langsam hob ich den Kopf und sah mich im Spiegel gegenüber. Ja, da saß ich, auf den Tisch gestützt, und lächelte mein tiefes, verstohlenes Lächeln, vor mir das Kaffeeglas mit der verschwimmenden Dampfwolke und daneben die runde Untertasse mit zwei Stückchen Zucker.

Ganz weit öffnete ich die Augen. Die ganze Ewigkeit war ich gewissermaßen schon dagewesen, und jetzt endlich erwachte ich zum Leben ...

Es war sehr still im Café. Draußen, man konnte es gerade noch so durch die Dämmerung sehen, hatte es zu schneien angefangen. Man konnte gerade noch die Umrisse der Pferde und Wagen und Leute sehen, wie sie sich, verschwommen und weiß, durch die federgleiche Luft bewegten. Der Kellner verschwand und erschien wieder mit einem Armvoll Stroh. Mit demütigen, beinahe anbetenden Gebärden streute er es auf den Fußboden, von der Tür zur Theke und rings um den Ofen. Es hätte einen nicht erstaunt, wenn die Tür aufgegangen und die Jungfrau Maria auf einem Esel hereingeritten wäre, die gütigen Hände über dem starken Leib gefaltet ...

Das ist recht hübsch, finden Sie nicht auch, dieses Stück

über die Jungfrau? Es fließt so leicht aus der Feder; es hat so einen ›vergehenden Schwung‹. Ich fand das jedenfalls damals und beschloß, es festzuhalten. Man weiß nie, wann einem so eine kleine Wendung zustatten kommt, um einen Absatz abzurunden. Also, darauf bedacht, mich so wenig wie möglich zu bewegen, weil der ›Zauber‹ noch ungebrochen war (Sie kennen das?), langte ich nach Schreibzeug hinüber auf den nächsten Tisch.

Natürlich weder Papier noch Umschläge. Nur ein Stückchen rosa Löschpapier, unglaublich weich und schlaff und beinahe feucht, wie die Zunge eines kleinen toten Kätzchens, die ich nie gespürt habe.

Ich saß da – doch im Innersten, in diesem Zustand der Erwartung, rollte ich immer die Zunge des toten Kätzchens um meinen Finger und rollte die weiche Wendung in meinem Kopf hin und her, während meine Augen die Mädchennamen und dreckigen Witze und Zeichnungen von Flaschen und Tassen, die nicht ordentlich auf Untertassen stehen könnten, aufnahmen, wie sie da kreuz und quer die Schreibunterlage bedeckten.

Es sind immer die gleichen, wissen Sie. Die Mädchen haben immer dieselben Namen, die Tassen stehen nie auf Untertassen; all die Herzen sind durchbohrt und mit Bändern umwunden.

Dann aber entdeckte ich auf einmal unten auf der Seite, mit grüner Tinte geschrieben, diese dumme, nichtssagende kleine Wendung: *Je ne parle pas français.*

Da! Da war er gekommen – der Augenblick – *das Zeichen*! Und obgleich ich so bereit war, packte es mich, überrumpelte es mich. Ich war ganz einfach überwältigt. Und das körperliche Empfinden war so seltsam, so eigenartig. Es war, als ob alles von mir, außer Kopf und Armen, alles von mir, was unterm Tisch war, sich einfach aufgelöst hätte, geschmolzen, zu Wasser geworden wäre. Nur mein Kopf war übriggeblieben und zwei Arme wie Stöcke, die sich auf den Tisch stemmten. Aber ach! Die Seelenpein dieses Augenblicks! Wie kann ich sie nur beschreiben? Ich dachte an nichts. Ich habe nicht einmal innerlich aufgeschrien. Einen Augenblick lang war ich einfach nicht. Ich war Pein, Pein, nichts als Pein.

Dann ging es vorbei, und gleich darauf dachte ich für mich: ›Du lieber Gott! So starker Empfindungen bin ich also fähig? Aber ich war ja völlig bewußtlos. Mir fehlten die Worte dafür. Ich war überwältigt. Ich war ganz hingerissen. Nicht einmal im entferntesten habe ich versucht, es aufzuschreiben.‹

Und ich blies mich immer mehr auf, bis ich mir endlich Luft machte: »Jedenfalls muß ich erstklassig sein. Kein zweitklassiges Gemüt hätte so ein intensives Empfinden haben können, so ... rein.«

Der Kellner hat einen Fidibus in den roten Ofen gehalten und dann eine Gasflamme unter einem ausladenden Schirm entzündet. Es hat keinen Zweck, aus dem Fenster zu sehen, Madame, es ist jetzt ganz dunkel. Ihre weißen Hände scheinen über dem schwarzen Umschlagtuch zu schweben. Wie zwei Vögel, die zum Schlafen heimgekehrt sind. Ruhelos, ruhelos ... Schließlich stecken Sie sie unter Ihre kleinen warmen Achselhöhlen.

Jetzt hat der Kellner mit einer langen Stange die Vorhänge zugeschwenkt. »Alles weg«, wie die Kinder sagen.

Und übrigens habe ich keine Geduld mit Leuten, die sich von nichts trennen können, die hinterherlaufen und weinen wollen. Wenn etwas weg ist, ist es weg. Es ist weg und damit basta. Laß fahren dahin! Kümmre dich nicht mehr darum und tröste dich, so du Trost brauchst, mit dem Gedanken, daß du niemals dasselbe wiederkriegst, was du verloren hast. Es ist immer etwas Neues. In dem Augenblick, wo es verschwindet, ist es anders geworden. Ja, das gilt sogar für einen Hut, dem du hinterherrennst. Und ich meine das nicht nur so obenhin – nein, ganz im Ernst ... Ich habe es mir zur Lebensregel gemacht, niemals etwas zu bereuen und niemals zurückzuschauen. Reue ist eine entsetzliche Energievergeudung, und keiner, der Schriftsteller sein möchte, kann es sich leisten, darin zu schwelgen. Es läßt sich nicht in Worte kleiden. Man kann nichts daraus machen. Es taugt nur dazu, sich darin zu suhlen. Zurückzuschauen ist natürlich gleichermaßen verhängnisvoll für die Kunst. Man bleibt arm dabei. Und die Kunst kann und will keine Armut vertragen.

Je ne parle pas français. Je ne parle pas français. Die ganze Zeit, während ich diese letzte Seite schrieb, jagte mein anderes Ich da draußen in der Dunkelheit auf und ab. Es hatte mich ebenda verlassen, als ich meinen großen Augenblick zu analysieren begann, raste verstört davon, wie ein verirrter Hund, der endlich, endlich den vertrauten Schritt wieder zu hören vermeint.

»Maus! Maus! Wo bist du? Bist du in der Nähe? Bist du's, die sich dort oben aus dem Fenster lehnt und die Arme nach den Fensterläden ausstreckt? Bist du dieses weiche Bündel, das sich durch den flaumigen Schnee auf mich zu bewegt? Bist du das kleine Mädchen, das sich durch die Schwingtüren des Restaurants hindurchzwängt? Ist das dein dunkler Schatten, der sich da im Mietwagen vorbeugt? Wo bist du? Wo bist du nur? Welche Richtung muß ich einschlagen? In welche Richtung soll ich eilen? Und jede Minute, die ich hier zögernd verweile, entfernst du dich immer mehr! Maus! Maus!«

Jetzt ist der arme Hund wieder ins Café zurückgekommen, den Schwanz zwischen die Beine geklemmt, völlig erschöpft.

»Es war ... falscher ... Alarm. Sie ist nirgends ... zu ... sehen.«

»So leg dich hin! Leg dich hin! Leg dich doch nur hin!«

Mein Name ist Raoul Duquette. Ich bin sechsundzwanzig Jahre alt und Pariser, waschechter Pariser. Was meine Familie angeht – also, die spielt wirklich keine Rolle. Ich habe keine Familie. Ich brauche auch keine. Ich denke nie an meine Kindheit. Ich habe sie vergessen.

Tatsächlich gibt es nur eine einzige Erinnerung, die überhaupt herausragt. Sie ist recht interessant, erscheint sie mir jetzt doch so bezeichnend für meine Person vom literarischen Gesichtspunkt aus. Es ist folgendes.

Als ich etwa zehn Jahre alt war, hatten wir als Waschfrau eine Afrikanerin, sehr dick, sehr dunkel, ein kariertes Tuch über dem Kräuselhaar. Wenn sie zu uns kam, schenkte sie mir immer ganz besondere Aufmerksamkeit, und sobald die Wäsche aus dem Korb war, hob sie mich für gewöhnlich hinein und schaukelte mich, während ich mich an den Henkeln festhielt und vor Angst und Vergnügen kreischte. Ich war winzig für mein Alter und blaß, mit einem reizenden kleinen, halboffenen Mund – da bin ich mir ganz sicher.

Eines Tages, als ich in der Tür stand und sie fortgehen sah, drehte sie sich um und winkte mir zu, nickte und lächelte dabei auf eine seltsame und geheimnisvolle Art. Nie wäre es mir in den Sinn gekommen, ihr nicht nachzugehen. Sie führte mich in einen kleinen Schuppen am Ende der Gasse, schlang die Arme um mich und fing an, mich abzuküssen. Oh, diese Küsse! Besonders die ins Ohr, die mich beinahe taub machten.

Als sie mich abgesetzt hatte, zog sie aus ihrer Kleidertasche einen kleinen runden Kuchen mit Zuckerguß, und ich wirbelte die Gasse entlang zu unserer Haustür zurück.

Da sich diese Vorstellung einmal pro Woche wiederholte,

ist es kein Wunder, daß ich mich so lebhaft daran erinnere. Überdies war schon von jenem ersten Nachmittag an, um es hübsch artig auszudrücken, meine Kindheit ›weggeküßt‹ worden. Ich wurde äußerst träge: gleichgültig, sehr zärtlich und über die Maßen gierig. Und so aufgeweckt, so gewitzt, daß es schien, als verstünde ich jedermann und könnte mit jedem machen, was ich wollte.

Sicherlich befand ich mich damals in einem Zustand mehr oder minder großer physischer Erregung, und das war's, was den Leuten gefiel. Denn über die Hälfte aller Pariser sind – na ja, genug davon. Und auch genug von meiner Kindheit. Sei sie unter einem Waschkorb begraben statt unter Rosen die Hülle und Fülle und *passons outre*.

Meine Zeitrechnung setzt von dem Augenblick an ein, da ich der Mieter einer kleinen Junggesellenwohnung im fünften Stock eines hohen, nicht allzu schäbigen Hauses wurde, in einer Straße, die verschwiegen oder auch nicht verschwiegen sein mochte. Sehr nützlich ... Da erschien ich auf der Bildfläche, kam heraus ins Licht und streckte meine beiden Fühler aus, auf dem Rücken ein Arbeitszimmer, ein Schlafzimmer und eine Küche. Und richtige Möbel in den Zimmern. Im Schlafzimmer einen Kleiderschrank mit einem hohen Spiegel, ein großes Bett, darauf eine schwellende gelbe Steppdecke, ein Nachttischchen mit Marmorplatte und einem mit winzigen Äpfeln gesprenkelten Waschgeschirr. In meinem Arbeitszimmer – englischer Schreibtisch mit Schubladen, Schreibtischsessel mit Lederkissen, Bücher, Fauteuil, Wandtischchen mit Papiermesser und Lampe darauf und an den Wänden ein paar Aktskizzen. Die Küche benutzte ich nur, um alte Zeitungen hineinzuwerfen.

Oh, ich sehe mich noch genau, an jenem ersten Abend, nachdem die Möbelleute gegangen waren und ich es endlich geschafft hatte, meine gräßliche alte Concierge loszuwerden – wie ich auf Zehenspitzen umherging, hier und da etwas zurechtrückte, vor dem Spiegel stand, die Hände in den Taschen, und zu der strahlenden Erscheinung sagte: »Ich bin ein junger Mann mit einer eigenen Wohnung. Ich schreibe für zwei Zeitungen. Ich beschäftige mich mit ernsthafter Literatur. Ich stehe am Anfang einer Karriere. Das Buch, das ich herausbringen werde, wird die Kritiker einfach umwerfen. Ich werde über Dinge schreiben, an die noch niemand gerührt hat. Ich werde mir einen Namen machen als Schriftsteller der Welt, die unter der Oberfläche liegt. Aber nicht wie andere vor mir. O nein! Sehr naiv, leicht humorvoll, von innen heraus, als ob das alles ganz einfach, ganz natürlich wäre. Ich sehe meinen Weg recht genau vor mir. Noch keiner ist so vorgegangen, wie ich vorgehen werde, denn keiner der andern hat meine Erfahrungen gemacht. Ich bin reich – ja, ich bin reich.«

Gleichwohl hatte ich damals nicht mehr Geld als jetzt. Es ist ganz erstaunlich, wie man auch ohne Geld leben kann ... Ich habe eine Unmenge guter Sachen, seidene Unterwäsche, zwei Abendanzüge, vier Paar Lackschuhe mit hellem Oberleder, alle möglichen Kleinigkeiten wie Handschuhe, Puderdosen und eine Maniküre, Parfüms, sehr feine Seife – und nichts davon ist bezahlt. Wenn es mir an Bargeld fehlt – nun, da findet sich immer eine afrikanische Waschfrau und ein Schuppen, und ich halte nicht hinter dem Berg, als *bon enfant*, was reichlich Zucker auf dem kleinen Kuchen hinterher betrifft ...

Und hier möchte ich etwas zu Protokoll geben. Nicht aus prahlerischem Dünkel, sondern eher mit einem leichten Gefühl der Verwunderung. Bisher habe ich Frauen gegenüber noch nie den ersten Schritt getan. Nicht, daß ich etwa nur eine Klasse von Frauen gekannt hätte – weit gefehlt. Aber kleine Prostituierte und ausgehaltene Frauen, ältliche Witwen und Ladenmädchen und Gattinnen ehrenwerter Bürger, bis hin zu emanzipierten, modernen, literarisch gebildeten Damen auf den auserlesensten Diners und Soiréen (ich bin dort gewesen) sind mir unterschiedslos nicht nur mit der gleichen Bereitschaft, sondern mit der gleichen unmißverständlichen Aufforderung entgegengekommen. Zunächst war ich davon überrascht. Ich pflegte über den Tisch zu blicken und zu denken: ›Preßt diese höchst distinguierte junge Dame, die mit dem braunbärtigen Herrn über *le Kipling* diskutiert, wirklich ihren Fuß gegen meinen?‹ Und ich war mir niemals wirklich sicher, bis ich nicht den Druck erwidert hatte.

Seltsam, nicht wahr? Ich sehe doch wahrhaftig nicht wie der Traum aller Jungfrauen aus ...

Ich bin klein und schmächtig, habe olivfarbene Haut, schwarze Augen mit langen Wimpern, schwarzes, kurzgeschnittenes seidiges Haar, beim Lächeln entblöße ich winzige, regelmäßige Zähne. Meine Hände sind klein und geschmeidig. Einmal hat eine Frau in einem Bäckerladen zu mir gesagt: »Sie haben die richtigen Hände, um feines kleines Gebäck zu machen.« Ich muß gestehen, ohne Kleider bin ich recht attraktiv. Rundlich, beinahe wie ein Mädchen, mit glatten Schultern, und über meinem linken Ellbogen trage ich ein dünnes goldenes Armband.

Aber halt! Ist das nicht merkwürdig, daß ich das alles über meinen Körper geschrieben habe und so weiter? Das kommt von meinem schlechten Lebenswandel, meinem untergründigen Dasein. Ich bin wie eine kleine Frau in einem Café, die sich selbst mit einer Handvoll Fotos vorstellen muß. »Ich im Hemd, wie ich aus einer Eierschale krieche ... Ich kopfüber auf einer Schaukel, mit Rüschen auf dem Allerwertesten wie Blumenkohl ...« Sie kennen doch diese Dinger.

Wenn Sie meinen, was ich da geschrieben habe, sei nur oberflächlich und schamlos und billig, so irren Sie. Ich gebe gern zu, es klingt ganz so, aber das ist schließlich nicht alles. Wenn es das wäre, wie hätte ich dann empfinden können, was ich empfand, als ich diese nichtssagende kleine Wendung las, die mit grüner Tinte auf die Schreibunterlage geschrieben war? Das beweist doch immerhin, daß mehr in mir steckt und daß ich wirklich bedeutend bin, oder? Irgend etwas um einen Bruchteil Geringeres als diesen Augenblick der Seelenpein hätte ich vielleicht vorgaukeln können. Aber nein! Das war echt.

»Ober, einen Whisky!«

Ich hasse Whisky. Jedesmal, wenn ich einen Schluck davon nehme, hebt sich mir der Magen, und das Zeug, das sie hier ausschenken, ist bestimmt ganz besonders übel. Ich habe nur deshalb Whisky bestellt, weil ich über einen Engländer schreiben will. Wir Franzosen sind unglaublich altmodisch und in mancherlei Hinsicht nicht auf der Höhe der Zeit. Warum habe ich ihn eigentlich nicht noch dazu um ein Paar Knickerbocker aus Tweed, eine Pfeife, ein paar lange Zähne und einen Satz rötlichbrauner Koteletten gebeten?

»Danke, *mon vieux*. Sie haben nicht zufällig rötlichbraune Koteletten?«

»Nein, mein Herr«, antwortete er traurig. »Wir führen nichts Amerikanisches.«

Und nachdem er eine Ecke des Tisches abgewischt hat, geht er wieder zurück, um noch ein paar Dutzend bei künstlichem Licht aufnehmen zu lassen.

Huuh! Schon der Geruch davon! Und das widerliche Gefühl, wenn sich einem die Kehle zusammenzieht.

»Schlechtes Zeug, um sich damit zu betrinken«, sagt Dick Harmon. Dabei dreht er das kleine Glas zwischen den Fingern und lächelt sein langsames, verträumtes Lächeln. So wird er denn langsam und träumerisch davon betrunken, und an einem bestimmten Punkt fängt er ganz, ganz leise zu singen an, von einem Mann, der auf der Suche nach einem Dinner in der großen Stadt umherirrt.

Ah! wie gern ich dieses Lied und wie gern ich seine Art hatte, es zu singen, langsam, ganz langsam, mit einer dunklen, weichen Stimme:

> Es irrt ein Mann
> durch die große Stadt,
> wer wohl ein Dinner für ihn hat ...

Mir schien, als enthielte diese schwermütige und gedämpfte Weise all die hohen grauen Gebäude, die Nebel, die endlosen Straßen, die scharfen Schatten der Polizisten, die England bedeuten.

Und dann – dieses Thema! Der hagere, ausgehungerte Mensch, der umherirrt, jede Tür ist ihm verschlossen, weil er kein ›Zuhause‹ hat. Wie ungemein englisch das ist ... Ich erinnere mich noch an den Schluß, zuletzt fand er doch ein Gasthaus, bestellte ein bißchen Fisch, als er aber um Brot bat, schrie ihn der Kellner verächtlich mit lauter Stimme an: »Zu *einem* Fischklops gibt's bei uns kein Brot!«

Was will man mehr! Wie tiefgründig diese Lieder doch sind! Da steckt die ganze Psychologie eines Volkes drin; und wie un-französisch – so ganz und gar un-französisch!

»Noch mal, Dick, noch mal!« bat ich dann gewöhnlich, klatschte in die Hände und sah ihn lieb und nett an. Er war es völlig zufrieden, es immer wieder zu singen.

Auch da. Sogar bei Dick. Er war es, der die ersten Annäherungsversuche gemacht hatte.

Ich traf ihn auf einer Abendgesellschaft, zu der der Herausgeber einer neuen Zeitschrift eingeladen hatte. Eine sehr erlesene, sehr elegante Angelegenheit. Ein oder zwei Größen waren da, und die Damen waren ganz *comme il faut*. In großer Abendtoilette saßen sie auf kubistischen Sofas und gestatteten uns, ihnen Fingerhüte voll Cherry Brandy zu reichen und mit ihnen über ihre Gedichte zu sprechen. Denn soweit ich mich erinnern kann, waren sie alle Dichterinnen.

Es war unmöglich, Dick nicht zu bemerken. Er war der einzige Engländer unter den Anwesenden, und anstatt wie wir andern alle anmutig durchs Zimmer zu kreisen, blieb er auf einem Fleck stehen; die Hände in den Taschen, dieses verträumte halbe Lächeln auf den Lippen, lehnte er an der Wand und antwortete jedem, der ihn ansprach, mit seiner tiefen, weichen Stimme in ausgezeichnetem Französisch.

»Wer ist das?«

»Ein Engländer. Aus London. Schriftsteller. Und er befaßt sich speziell mit moderner französischer Literatur.«

Das genügte mir. Mein kleines Buch ›Falsche Münzen‹ war gerade erschienen. Ich war ein junger, ernsthafter Schriftsteller, der sich speziell mit moderner englischer Literatur befaßte.

Aber ich hatte wahrhaftig noch keine Zeit gehabt, meine Angel auszuwerfen, als er sich auch schon einen leichten Ruck gab und sozusagen direkt aus dem Wasser nach dem Köder schnappte und fragte: »Möchten Sie mich nicht in meinem Hotel besuchen? Kommen Sie doch so gegen fünf, dann können wir noch miteinander reden, ehe wir zum Dinner ausgehen.«

»Mit größtem Vergnügen!«

Ich fühlte mich sehr geschmeichelt, so sehr, daß ich ihn auf der Stelle verließ, um mich vor den kubistischen Sofas wie ein Gockel aufzuplustern. Was für ein Fang! Ein Engländer, reserviert, ernsthaft, mit einer Spezialuntersuchung der französischen Literatur befaßt ...

Noch am selben Abend ging ein Exemplar der ›Falschen Münzen‹ mit einer wohlbedachten herzlichen Widmung zur Post, und ein oder zwei Tage später haben wir dann tatsächlich miteinander gespeist und den Abend im Gespräch verbracht.

Aber wir sprachen nicht nur über Literatur. Erleichtert stellte ich fest, daß es nicht nötig war, sich nur der Tendenz des modernen Romans zu widmen, dem Bedürfnis nach einer neuen Form oder dem Grund dafür, daß es unseren jungen Leuten nicht so recht zu gelingen schien. Wie zufällig warf ich hin und wieder eine Karte hin, die nichts mit dem Spiel zu tun zu haben schien, nur um zu sehen, wie er sie aufnähme. Aber jedesmal hob er sie mit unverändert verträumtem Blick und Lächeln auf. Vielleicht, daß er mal murmelte: »Das ist sehr merkwürdig.« Doch nicht, als ob es überhaupt merkwürdig wäre.

Diese stillschweigende Billigung stieg mir schließlich zu Kopf. Faszinierte mich. Verlockte mich, immer weiterzumachen, bis ich ihm alle Karten, die ich besaß, hinwarf, mich zurücklehnte und zusah, wie er sie in seiner Hand ordnete.

»Sehr merkwürdig und interessant ...«

Mittlerweile waren wir beide ziemlich betrunken, und er begann sein Lied zu singen, sehr weich, sehr leise, von dem Mann, der auf der Suche nach einem Dinner umherirrt.

Mir aber nahm der Gedanke daran, was ich getan hatte, beinahe den Atem. Ich hatte jemandem beide Seiten meines Lebens gezeigt; ihm alles, so aufrichtig und wahrheitsgemäß ich konnte, erzählt; hatte mir ungeheure Mühe gegeben, Dinge meines unterirdischen Daseins zu erklären, die wirklich widerwärtig waren und unmöglich jemals das Tageslicht der Literatur erblicken konnten. Im ganzen hatte ich mich viel schlechter gemacht, als ich war – prahlerischer, zynischer, berechnender.

Und da saß nun der Mann, dem ich mich anvertraut hatte, sang vor sich hin und lächelte ... Ich war so gerührt, daß mir doch wahrhaftig Tränen in die Augen traten. Ich sah sie auf meinen langen seidigen Wimpern glitzern – so bezaubernd.

Von da an nahm ich Dick überallhin mit, und er kam zu mir in die Wohnung, saß sehr lässig im Sessel und spielte mit dem Papiermesser. Ich weiß selber nicht, warum seine Lässigkeit und Verträumtheit in mir immer den Eindruck erweckten, er wäre zur See gefahren. Und all seine bedächtigen, langsamen Gebärden schienen zu den Bewegungen des Schiffes zu passen. Dieser Eindruck war so stark, daß ich oft, wenn wir zusammen waren und er gerade dann aufstand und eine kleine Frau verließ, wenn sie es am allerwenigsten erwartet hatte, daß er aufstehen und sie verlassen würde, sondern ganz das Gegenteil, daß ich dann gewöhnlich erklärte: »Er kann nichts dafür, Kleine, er muß wieder auf sein Schiff.« Und ich glaubte viel mehr daran als sie.

Die ganze Zeit, die wir zusammen waren, hatte Dick nie etwas mit einer Frau. Manchmal sinnierte ich, ob er nicht noch völlig unschuldig wäre. Warum fragte ich ihn denn nicht? Weil ich ihn nie etwas über sich selbst fragte. Doch eines Abends spät zog er seine Brieftasche hervor, und eine Fotografie fiel heraus. Ich hob sie auf und warf einen Blick darauf, ehe ich sie ihm wiedergab. Es war das Bild einer Frau. Nicht mehr ganz jung. Dunkel, stattlich, ungestümer Blick, aber aus jeder Linie sprach so deutlich eine Art ungezähmter Stolz, daß ich sie mir auch dann nicht länger angesehen hätte, wenn Dick nicht so rasch danach gegriffen hätte.

»Aus meinen Augen, du kleiner parfümierter Foxterrier von einem Franzosen«, sagte sie.

(In meinen schlimmsten Augenblicken erinnert mich meine Nase an die eines Foxterriers.)

»Meine Mutter«, sagte Dick, als er die Brieftasche wegsteckte.

Aber wäre er nicht Dick gewesen, hätte ich mich am liebsten bekreuzigt, nur so aus Spaß.

Und so war unser Abschied. Als wir eines Nachts vor seinem Hotel standen und darauf warteten, daß die Concierge die Kette von der Außentür nahm, sagte er, wobei er zum Himmel hinaufsah: »Hoffentlich wird es morgen schön. Ich fahre in der Frühe nach England.«

»Das ist doch nicht Ihr Ernst?«

»Aber ja. Ich muß zurückfahren. Ich habe einiges zu tun, was ich nicht hier erledigen kann.«

»Aber – aber haben Sie denn schon alle Vorbereitungen getroffen?«

»Vorbereitungen?« Er grinste beinahe. »Brauche ich nicht zu treffen.«

»Aber – *enfin*, Dick, England ist schließlich nicht nur über die Straße.«

»Viel weiter ist's nicht«, sagte er. »Es sind ja nur ein paar Stunden.« Die Tür ging knarrend auf.

»Ach, wenn ich das nur zu Beginn des Abends gewußt hätte!«

Ich war gekränkt. Mir war zumute, wie einer Frau zumute sein muß, wenn ein Mann die Uhr hervorzieht und ihm eine Verabredung einfällt, die sie nur insofern etwas angeht, als deren Anspruch stärker ist. »Warum haben Sie mir nichts gesagt?«

Er streckte mir die Hand hin, leicht schwankend stand er auf der Stufe, als wäre das ganze Hotel sein Schiff und der Anker gelichtet.

»Ich hab nicht daran gedacht. Wirklich. Aber Sie werden mir schreiben, ja? Gute Nacht, alter Junge. Ich komme demnächst wieder mal rüber.«

Und dann stand ich allein am Ufer, einem Foxterrier ähnlicher denn je...

»Doch immerhin warst du's, der nach mir gepfiffen hat, du, der mich gebeten hat zu kommen! Was für einen Anblick habe ich wohl abgegeben, als ich schwanzwedelnd um dich herumsprang, nur um nun so verlassen zu werden, während das Schiff auf seine langsame, verträumte Art davonsegelt... Zum Teufel mit diesen Engländern! Nein, das ist doch wirklich ein zu starkes Stück! Wer bin ich denn deiner Meinung nach? Ein kleiner bezahlter Führer zu den nächtlichen Vergnügungen von Paris? – – – Nein, Monsieur. Ich bin ein junger Schriftsteller, sehr ernsthaft, mit ungemein starkem Interesse für moderne englische Literatur. Und man hat mich beleidigt – beleidigt.«

Zwei Tage später kam ein langer, reizender Brief von ihm, in einem Französisch, das eine Nuance zu französisch war. Darin stand, wie ich ihm fehle und daß er auf unsere Freundschaft rechne und daß wir in Kontakt bleiben müßten.

Ich las den Brief im Stehen vor dem (unbezahlten) Schrankspiegel. Es war früh am Morgen. Ich trug einen blauen, mit weißen Vögeln bestickten Kimono, und meine Haare waren noch naß, klebten mir naß und glänzend auf der Stirn.

»Porträt der Madame Butterfly«, sagte ich, »als sie von der Ankunft dieses *cher Pinkerton* hört.«

Den Textbüchern zufolge hätte ich mich ungeheuer erleichtert und entzückt fühlen müssen ›... Er ging zum Fenster, zog die Vorhänge auf und sah hinaus auf die Bäume von Paris, die gerade zu blühen und zu grünen begannen... Dick! Dick! Mein englischer Freund!‹

Nichts dergleichen. Ich spürte nur eine leichte Übelkeit. Nachdem ich meine erste Flugreise hoch droben hinter mir hatte, wollte ich jetzt nicht schon wieder hinauf.

Das ging vorbei, und Monate später, im Winter, schrieb Dick, daß er auf unbestimmte Zeit wieder nach Paris käme. Ob ich für ihn Zimmer besorgen würde? Er brächte eine Freundin mit.

Selbstverständlich. Der kleine Foxterrier stob davon. Zudem kam es äußerst gelegen, schuldete ich doch dem Hotel, wo ich meine Mahlzeiten einnahm, viel Geld, und zwei Engländer, die auf unbestimmte Zeit Zimmer wünschten, das schlug ausgezeichnet zu Buche.

Vielleicht machte ich mir meine Gedanken, als ich mit Madame im größeren der beiden Zimmer stand und »*admirable*« sagte, wie die Freundin wohl wäre, aber nur so obenhin. Entweder wäre sie sehr gesetzt, vorn so platt wie hinten, oder sie wäre groß, blond, in Resedagrün gekleidet, hieße – Daisy und duftete nach süßlichem Lavendelwasser.

Wie man sieht, hatte ich, getreu meiner Regel, nicht zurückzuschauen, zu der Zeit Dick schon beinahe vergessen. Sogar die Melodie seines Liedes von dem unglücklichen Mann geriet mir ein bißchen falsch, als ich es zu summen versuchte ...

Zu guter Letzt wäre ich beinahe nicht am Bahnhof erschienen. Ich hatte es mir vorgenommen und mich tatsächlich mit besonderer Sorgfalt für diese Gelegenheit gekleidet. Denn ich hatte die Absicht, dieses Mal mit Dick ganz anders zu verfahren. Keine Vertraulichkeiten mehr und keine tränenfeuchten Wimpern. Nein, vielen Dank!

»Seit Sie Paris verlassen hatten«, sagte ich, als ich mir vor dem (ebenfalls noch nicht bezahlten) Spiegel über dem Kamin die schwarze Krawatte mit den silbernen Tupfen band, »bin ich nämlich sehr erfolgreich gewesen. Zwei weitere Bücher sind in Vorbereitung, und dann habe ich einen Fortsetzungsroman geschrieben, ›Falsche Türen‹, der soeben erscheint und mir eine Menge Geld einbringen wird. Und dann mein kleiner Gedichtband!« rief ich, griff nach der Kleiderbürste, um den Samtkragen meines neuen indigoblauen Mantels abzubürsten, »der kleine Band – ›Vergessene Schirme‹ – hat wirklich«, und ich lachte und schwenkte die Bürste hin und her, »ungeheures Aufsehen erregt!«

Einfach unmöglich, das nicht zu glauben von dem Mann, der sich schließlich, als er die weichen grauen Handschuhe überstreifte, von Kopf bis Fuß eingehend musterte. Sein Aussehen paßte zu der Rolle; er war diese Rolle.

Da hatte ich eine Eingebung. Noch immer mein Bild vor Augen, nahm ich mein Notizbuch zur Hand und kritzelte rasch ein paar Worte nieder... Wie kann man wie seine Rolle aussehen und doch nicht die Rolle sein? Oder die Rolle sein und nicht so aussehen? Ist Aussehen denn nicht – Sein? Oder Sein – Aussehen? Auf jeden Fall, wer könnte das bestreiten?...

Das kam mir damals außerordentlich tiefgründig vor und völlig neu. Allerdings muß ich gestehen, als ich das Notizbuch lächelnd wegsteckte, da flüsterte etwas: »Du – literarisch? Du siehst aus, als hättest du auf der Rennbahn eine Wette abgeschlossen!« Aber ich hörte nicht hin. Ich ging hinaus, zog mit einem leisen, schnellen Ruck die Tür ins Schloß, um die Concierge nicht auf mein Weggehen aufmerksam zu machen, und rannte aus demselben Grund flink wie ein Kaninchen die Treppe hinunter.

Aber ach! die alte Spinne. Sie war mir über. Sie ließ mich die letzte kleine Leiter des Gewebs hinunterlaufen, um sich dann auf mich zu stürzen. »Einen Augenblick, nur einen winzigen Augenblick, Monsieur«, flüsterte sie, widerwärtig vertraulich. »Kommen Sie herein. Kommen Sie doch herein.« Und sie winkte mir mit einer tropfenden Suppenkelle. Ich trat in die Tür, doch das reichte ihr nicht. Geradewegs hinein und die Tür zu, ehe sie zu sprechen anfing.

Es gibt zwei Arten, mit seiner Concierge umzugehen, wenn man kein Geld hat. Die eine ist – sie von oben herab zu behandeln, sie sich zum Feind zu machen, aufzubrausen, sich auf keine Diskussion einzulassen. Die andere ist – sich gut mit ihr zu stellen, ihr Honig um den Mund zu schmieren bis hin zu dem doppelten Knoten des schwarzen Fetzens, den sie ums Kinn gebunden hatte, ihr Vertrauen vorzugaukeln und sich darauf zu verlassen, daß sie die Sache mit dem Gasmann regelt und den Wirt hinhält.

Ich hatte es auf die zweite Art probiert. Doch sind beide gleichermaßen verabscheuungswürdig und erfolglos. Auf welche Art man sich auch immer verlegt, es ist ohnehin die schlechtere, die vergebliche.

Diesmal war es der Hauswirt... Die Concierge stellt den Wirt dar, wie er mich hinauszuwerfen droht... Die Concierge stellt die Concierge dar, wie sie den wilden Stier zähmt... Und wieder den Wirt, wie er ihr wütend ins Gesicht schnaubt. Ich war die Concierge. Nein, das war zu widerlich. Und die ganze Zeit brodelte der schwarze Topf auf dem Gas, darin kochten die Herzen und Lebern sämtlicher Mieter im Haus.

»Oh!« schrie ich, starrte auf die Uhr auf dem Kaminsims, und dann, als ich begriff, daß sie nicht ging, schlug ich mir an die Stirn, als ob der Gedanke gar nichts damit zu tun hätte. »Madame, neun Uhr dreißig habe ich einen sehr wichtigen Termin beim Chef meiner Zeitung. Vielleicht kann ich Ihnen morgen...«

Hinaus, nichts wie hinaus. Und hinunter in die Métro und sich in einen vollen Wagen gequetscht. Je mehr Leute, desto besser. Jeder einzelne war ein weiteres Polster, der sich schützend zwischen mich und die Concierge schob. Ich strahlte.

»Oh! pardon, Monsieur!« sagte das große charmante Geschöpf in Schwarz, einen üppigen Veilchenstrauß an dem vollen Busen. Bei einem plötzlichen Ruck des Zuges bekam ich das Bukett direkt in die Augen. »Oh! pardon, Monsieur.«

Ich aber sah mit einem verschmitzten Lächeln zu ihr auf.

»Es gibt nichts, was ich mehr schätze als Blumen auf einem Balkon, Madame.«

Im gleichen Augenblick, als ich das sagte, gewahrte ich den riesigen Mann im Pelzmantel, an den sich meine Schöne lehnte. Er reckte den Kopf über ihre Schulter und wurde ganz weiß um die Nase; ja, seine Nase hob sich in einer Art käsigem Grün ab.

»Was haben Sie da zu meiner Frau gesagt?«

Gare Saint-Lazare rettete mich. Sie müssen doch zugeben, daß es nicht einmal für den Autor von ›Falschen Münzen‹, ›Verkehrte Türen‹, ›Vergessene Schirme‹ und zwei weiteren Bänden in Vorbereitung so einfach war, auf dem Weg des Triumphes weiterzuziehen.

Nachdem unzählige Züge in meine Vorstellung gedampft und unzählige Dick Harmons mir entgegengewankt waren, kam endlich der wirkliche Zug. Unser kleines Häuflein, das an der Sperre wartete, drängte sich dicht heran, reckte sich nach vorn und brach in ein Geschrei aus, als wären wir so etwas wie ein vielköpfiges Ungetüm und hinter uns Paris nur eine große Falle, die wir aufgestellt hatten, um diese verschlafenen Unbedarften zu fangen.

Und sie gingen in die Falle, wurden gepackt und fortgeschleppt, um verschlungen zu werden. Wo war meine Beute?

»Du lieber Gott!« Mein Lächeln zerrann, die erhobene Hand sank herab. Einen schrecklichen Augenblick lang wähnte ich, das da wäre die Frau auf der Fotografie, Dicks Mutter, die in Dicks Hut und Mantel auf mich zukam. Im Bemühen zu lächeln – und man sah, was für Mühe es kostete –, verzog sich sein Mund auf genau die gleiche Art, und er kam auf mich zu, hager, ungestüm und stolz.

Was war geschehen? Was konnte ihn nur so verändert haben? Sollte ich darauf eingehen?

Ich wartete auf ihn und war mir sogar bewußt, ein bißchen Foxterriergewedel zu wagen, um zu sehen, ob er vielleicht darauf reagieren werde, als ich sagte: »Guten Abend, Dick! Wie geht's, altes Haus? Gut?«

»Gut. Gut.« Er keuchte beinahe. »Sie haben die Zimmer?«

Zwanzigmal, du lieber Gott! Mir war alles klar. Licht erhellte die dunklen Wasser, und mein Seemann war nicht ertrunken. Vor Vergnügen schlug ich beinahe einen Purzelbaum.

Es war natürlich Nervosität. Verlegenheit. Die berühmte englische Ernsthaftigkeit. Was für Spaß stünde mir noch bevor! Ich hätte ihn umarmen mögen.

»Ja, ich habe die Zimmer«, schrie ich fast. »Aber wo ist Madame?«

»Sie kümmert sich ums Gepäck«, keuchte er. »Da kommt sie.«

Doch nicht etwa dieses Kind, das da neben dem alten Gepäckträger ging, als wäre er ihre Amme und hätte sie gerade aus dem häßlichen Kinderwagen gehoben, während er das Gepäck darauf kutschierte?

»Und sie ist nicht Madame«, ließ sich Dick plötzlich in schleppendem Ton hören.

In diesem Augenblick erblickte sie ihn und winkte ihm mit ihrem winzigen Muff zu. Sie löste sich von ihrem Kindermädchen, kam angerannt und sprudelte etwas auf Englisch hervor; aber er antwortete auf Französisch: »Oh, schön. Ich mach das schon.«

Bevor er sich jedoch an den Gepäckträger wandte, deutete er mit einer unbestimmten Bewegung auf mich und murmelte etwas. Wir waren also einander vorgestellt. Sie streckte mir auf die seltsam knabenhafte Art der Engländerinnen die Hand hin, und während sie kerzengerade, mit erhobenem Kinn vor mir stand und – auch sie – sich furchtbare Mühe gab, ihre lächerliche Aufregung zu bezwingen, sagte sie, wobei sie mir die Hand quetschte (sicherlich war sie sich nicht bewußt, daß es meine war): »*Je ne parle pas francais.*«

»Aber ganz gewiß sprechen Sie französisch«, antwortete ich so sanft, so begütigend wie ein Zahnarzt, der ihr gerade das erste Milchzähnchen ziehen will.

»Natürlich kann sie Französisch.« Dick stieß wieder zu uns. »Also, können wir denn nicht eine Droschke oder ein Taxi oder so etwas kriegen? Wir wollen doch nicht die ganze Nacht auf diesem verfluchten Bahnhof zubringen. Oder?«

Das war so ungehörig, daß ich eine Weile brauchte, die Fassung wiederzugewinnen; und er muß es gemerkt haben, denn er legte mir auf die alte Art den Arm um die Schulter und sagte: »Ach, entschuldige, altes Haus. Aber wir hatten eine so ekelhafte und scheußliche Fahrt. Es hat Jahre gedauert, bis wir endlich ankamen. Nicht wahr?« Zu ihr. Doch sie erwiderte nichts. Sie senkte den Kopf und begann den grauen Muff zu streicheln. Den ganzen Weg lang ging sie neben uns her und streichelte den grauen Muff.

›Hatte ich unrecht?‹ dachte ich. ›Ist das einfach ein Fall rasender Ungeduld ihrerseits? ‚Brauchen sie bloß ein Bett‘, wie wir sagen? Haben sie auf der Fahrt etwa Qualen ausgestanden? Vielleicht haben sie sehr eng und heiß unter derselben Reisedecke gesessen?‹ und so weiter und so fort, während der Fahrer das Gepäck festschnallte. Wenn das so war ...

»Hören Sie, Dick. Ich fahre mit der Métro nach Hause. Hier ist die Adresse des Hotels. Alles ist geregelt. Besuchen Sie mich, sobald Sie können.«

So wahr ich lebe, ich dachte, er fiele in Ohnmacht. Er wurde ganz weiß um den Mund.

»Aber Sie fahren doch mit uns!« rief er. »Ich dachte, das wäre alles klar. Selbstverständlich kommen Sie mit uns zurück. Sie werden uns doch nicht allein lassen!« Nein, ich gab es auf. Das war mir zu schwierig, zu englisch.

»Gewiß, gewiß doch. Mit dem größten Vergnügen. Ich dachte nur, vielleicht ...«

»Sie müssen mitkommen!« befahl Dick dem kleinen Foxterrier. Und abermals wandte er sich unbeholfen, verlegen ihr zu.

»Steig ein, Maus.«

Und Maus kroch in das schwarze Loch, saß da, streichelte Maus Numero II und sagte kein Wort.

Wir ruckelten und ratterten nun dahin wie drei kleine Würfel, mit denen das Leben sein Spielchen machen wollte.

Ich hatte auf dem Klappsitz ihnen gegenüber bestanden, weil ich um nichts in der Welt diese gelegentlichen Anblicke missen wollte, die ich blitzartig erhaschte, wenn wir die weißen Kreise des Laternenlichts durchbrachen.

Sie enthüllten Dick, wie er weit zurückgelehnt in seiner Ecke saß, den Mantelkragen hochgeschlagen, die Hände in den Taschen, sein breiter dunkler Hut verdeckte ihn, als wäre er ein Teil von ihm – eine Art Flügel, unter dem er sich verbarg. Sie zeigten mir Maus, wie sie ganz gerade dasaß, ihr hübsches Gesichtchen einer Zeichnung ähnlicher als einem wirklichen Gesicht – jede Linie war so bedeutungsvoll und hob sich so scharf gegen das verschwimmende Dunkel ab.

Denn Maus war schön. Sie war zauberhaft, aber so zart und fein, daß es mir jedes Mal, wenn ich sie ansah, vorkam, als wäre es das erste Mal. Sie rührte einen an mit der gleichen Art Erschrecken, das man spürt, wenn man arglos ein dünnes Teetäßchen leert und plötzlich auf dem Grund ein winziges Geschöpf sieht, halb Schmetterling, halb Weib, das sich, die Hände in den weiten Ärmeln, vor einem verneigt.

Soviel ich erspähen konnte, hatte sie dunkles Haar und blaue oder schwarze Augen. Die langen Wimpern und die beiden feinen, federgleichen Linien, die sich darüber hinzogen, wirkten besonders eindringlich.

Sie trug ein langes dunkles Cape, wie man es auf altmodischen Bildern von im Ausland befindlichen Engländerinnen sieht. Wo die Arme daraus hervorkamen, war grauer Pelz – Pelz säumte auch den Hals und die enganliegende Kappe.

»Umsetzung des Maus-Gedankens«, befand ich.

Oh, aber wie spannend es war – wie spannend! Ihre Erregung kam mir immer näher, während ich ihr entgegenlief, darin badete, mich ganz aus meiner Tiefe darauf stürzte, bis es mir schließlich ebenso schwerfiel, an mich zu halten, wie ihnen.

Wonach mir aber der Sinn stand, war, mich höchst närrisch zu gebärden – wie ein Clown. Zu singen anzufangen, mit weit ausholenden extravaganten Armbewegungen aus dem Fenster zu weisen und zu rufen: »Meine Damen und Herren, wir kommen jetzt an einer der Sehenswürdigkeiten vorbei, für die *notre Paris* mit Recht berühmt ist«, während der Fahrt aus dem Wagen zu springen, über das Dach zu klettern und durch die andere Tür wieder hereinzutauchen, aus dem Fenster herauszuhängen und das Hotel durch das verkehrte Ende eines zerbrochenen Fernglases zu suchen, das auch eine besonders ohrenzerreißende Trompete wäre.

Bei all dem sah ich mir zu, verstehen Sie, und kriegte es sogar fertig, mir ganz verstohlen zu applaudieren, indem ich meine behandschuhten Fingerspitzen sacht aneinanderlegte, während ich Maus fragte: »Sind Sie das erste Mal in Paris?«

»Ja, ich bin noch nicht hier gewesen.«

»Oh, da müssen Sie sich allerhand ansehen.«

Und ich wollte gerade darangehen, die Sehenswürdigkeiten und Museen kurz anzutippen, als wir mit einem Ruck hielten.

Wissen Sie – es ist verrückt –, aber als ich ihnen die Tür aufstieß und die Stufen zum Büro auf dem Treppenabsatz hinter ihnen hinaufging, war es mir irgendwie, daß dieses Hotel mir gehörte.

Auf dem Fensterbrett im Büro stand eine Vase mit Blumen, und ich ging sogar so weit, ein paar Blüten zurechtzuzupfen, zurückzutreten, um die Wirkung zu begutachten, während die Direktorin sie willkommen hieß. Und als sie sich mir zuwandte, mir die Schlüssel in die Hand drückte (der *Garçon* schaffte das Gepäck nach oben) und sagte:»Monsieur Duquette wird Ihnen Ihre Zimmer zeigen«, hätte ich Dick am liebsten mit dem Schlüssel angestupst und ganz im Vertrauen zu ihm gesagt: »Hören Sie mal, mein Alter, einem Freund von mir gewähre ich natürlich gern eine kleine Ermäßigung ...«

Wir stiegen immer höher hinauf. Immer ringsherum. Hier und da vorbei an einem Paar Schuhe (warum sieht man eigentlich nie ein Paar attraktive Schuhe vor einer Tür?). Immer höher.

»Leider ist's ziemlich hoch oben«, murmelte ich geistlos. »Aber ich hab sie genommen, weil ...«

Offensichtlich war es ihnen so einerlei, warum ich sie genommen hatte, daß ich nicht weitersprach. Sie nahmen alles hin. Sie erwarteten nicht, daß irgend etwas anders wäre. Das gehörte eben zu dem, was sie durchmachten – so jedenfalls meine Analyse.

»Endlich wären wir da.« Ich lief von einer Seite des Korridors auf die andere, schaltete das Licht an, erklärte.

»Dieses hier hatte ich für Sie gedacht, Dick. Das andere ist größer, und im Alkoven hat es ein Ankleidezimmerchen.«

Mein ›Besitzer‹auge nahm die sauberen Handtücher und Bezüge wahr und die mit roter Baumwolle bestickte Bettwäsche. Ich fand, es seien recht ansprechende Zimmer, schräg, voller Winkel, genau die Art Zimmer, die man erwartet, wenn man noch nicht in Paris gewesen ist.

Dick schleuderte seinen Hut aufs Bett.

»Sollte ich nicht dem Burschen mit dem Gepäck helfen?« fragte er – niemanden.

»Ja, ganz sicher«, erwiderte Maus, »das ist furchtbar schwer.«

Und sie drehte sich mit dem ersten Schimmer eines Lächelns zu mir um: »Bücher, wissen Sie.« Oh, er warf ihr so einen sonderbaren Blick zu, ehe er hinausstürzte. Und er half nicht nur, er mußte reineweg dem Garçon den Koffer vom Rücken gerissen haben, denn er kam mit dem einen zurückgeschwankt, setzte ihn unsanft ab und holte dann den anderen herein.

»Das ist deiner, Dick«, sagte sie.

»Nun, du hast doch nichts dagegen, daß er einen Augenblick mal hier steht, oder?« fragte er, ganz außer Atem, er keuchte (der Koffer mußte gewaltig schwer gewesen sein). Er zog eine Handvoll Geld heraus. »Ich muß den Mann wohl bezahlen.«

Der Garçon, der danebenstand, schien das auch zu finden.

»Und möchten Sie noch etwas, Monsieur?«

»Nein! Nein!« wehrte Dick ungeduldig ab.

Aber da trat Maus einen Schritt vor. Sie sagte viel zu geflissentlich, ohne Dick anzusehen, mit ihrem drollig abgehackten englischen Akzent: »Ja, ich möchte gern Tee. Tee für drei.«

Und unvermittelt hob sie den Muff, als ob ihre Hände daran angekettet wären, wodurch sie dem blassen, schwitzenden

Garçon zu verstehen gab, daß sie am Ende ihrer Kräfte sei, daß sie ihn anflehe, sie mit »Tee. Unverzüglich!« zu retten.

Das schien mir so erstaunlich ins Bild zu passen, so genau die Bewegung und der Schrei zu sein (obgleich ich mir's nicht hätte vorstellen können), wie man sie von einer Engländerin angesichts einer großen Krise erwartet, daß ich beinahe versucht war, die Hand zu erheben, um Einhalt zu gebieten.

»Nein! Nein! Genug. Genug. Laßt uns hier aufhören. Beim Wort – Tee. Denn wirklich und wahrhaftig, Sie haben Ihren begierigsten Subskribenten derartig gefüllt, daß er platzt, wenn er noch ein Wort schlucken muß.«

Es ließ sogar Dick aufhorchen. Wie jemand, der sehr lange bewußtlos gewesen ist, wandte er sich langsam Maus zu, und langsam sah er sie mit seinen müden, verstörten Augen an und murmelte mit dem Echo seiner verträumten Stimme: »Ja, das ist eine gute Idee.« Und dann: »Du mußt müde sein, Maus. Setz dich doch.«

Sie setzte sich auf einen Sessel mit Spitzendeckchen; er lehnte am Bett, und ich richtete mich auf einem Stuhl mit gerader Rückenlehne ein, schlug die Beine übereinander und streifte imaginären Staub von meinen Hosenbeinen. (Der Pariser, der es sich behaglich sein läßt.)

Eine winzige Pause entstand. Dann fragte er: »Willst du nicht den Mantel ausziehen, Maus?«

»Nein, danke. Jetzt nicht.«

Ob sie mich aufforderten? Oder sollte ich die Hand heben und mit Kinderstimme ausrufen: »Jetzt bin ich dran, gefragt zu werden.«

Nein, nicht. Sie fragten mich nicht.

Die Pause wuchs hinüber in ein Schweigen. Ein richtiges Schweigen.

»... Los, mein Pariser Foxterrier! Muntere diese traurigen Engländer auf! Kein Wunder, daß sie eine so hundeliebende Nation sind!«

Doch schließlich – warum sollte ich? Es war nicht mein ›Job‹, wie sie sagen würden. Trotzdem tat ich einen munteren kleinen Satz auf Maus zu.

»Wie schade, daß Sie nicht bei Tageslicht angekommen sind. Von diesen beiden Fenstern hat man so eine reizende Aussicht. Sie müssen wissen, das Hotel steht an einer Ecke, und jedes Fenster geht auf eine ungeheuer lange, gerade Straße hinaus.«

»Ja«, sagte sie.

»So sehr reizend hört sich das zwar nicht an«, lachte ich. »Aber da ist so viel Leben – so viele putzige kleine Jungen auf Fahrrädern, und Leute, die aus dem Fenster gucken und – oh, na ja, das werden Sie ja selbst morgen früh sehen... Sehr amüsant. Sehr belebt.«

»Ach ja?«

Wenn in diesem Augenblick nicht der blasse, verschwitzte Garçon mit dem Teetablett hereingekommen wäre, das er hoch auf einer Hand balancierte, als wären die Tassen Kanonenkugeln und er ein Schwergewichtsheber im Film...

Er schaffte es, das Tablett auf einem runden Tisch abzusetzen.

»Bringen Sie den Tisch hier herüber«, sagte Maus. Der Kellner schien der einzige Mensch zu sein, den sie eines Wortes würdigte. Sie nahm die Hände aus dem Muff, zog die Handschuhe aus und warf das altmodische Cape zurück.

»Nehmen Sie Milch und Zucker?«

»Nein danke, keine Milch und auch keinen Zucker.«

Wie ein kleiner Gentleman ging ich hin, um meine Tasse entgegenzunehmen. Sie schenkte noch eine Tasse voll.

»Die ist für Dick.«

Und der getreue Foxterrier trug sie zu ihm hinüber und legte sie ihm sozusagen zu Füßen.

»Oh, danke«, sagte Dick.

Und dann ging ich zu meinem Stuhl, und sie sank in ihren zurück.

Aber Dick war schon wieder nicht anwesend. Eine Weile stierte er wild auf die Teetasse, blickte um sich, setzte sie auf das Nachttischchen, griff seinen Hut und stammelte in größter Hast: »Ach übrigens, würden Sie einen Brief für mich einwerfen? Ich möchte, daß er noch heute mit der Abendpost weggeht. Das muß sein. Er ist sehr dringend ...« Da er ihre Augen auf sich spürte, stieß er heraus: »An meine Mutter.« Zu mir: »Es dauert nicht lange. Ich habe alles, was ich brauche. Aber er muß heute abend noch weg. Sie sind nicht böse? Ich ... ich bin im Nu fertig.«

»Natürlich werfe ich den Brief ein. Ist mir eine Freude.«

»Möchtest du nicht erst deinen Tee trinken?« schlug Maus leise vor.

... Tee? Tee? Ach ja, natürlich. Tee ... Eine Tasse Tee auf dem Nachttisch ... In seinem rasenden Traum warf er der kleinen Gastgeberin das strahlendste, bezauberndste Lächeln zu.

»Nein, danke. Jetzt nicht.«

Und während er immer noch der Hoffnung Ausdruck verlieh, daß es mir keine Umstände mache, ging er aus dem Zimmer und schloß die Tür, und wir hörten ihn über den Korridor gehen.

Ich verbrühte mich, so eilig hatte ich es, die Tasse zum Tisch zurückzutragen und, als ich davorstand, zu sagen: »Sie müssen entschuldigen, wenn ich aufdringlich bin ... wenn ich zu offen rede. Aber Dick hat nicht versucht, es zu verbergen – oder? Irgend etwas stimmt nicht. Kann ich helfen?«

(Leise Musik. Maus steht auf, geht eine Weile auf der Bühne auf und ab, ehe sie zu ihrem Stuhl zurückkehrt und ihm einschenkt, oh, die Tasse ist voll bis zum Rand und so heiß, daß dem Freund die Tränen in die Augen treten, als er trinkt – als er sie bis zur bitteren Neige leert ...)

Ich hatte Zeit, all dies zu tun, ehe sie antwortete. Zuerst warf sie einen Blick in die Teekanne, füllte sie mit heißem Wasser und rührte mit einem Löffel darin herum.

»Ja, es stimmt etwas nicht. Nein, Sie können leider nicht helfen, vielen Dank.« Wieder wurde mir der Schimmer eines Lächelns zuteil. »Es tut mir furchtbar leid. Es muß schrecklich für Sie sein.«

Schrecklich, bei Gott ja! Ach, warum konnte ich ihr nicht erzählen, daß es viele, viele Monate her war, seit ich mich so amüsiert hatte?

»Aber Sie leiden«, wagte ich mich zart vor, als wäre es das, was ich nicht mit ansehen könne.

Sie stritt es nicht ab. Sie nickte und biß sich auf die Unterlippe, und mir war, als sähe ich ihr Kinn beben.

»Und ich kann wirklich nichts tun?« Noch zarter.

Sie schüttelte den Kopf, schob den Tisch zurück und sprang auf.

»Oh, das wird schon bald wieder gut sein«, hauchte sie, trat an den Toilettentisch und wandte mir den Rücken zu. »Es wird wieder gut. So kann es nicht weitergehen.«

»Aber natürlich nicht«, pflichtete ich bei und fragte mich, ob es herzlos aussähe, wenn ich mir eine Zigarette ansteckte. Ich hatte plötzlich Verlangen danach zu rauchen.

Sie mußte gesehen haben, wie meine Hand in die Brusttasche griff, das Zigarettenetui halb herauszog und wieder hineinsteckte, denn als nächstes sagte sie: »Streichhölzer ... im ... Leuchter. Ich habe welche gesehn.«

Und an ihrer Stimme hörte ich, daß sie weinte.

»Oh, danke. Ja. Ja. Ich hab sie.« Ich brannte mir eine Zigarette an und ging rauchend auf und ab.

Es war so still, es hätte zwei Uhr morgens sein können. Es war so still, daß man wie in einem Haus auf dem Lande die Dielen ächzen und knarren hörte. Ich rauchte die ganze Zigarette und zerdrückte das Ende in meiner Untertasse, ehe Maus sich umdrehte und zum Tisch zurückkam.

»Ist Dick nicht schon recht lange weg?«

»Sie sind sehr müde. Sie möchten sich bestimmt schlafen legen«, sagte ich freundlich. (Und lassen Sie sich bitte durch mich nicht stören, wenn Sie das möchten, sagte es in mir.)

»Aber ist er nicht wirklich sehr lange weg?« beharrte sie.

Ich zuckte die Schultern. »Ja, freilich.«

Dann sah ich, daß sie mich sonderbar anschaute. Sie lauschte dabei.

»Er ist schon eine Ewigkeit weg«, sagte sie, und mit kleinen, leichten Schritten ging sie zur Tür, öffnete sie und begab sich über den Korridor in sein Zimmer.

Ich wartete. Jetzt horchte ich auch. Ich hätte es nicht ertragen können, auch nur ein Wort zu verpassen. Sie hatte die Tür offen gelassen. Ich schlich mich durchs Zimmer und spähte hinter ihr her. Dicks Tür stand auch offen. Aber – da gab es kein Wort zu verpassen.

Sie müssen wissen, ich hatte die verrückte Vorstellung, daß sie sich in dem stillen Zimmer küßten – in einem langen, tröstlichen Kuß. Einem jener Küsse, der nicht nur den Kummer zur Ruhe bringt, sondern ihn liebkost und wärmt und zudeckt und ihn fest eingemummelt hält, bis er tief schläft. Ach! wie gut das tut!

Schließlich war es vorüber. Ich hörte, wie sich jemand rührte, und stahl mich auf Zehenspitzen fort.

Es war Maus. Sie kam zurück. Sie ertastete sich den Weg ins Zimmer und brachte mir den Brief. Aber er steckte nicht in einem Umschlag; es war nur ein Blatt Papier, und sie hielt es an einer Ecke, als ob es noch naß wäre.

Ihr Kopf hing so tief herab – war so in den Pelzkragen vergraben, daß ich nichts ahnte – bis sie den Briefbogen fallen ließ und beinahe selbst auf den Fußboden gefallen wäre, neben das Bett, sie lehnte das Gesicht dagegen, streckte die Hände aus, als wäre die letzte ihrer armseligen kleinen Waffen verloren und als ließe sie sich jetzt forttragen, erschöpft ins tiefe Wasser sinken.

Wie ein Blitz durchfuhr es mich. Dick hat sich erschossen, und dann folgte Blitz auf Blitz, als ich hineinstürzte, den Toten sah, den Kopf unversehrt, das kleine blaue Loch über der Schläfe, das Hotel weckte, das Begräbnis arrangierte, zum Begräbnis ging, geschlossener Wagen, neuer Cutaway...

Ich bückte mich und hob den Briefbogen auf, und, ob Sie's glauben oder nicht, so tief verwurzelt ist mein Pariser *comme il faut*, daß ich »Verzeihung!« murmelte, ehe ich las.

Maus, meine kleine Maus!
Es hat keinen Zweck. Es ist unmöglich. Ich bringe es nicht fertig. Ach, ich liebe Dich so. Ich liebe Dich so sehr, Maus, aber ich kann ihr nicht weh tun. Ihr ganzes Leben lang hat man ihr weh getan. Ich wage es einfach nicht, ihr diesen letzten Schlag zu versetzen. Verstehst Du, obgleich sie stärker ist als wir beide, ist sie doch so zerbrechlich und stolz. Es würde sie töten – töten, Maus. Und, o Gott! ich kann meine Mutter nicht töten. Nicht einmal Deinetwegen. Nicht einmal unseretwegen. Das mußt Du verstehen.

Das alles erschien so leicht, als wir darüber sprachen und es planten, aber mit dem Augenblick, als der Zug losfuhr, war alles vorbei. Ich spürte, daß sie mich zu sich zurückzog – mich rief. Ich kann sie jetzt hören, während ich schreibe.

Und sie ist allein, und sie weiß es nicht einmal. Ein Mann müßte wahrlich ein Teufel sein, es ihr zu sagen, und ich bin kein Teufel, Maus. Sie darf es nicht erfahren. O Maus, irgendwo, irgendwo in Deinem Innern denkst Du doch auch so? Es ist alles so unsagbar schrecklich, daß ich nicht weiß, ob ich gehen will oder nicht. Will ich? Oder ist es nur Mutter, die an mir zieht? Ich weiß es nicht. Mein Kopf ist zu müde. Maus, Maus, was wirst Du tun? Doch auch daran kann ich nicht denken. Ich wage es nicht. Das wäre zuviel für mich. Und ich darf nicht schlappmachen. Alles, was ich tun muß, ist – Dir nur das zu sagen und wegzufahren. Ich hätte nicht wegfahren können, ohne es Dir zu sagen. Du hättest Angst gehabt. Du darfst aber keine Angst haben. Das wirst Du auch nicht, ja? Ich kann nicht ertragen ... doch nichts mehr davon. Und schreibe nicht. Ich hätte nicht den Mut, Deine Briefe zu beantworten, und der Anblick Deiner spinnenfeinen Handschrift ...

Vergib mir! Liebe mich nicht mehr! Doch! Liebe mich! Liebe mich!

Dick.

Was halten Sie davon? War das nicht ein seltener Fund? Meine Erleichterung darüber, daß er sich nicht erschossen hatte, war mit einem wunderbaren Hochgefühl gemischt. Ich war quitt – mehr als quitt mit meinem Engländer des ›das ist sehr merkwürdig und interessant‹ ...

Ihr Weinen war so sonderbar. Die Augen geschlossen, das Gesicht, bis auf die bebenden Augenlider, ganz ruhig. Die Tränen perlten ihr herab, und sie ließ sie rinnen.

Als sie jedoch meinen Blick auf sich spürte, öffnete sie die Augen und sah, daß ich den Brief hielt.

»Sie haben ihn gelesen?«

Ihre Stimme war ganz ruhig, aber es war nicht mehr ihre

Stimme. Sie klang so, wie man sich die Stimme aus einer winzigen, kalten Meermuschel vorstellen würde, die von der salzigen Flut zuletzt hoch hinauf aufs Trockene gespült worden ist ...

Ich nickte, ganz überwältigt, Sie verstehen, und legte den Brief hin.

»Es ist unglaublich! Unglaublich!« flüsterte ich.

Da erhob sie sich vom Fußboden, ging zum Waschständer hinüber, tauchte das Taschentuch in den Krug und benetzte damit die Augen. Dabei sagte sie: »O nein. Das ist überhaupt nicht unglaublich.« Und während sie das nasse Knäuel noch immer an die Augen preßte, kam sie wieder zu mir, zu ihrem Sessel mit den Spitzendeckchen zurück und ließ sich hineinsinken.

»Ich hab's ja die ganze Zeit gewußt«, sagte das kalte, salzige Stimmchen. »Von dem Augenblick an, als wir losfuhren. Ich hab's durch und durch gespürt, habe aber immer noch gehofft« – jetzt nahm sie das Taschentuch von den Augen und schenkte mir einen letzten Schimmer ihres Lächelns –, »wie man es dummerweise eben tut.«

»Ja.«

Stille.

»Aber was werden Sie jetzt machen? Werden Sie zurückfahren? Ihn aufsuchen?«

Bei diesen Worten setzte sie sich kerzengerade hin und starrte zu mir herüber.

»Was für ein seltsamer Einfall!« sagte sie, kälter denn je. »Selbstverständlich denke ich nicht im Traum daran, ihn aufzusuchen. Und was das Zurückfahren angeht, das kommt gar nicht in Frage. Ich kann nicht zurückfahren.«

»Aber ...«

»Es ist unmöglich. Weil nämlich alle meine Freunde und Bekannten denken, ich sei verheiratet.«

Ich streckte die Hand aus – »Ach, meine arme kleine Freundin.«

Aber sie wich zurück. (Falsche Bewegung.)

Natürlich gab es da eine Frage, die mir schon die ganze Zeit durch den Sinn gegangen war. Eine mir verhaßte Frage.

»Haben Sie Geld?«

»Ja, ich habe zwanzig Pfund – hier«, und sie legte die Hand an die Brust. Ich verneigte mich. Es war bei weitem mehr, als ich erwartet hatte.

»Und was haben Sie vor?« Ja, ich weiß. Das war die taktloseste, die idiotischste Frage, die ich stellen konnte. Sie war so zahm gewesen, so zutraulich, hatte mich, zumindest im übertragenen Sinne, mit einer Hand ihr winziges, zitterndes Körperchen halten und das pelzige Köpfchen streicheln lassen – und nun hatte ich sie weggestoßen. Ach, ich hätte mir selbst einen Tritt geben mögen.

Sie stand auf. »Ich habe nichts vor. Aber – es ist schon sehr spät. Sie müssen jetzt bitte gehen.«

Wie konnte ich sie zurückgewinnen? Ich wollte sie wiederhaben. Ich schwör's, das war nicht gespielt.

»Sie müssen mich als Ihren Freund betrachten!« rief ich. »Ich darf doch morgen früh zeitig wiederkommen? Ich darf mich doch ein bißchen um Sie kümmern – mich ein bißchen Ihrer annehmen? Sie werden meine Dienste in Anspruch nehmen, wie Sie es für richtig halten?«

Ich hatte Erfolg. Sie kam aus ihrem Loch heraus – scheu... aber sie kam heraus.

»Ja, Sie sind sehr freundlich. Ja. Kommen Sie morgen wieder! Ich würde mich freuen. Alles ist so schwierig, weil...«, und wieder umfaßte ich ihre knabenhafte Hand, »... *je ne parle pas français.*«

Erst als ich den Boulevard schon zur Hälfte zurückgelegt hatte, kam es über mich – in seiner ganzen Tragweite.

Ja, sie litten ... diese beiden ... sie litten wirklich. Ich habe zwei Menschen leiden sehen, wie ich es wohl nie wieder erleben werde ...

Sie wissen natürlich, was Sie zu erwarten haben. Sie ahnen voll und ganz, was ich nun schreiben werde. Sonst wäre es ja nicht ich.

Nie wieder bin ich dahin gegangen.

Ja, ich schulde zwar noch immer diese beträchtliche Summe für Mittag- und Abendessen, aber das ist Nebensache. Es ist unschicklich, es in einem Atemzug mit der Tatsache zu erwähnen, daß ich Maus nie wieder gesehen habe.

Natürlich hatte ich die Absicht. Machte mich auf – kam bis an die Tür – schrieb Briefe und zerriß sie wieder – machte lauter solche Sachen. Doch ich konnte einfach nicht den entscheidenden Schritt tun.

Noch nicht einmal jetzt verstehe ich so ganz, warum. Natürlich wußte ich, daß ich auf die Dauer nicht durchgehalten hätte. Das hatte wohl viel damit zu tun. Aber man sollte wohl meinen, um es auf den niedrigsten Nenner zu bringen, daß die Neugier meiner Foxterriernase nicht hätte wehren können ...

Je ne parle pas français. Das war ihr Schwanengesang für mich.

Wie sie mich aber meine Regel durchbrechen läßt! Oh, Sie haben es ja selbst gesehen, aber ich könnte Ihnen zahllose Beispiele anführen.

... Abende, an denen ich in irgendeinem düsteren Café sitze und ein elektrisches Klavier eine ›Maus‹-Melodie zu spielen beginnt (es gibt Dutzende von Melodien, die sie heraufbeschwören), dann fange ich solche Sachen zu träumen an ...

Ein kleines Haus am Rande des Meeres, irgendwo weit, weit weg. Davor ein Mädchen, ähnlich wie Indianerfrauen gekleidet. Sie heißt einen grazilen, barfüßigen Jungen willkommen, der vom Strand heraufgerannt kommt.

»Was hast du da?«

»Einen Fisch.« Ich lächle und gebe ihn ihr.

... Dasselbe Mädchen, derselbe Junge, andere Kostüme – sie sitzen am geöffneten Fenster, essen Obst und lehnen sich lachend hinaus.

»All die Walderdbeeren sind für dich, Maus. Ich rühre keine davon an.«

... Eine regennasse Nacht. Unter einem Schirm gehen sie zusammen nach Hause. An der Tür bleiben sie stehen, um die nassen Gesichter aneinanderzupressen.

Und so weiter und so fort, bis irgend so ein dreckiger alter Galan an den Tisch kommt, sich mir gegenüber hinsetzt und zu schwatzen und Grimassen zu schneiden beginnt. Bis ich mich selbst sagen höre: »Aber ich habe das kleine Mädchen für Sie, *mon vieux*. So klein ... so zierlich.« Ich hauche einen Kuß auf meine Fingerspitzen und lege sie auf mein Herz. »Ich gebe Ihnen mein Ehrenwort als Gentleman, als Schriftsteller, ernsthaft, jung und ungemein an moderner englischer Literatur interessiert.«

Ich muß gehen. Ich muß gehen. Ich lange nach Mantel und Hut. Madame kennt mich. »Sie haben noch nicht gespeist?« lächelt sie. »Nein, Madam, noch nicht.«

DIE FLUCHT

Es war seine Schuld, einzig und allein seine Schuld, daß sie den Zug verpaßt hatten. Wie, wenn die idiotischen Hotelleute nun die Rechnung nicht ausgestellt hätten? Lag das nicht nur daran, daß er beim Mittagessen dem Kellner nicht nachdrücklich genug klargemacht hatte, sie müßten sie bis spätestens zwei Uhr haben? Jeder andere Mann wäre sitzen geblieben und hätte sich nicht vom Fleck gerührt, bis sie ihm die Rechnung gegeben hätten. Aber nein! Sein köstlicher Glaube an die menschliche Natur hatte ihn aufstehen und erwarten lassen, daß einer dieser Idioten sie ihnen aufs Zimmer brächte... Und dann, als die *Voiture* endlich kam, während sie noch (o du lieber Himmel!) auf das Geld warteten, das sie herausbekamen, warum hatte er sich da denn nicht darum gekümmert, daß das Gepäck ordentlich verstaut wurde, so daß sie wenigstens in dem Augenblick hätten losfahren können, als das Geld gebracht wurde? Hätte denn etwa sie hinausgehen sollen, um in der Hitze unter der Markise zu stehen und mit dem Sonnenschirm umherzudirigieren? Ein sehr amüsantes Bild des englischen häuslichen Lebens. Auch als dem Kutscher eröffnet worden war, wie schnell er zu fahren habe, hatte er nicht im geringsten darauf achtgegeben – sondern einfach gelächelt. »Oh«, stöhnte sie, wenn sie der Kutscher gewesen wäre, hätte sie sich auch das Lächeln nicht verkneifen können über die sinnlose, alberne Art und Weise, in der er zur Eile angetrieben wurde. Und sie lehnte sich zurück und ahmte seine Stimme nach: »*Allez, vite, vite*«, und bat den Fahrer um Entschuldigung, daß sie ihn behelligte...

Und dann der Bahnhof – unvergeßlich – mit dem Anblick des munteren kleinen Zuges, der davonzuckelte, und dieser gräßlichen Kinder, die aus den Fenstern winkten. »Oh, wozu muß ich denn so etwas ertragen? Warum bin ich all dem ausgesetzt?...« Das gleißende Licht, die Fliegen, während sie warteten und er und der Stationsvorsteher über dem Fahrplan die Köpfe zusammensteckten, um diesen anderen Zug herauszusuchen, den sie natürlich nicht kriegen würden. Die Leute, die sich um sie geschart hatten, und die Frau, die dieses Baby mit dem fürchterlichen, fürchterlichen Kopf hochhielt ... »Ach, sich zu sorgen, wie ich mich sorge, zu fühlen, wie ich fühle, und doch nie verschont zu bleiben – nie auch nur einen Augenblick lang zu erfahren, wie es wäre, zu ... zu ...«

Ihre Stimme war anders geworden – zitterte, weinte jetzt. Sie kramte in ihrer Handtasche herum und brachte aus deren winzigem Rachen ein wohlriechendes Taschentuch zum Vorschein. Sie hob den Schleier hoch, und als täte sie es für jemand anders, mitleidsvoll, als sagte sie zu jemand anders: »Ich weiß, Liebes«, preßte sie das Taschentuch an die Augen.

Das Täschchen lag auf ihrem Schoß, in seinem silbern schimmernden gähnenden Schlund konnte er die Puderquaste sehen, den Lippenstift, ein Bündel Briefe, ein Fläschchen schwarzer Kügelchen, Samenkörnern ähnlich, eine zerbrochene Zigarette, einen Spiegel, weiße Elfenbeintäfelchen mit Listen darauf, die dick durchgestrichen waren. ›In Ägypten würde sie mit diesem Kram begraben werden‹, dachte er.

Sie hatten die letzten Häuser hinter sich gelassen, diese kleinen versprengten Häuser, wo Topfscherben zwischen den Beeten lagen und halbnackte Hennen bei den Haustürstufen scharrten. Jetzt fuhren sie eine lange, steile Straße hinauf, die sich rund um den Berg schlängelte und in die nächste Bucht hinüberführte. Die Pferde stolperten, so schwer hatten sie zu ziehen. Alle fünf Minuten, alle zwei Minuten ließ der Kutscher die Peitsche knallen. Sein breiter Rücken war fest wie

Holz; Geschwüre bedeckten den geröteten Nacken, und er trug einen neuen, einen glänzenden neuen Strohhut ...

Es ging ein leichtes Lüftchen, gerade genug, um die frischen Blätter an den Obstbäumen wie Atlasseide schimmern zu lassen, um über das feine Gras zu streichen, die rauchigen Oliven in Silber zu verwandeln – gerade genug, um vor dem Wagen den Staub zu einer kleinen quirligen Wolke aufzuwirbeln, die sich dann wie feinste Asche auf ihre Kleidung setzte. Als sie ihre Puderquaste aus der Tasche nahm, stiebte der Puder über sie beide hin.

»Ach, der Staub!« hauchte sie, »der widerliche, entsetzliche Staub!« Und sie zog den Schleier vors Gesicht und lehnte sich, gleichsam überwältigt, zurück.

»Warum spannst du nicht deinen Sonnenschirm auf?« schlug er vor. Der lag auf dem Vordersitz, und er beugte sich vor, um ihn ihr zu geben. Da richtete sie sich jäh wieder auf und wütete von neuem los.

»Laß bitte meinen Sonnenschirm in Ruhe! Ich will den Sonnenschirm nicht haben. Und jeder, der nicht ganz und gar gefühllos ist, wüßte, daß ich viel, viel zu erschöpft bin, um einen Sonnenschirm zu halten. Und bei solchem Wind, der daran zerrt ... Leg ihn sofort wieder hin!« blitzte sie ihn an, und dann entriß sie ihm den Sonnenschirm, schleuderte ihn hinter sich in das zusammengeschobene Verdeck und ließ sich keuchend zurückfallen.

Wieder ging's um eine Biegung, und da kam unter Schreien und Kichern eine Schar kleiner Kinder den Hang herunter, kleine Mädchen, das Haar von der Sonne gebleicht, kleine Jungen in verschossenen Soldatenmützen. In der Hand hatten sie Blumen – vielerlei verschiedene Arten, die sie an den Köpfen abgerissen hatten und nun hinhielten, während sie neben dem Wagen herrannten. Flieder, verblaßten Flieder, grünweiße Schneebälle, einen Aronstab, eine Handvoll Hyazinthen. Sie zwängten die Blumen ebenso wie ihre lausbübischen Gesichter in den Wagen. Einer warf ihr sogar ein Sträußchen Ringelblumen in den Schoß. Arme kleine Dinger! Er hatte seine Hand in die Hosentasche gesteckt. »Um Himmels willen, gib ihnen bloß nichts! Ach, das bist wieder mal typisch du! Schreckliche kleine Affen. Jetzt werden sie uns den ganzen Weg lang verfolgen. Ermutige sie nicht noch; du würdest auch Bettlern noch Mut machen!« Und mit den Worten: »Also, mach das, wenn ich nicht dabei bin, bitte«, schleuderte sie das Sträußchen aus der Kutsche.

Er sah den sonderbaren Schrecken auf den Kindergesichtern. Sie hielten im Laufen inne, fielen zurück, und dann begannen sie zu schreien, und sie schrien und schrien, bis der Wagen abermals hinter einer Biegung verschwunden war.

»Ach, wie viele kommen denn noch, bis wir oben sind? Nicht einmal sind die Pferde getrabt. Es ist sicher nicht nötig, daß sie die ganze Strecke im Schritt gehen.«

»Wir sind jetzt gleich da«, sagte er und zog das Zigarettenetui hervor. Da drehte sie sich zu ihm um. Sie schlug die Hände zusammen und hielt sie an die Brust; hinter dem Schleier erschienen ihre dunklen Augen riesengroß und flehend. Ihre Nasenflügel bebten, sie biß sich auf die Lippe, und ihr Kopf erzitterte wie in einem kleinen nervösen Krampf. Aber als sie sprach, war ihre Stimme ganz leise und sehr, sehr ruhig.

»Ich möchte dich um etwas bitten. Ich möchte von dir etwas erbitten«, sagte sie. »Ich habe dich schon Hunderte von Malen vorher darum gebeten, aber du hast es wohl vergessen. Es ist eine Bagatelle, aber wenn du wüßtest, was sie mir bedeutet ...« Sie rang die Hände. »Aber das kannst du nicht wissen. Kein menschliches Wesen könnte das wissen und doch so grausam sein.« Und dann langsam und mit Bedacht, dabei diese riesig großen, schwermütigen Augen immerzu auf ihn gerichtet: »Zum letzten Male flehe ich dich inständig an, nicht zu rauchen, wenn wir zusammen in einem Wagen sitzen. Wenn du dir die Qualen vorstellen könntest«, fuhr sie fort, »die ich erleide, wenn es mir diesen Rauch ins Gesicht weht ...«

»Schön«, sagte er, »ich werde nicht rauchen. Ich hatte es vergessen.« Und er steckte das Etui wieder ein.

»Ach nein«, erwiderte sie und hätte beinahe laut losgelacht. Sie bedeckte mit dem Handrücken die Augen. »Du kannst das nicht vergessen haben. Nicht das.«

Der Wind wehte jetzt kräftiger. Sie hatten die Höhe erreicht. »Hoy-yip-yip-yip!« schrie der Kutscher. Sie schaukelten auf der Straße dahin, die in ein schmales Tal hinabging, tief unten an der Küste entlangführte, um sich dann auf der anderen Seite wieder über eine sanft geschwungene Hügelkette zu winden. Jetzt gab es wieder Häuser, hinter blauen Läden gegen die Hitze verschlossen, mit hell aufflammenden Gärten, über die blaßroten Wände fielen Geranienteppiche herab. Die Küstenlinie war dunkel; am Rande des Meeres regte sich nur ein weißer seidiger Saum. Die Kutsche schaukelte ins Tal hinunter, rumpelte, holperte. »Yi-ip!« rief der Kutscher. Sie klammerte sich seitlich am Sitz fest, schloß die Augen, und er wußte genau, sie fand, dies alles geschähe in vollster Absicht. Diese Schaukelei und Rumpelei, all das triebe man nur – und irgendwie war er dafür verantwortlich –, um sie zu ärgern, weil sie gefragt hatte, ob sie nicht etwas schneller fahren könnten. Aber gerade, als sie ganz unten im Tal anlangten, tat es einen ungeheuerlichen Ruck. Der Wagen überschlug sich beinahe, und er sah, wie ihre Augen ihn anfunkelten, und mit größter Bestimmtheit zischte sie: »Dir macht das sicher Freude?«

Weiter ging die Fahrt. Sie kamen ganz hinunter ins Tal. Plötzlich erhob sie sich. »*Cocher! Cocher! Arrêtez-vous!*« Sie drehte sich um und schaute hinter sich in das zusammengeschobene Verdeck. »Hab ich's doch gewußt!« eiferte sie sich. »Hab ich's doch gewußt. Ich habe ihn fallen hören, und du auch, bei diesem letzten Ruck.«

»Was? Wo?«

»Meinen Sonnenschirm. Er ist weg. Der Sonnenschirm, der schon meiner Mutter gehört hat. Der Sonnenschirm, den ich mehr schätze als – mehr als . . .« Sie war einfach außer sich. Der Kutscher wandte sich um, ein Lächeln auf seinem fröhlichen breiten Gesicht.

»Ich hab auch etwas gehört«, sagte er schlicht, fröhlich. »Aber ich hab gedacht, da Monsieur und Madame nichts sagten . . .«

»Da. Da hörst du's. Dann mußt du es auch gehört haben. So, *das* also erklärt das merkwürdige Lächeln auf deinem Gesicht . . .«

»Hör mal«, sagte er. »Er kann ja nicht weg sein. Wenn er herausgefallen ist, dann ist er auch noch da. Bleib, wo du bist. Ich hole ihn.«

Aber sie durchschaute ihn. Oh, wie sie ihn durchschaute!

»Nein, danke.« Und sie richtete ihren boshaften, lächelnden Blick auf ihn, ohne sich um den Kutscher zu kümmern. »Ich werde selbst gehen. Ich werde zurückgehen und ihn suchen, und daß du dich ja nicht unterstehst hinterherzukommen. Denn« – im Bewußtsein, daß der Kutscher nichts verstand, sprach sie leise, sanft – »wenn ich dir nicht eine Weile entfliehen kann, werde ich verrückt.«

Sie stieg aus dem Wagen. »Meine Handtasche.« Er reichte sie ihr.

»Madame zieht es vor . . .«

Aber der Kutscher hatte sich schon vom Bock herabgeschwungen und auf die Ufermauer gesetzt. Er las eine kleine Zeitung. Die Pferde standen da und ließen die Köpfe hängen. Es war still. Der Mann im Wagen streckte sich aus, verschränkte die Arme. Er spürte, wie die Sonne ihn an die Knie kitzelte. Der Kopf war ihm auf die Brust gesunken. »Hisch, hisch«, klang es vom Meer her. Der Wind seufzte einmal im Tal auf und war dann ruhig. Wie er so dalag, kam er sich ganz hohl vor, kam er sich wie ein ausgedörrter, ausgebrannter Mann vor, gleichsam wie Asche. Und »hisch, hisch« raunte die See.

Und da war es, daß er den Baum sah, daß er sich seiner Gegenwart bewußt wurde, gleich hinter einem Gartentor. Es war ein gewaltiger Baum mit einem runden, mächtigen silbernen Stamm, über den sich eine große Kuppel aus kupferfarbenem Laub wölbte, die das Licht zurückwarf und doch dunkel war. Hinter dem Baum schimmerte etwas hervor – etwas Weißes, Weiches, eine undurchsichtige Masse, halb verborgen – mit eleganten Pfeilern. Als er den Baum anschaute, fühlte er, wie sein Atem erstarb und er ein Teil dieser Stille wurde. Der Baum schien zu wachsen, er schien sich in der flirrenden Hitze auszudehnen, bis die großen gekerbten Blätter den Himmel verdeckten, und doch regte er sich nicht. Dann kam aus seinen Tiefen oder von ganz dahinten der Klang einer Frauenstimme. Eine Frau sang. Die warme, unbekümmerte Stimme wehte durch die Luft, und sie war ganz Teil der Stille, wie auch er ein Teil davon war. Als die Stimme anschwoll, weich, träumerisch, zart, wußte er mit einem Mal, daß sie aus den verborgenen Blättern zu ihm herüberwehte, und sein Friede zerbarst. Was widerfuhr ihm da? In seiner Brust regte sich etwas. Etwas Dunkles, etwas Unerträgliches und Schreckliches zerrte in seinem Herzen, und wie eine mächtige Pflanze wogte und trieb es dahin ... warm, zum Ersticken. Er versuchte zu kämpfen, daran zu zerren, und im gleichen Augenblick – war alles vorbei. Tief, ganz tief versank er in die Stille, er starrte auf den Baum und wartete auf die

Stimme, die daherflutete, fiel, bis er spürte, wie sie ihn ganz einhüllte.

Im schaukelnden Gang des Zuges. Es war Nacht. Der Zug stürmte und brauste durch die Dunkelheit dahin. Mit beiden Händen hielt er sich am Messinggeländer fest. Die Wagentür war offen.

»Beunruhigen Sie sich nicht, Monsieur. Er kommt schon herein und setzt sich hin, wenn er will. Er mag – er mag es – es ist seine Gewohnheit ... *Oui, Madame, je suis un peu souffrante ... Mes nerfs.* Ach, aber mein Mann ist nie so glücklich, wie wenn er auf Reisen ist. Er mag es, sich so durchzuschlagen ... Mein Mann ... Mein Mann ...«

Die Stimmen murmelten und murmelten. Sie waren niemals still. Doch so groß war seine himmlische Glückseligkeit, wie er da stand, daß er wünschte, er möge ewig leben.

ANMERKUNGEN

Glück (Bliss)

Die satirisch gefärbte Erzählung, die später der Sammlung ›Bliss and Other Stories‹ (1920) den Titel gab, wurde im August 1918 in der Literaturzeitschrift ›The English Review‹ zuerst veröffentlicht. Sie gehörte zu jenen, die Katherine Mansfield bekannt machten. Seitdem ist sie ein Standardtext für Sammlungen, die Kurzgeschichten von Katherine Mansfield enthalten. In der Kritik ist nichtsdestoweniger eine gewisse Uneinheitlichkeit der Darstellung bemängelt worden. Sogar Middleton Murry schrieb, daß es die »sich widersprechende Verbindung von Karikatur und emotionellem Pathos ist, die ›Glück‹ beeinträchtigt«. Gerade diese Verbindung aber schafft die inhaltlich wichtige ironische Distanz auch zur zentralen Gestalt der Bertha Young.

13 *Entendu:* in Ordnung, abgemacht!
16 *Face und Mug:* Die intendierte Witzigkeit liegt in der Synonymik der beiden Kosenamen mit der Bedeutung ›Gesicht, Grimasse‹. Hinzu kommt, daß in der niederen Londoner Umgangssprache ›Face‹ eine verächtliche Anredeformel und ›Mug‹ im Slang ein wertloses Objekt oder einen Dummkopf bedeuten.
20 *Alpha-Show:* fiktive Vorstellung eines Unterhaltungstheaters.
20 *liée:* liiert.
20 *Michael Oat . . . ›Liebe mit falschen Zähnen‹:* fiktiver Autor und Titel.
20 *Tschechow,* Anton Pawlowitsch (1860-1904): russischer Dramatiker und Erzähler.
24 *Hampstead:* nordwestlicher Vorort Londons; beliebte Wohngegend der künstlerischen Intelligenz.
25 *Bilk:* fiktiver Name.

Der Mann ohne Temperament
(The Man without a Temperament)

Die Erzählung erschien zunächst in ›Art and Letters‹ im Frühjahr 1920 und dann in der Sammlung ›Bliss and Other Stories‹ (1920). Die Handlung spielt an der französischen Riviera.

29 *Vous désirez, Monsieur?:* Sie wünschen, mein Herr?
30 *Edler Antonio:* leicht spöttische Anrede durch einen Anklang an eine rhetorische Figurierung in Shakespeares ›Julius Cäsar‹.
34 *Vous avez voo ça!:* Haben Sie das gesähn!
40 *très:* sehr.
47 ›*Saturday Evening Post*‹: US-amerikanische Wochenschrift; erschien von 1821 bis 1969.

Das Gartenfest (The Garden Party)

Die Erzählung wurde 1921 in Montana geschrieben und am 14. Oktober abgeschlossen. Sie wurde in der ›Weekly Westminster Gazette‹ im Februar 1922 veröffentlicht und dann zur Titelgeschichte der Sammlung ›The Garden Party and Other Stories‹ (1922) erklärt. Zu ihrem Gegenstand schrieb sie am 13. März 1922 an den Schriftsteller William Gerhardi: »... Das ist es, was ich im ›Gartenfest‹ darzustellen versuchte. Die Vielschichtigkeit des Lebens und wie wir versuchen, alles einzupassen, den Tod eingeschlossen. Das ist für eine Person von Lauras Alter verwirrend. Sie fühlt, daß die Dinge anders laufen sollten. Erst das eine und dann das andere. Aber so ist das Leben nicht. Wir besitzen nicht die Gewalt darüber. Laura sagt: ›Aber all diese Dinge dürfen doch nicht auf einmal geschehen.‹ Und das Leben antwortet: ›Warum nicht? Wie sind sie denn voneinander zu trennen?‹ Und sie geschehen doch nun einmal; es ist unvermeidlich. Und es scheint mir, daß Schönheit in dieser Unvermeidlichkeit liegt.« Vgl. auch Tagebuch, 14. und 16. Oktober 1921.

68 *Karaka:* niedrigstämmige Baumart (Corynocarpus laevigatus); typisch für die Küstenzone der Nordinsel Neuseelands.

Mr. Reginald Peacocks großer Tag
(*Mr. Reginald Peacock's Day*)

Die Erzählung wurde im Juniheft 1917 der Zeitschrift ›New Age‹ veröffentlicht und dann 1920 in die Sammlung ›Bliss and Other Stories‹ aufgenommen. In der Gestalt des Gesangslehrers, dessen Name ›Pfau‹ bedeutet und damit sehr sprechend für die Anlage des Charakters ist, verkörpert sich die sehr subjektiv gefärbte Abneigung Katherine Mansfields gegen ihren ersten Mann George Bowden.

68 *Covent Garden:* königliches Opernhaus in London.
69 *Voilà tout!:* Das wär's.
75 *›The Times‹:* führende seriöse bürgerliche englische Zeitung.
76 *Weint nicht mehr, ihr traurigen Bächlein ...:* anonymes englisches Lied mit dem Titel ›Ruht, traurige Augen‹ (›Rest, Sad Eyes‹; um 1600).
78 *tête-à-tête:* allein.

Eine Tasse Tee (A Cup of Tea)

Die Erzählung erschien im Mai 1922 in der Zeitschrift ›Storyteller‹ und dann in der Sammlung ›The Dove's Nest and Other Stories‹ (1923).

78 *Bond Street:* Londoner Straße mit den exklusivsten und elegantesten Geschäften.
79 *Regent Street:* prächtige und vornehme Geschäftsstraße zwischen Piccadilly Circus und Oxford Circus.
87 *Curzon Street:* Straße in der Nähe des Hyde Parks mit einzelnen kleineren auserlesenen Spezialgeschäften in einem aristokratischen Wohnviertel.
92 *›Milliner's Gazette‹:* Zeitschrift der Putzmacher.

Dillgurke (A Dill Pickle)

Die Erzählung wurde 1917 geschrieben und im Oktoberheft der Zeitschrift ›New Age‹ veröffentlicht. Sie wurde dann in der Sammlung ›Bliss and Other Stories‹ (1920) herausgebracht. Die romantisch verklärte Erinnerung der Gestalt des Mannes an eine Reise nach Rußland widerspiegelt das vorrevolutionäre Rußland. Die Kurzgeschichte ist vor der Oktoberrevolution entstanden.

93 *Kew Gardens:* Park mit einem ausgezeichneten Botanischen Garten, am westlichen Stadtrand von London gelegen.
99 *St. James's Street:* In London gibt es vier Straßen dieses Namens.
101 *System der Gemüter:* Es ist nicht deutlich, ob Katherine Mansfield eine ganz bestimmte Theorie meint. Die halbe Andeutung in der abgebrochenen Erläuterung könnte auf die von Iwan Michailowitsch Setschenow (1829-1905) begründete und von Iwan Petrowitsch Pawlow (1849-1936) fortgeführte materialistische Physiologie in Rußland hindeuten.

Psychologie (Psychology)

Die Kurzgeschichte wurde in der Sammlung ›Bliss and Other Stories‹ (1920) publiziert.

105 *en escargot:* wie eine Schnecke.
110 *qua:* als.

Ehe à la mode (Marriage à la mode)

Die Kurzgeschichte erschien im November 1921 in der Zeitschrift ›Sphere‹ und wurde in der Sammlung ›The Garden Party and Other Stories‹ (1922) wiederveröffentlicht. Thematisch ist das Werk eng mit Tschechows Erzählung ›Unerwünscht‹ verwandt.

111 *à la mode:* modern.
115 *Königliche Akademie* (Royal Academy of Arts): königliche Akademie der Künste; wegen ihrer konservativen Kunstauffassungen hier von der modernen Isabel abfällig als negatives Beispiel apostrophiert.
119 *Titania:* Elfenkönigin, Frau des Elfenkönigs Oberon; Gestalt in Shakespeares ›Sommernachtstraum‹.
119 ›*Das Mädchen von den Bergen*‹ (›The Maid of the Mountains‹): Titel eines populären Musical-Songs, komponiert von Lionel Monckton.

119 *Nijinsky,* V. F. (1890-1950): führender russischer Tänzer in der berühmten Ballettgruppe Sergej Djagilews (1872-1929), die mit großem Erfolg in Paris, London und anderen Städten auftrat.
125 *mes amis:* meine Freunde.

Eine indiskrete Reise (An Indiscreet Journey)

Die episodenhafte Erzählung entstand 1915 und verarbeitet die Reise Katherine Mansfields zu dem französischen Schriftsteller Francis Carco (1886-1958), in den sie sich verliebt hatte, im Februar 1915. Er war in dieser Zeit des Ersten Weltkriegs in der Nähe von Gray an der Saône stationiert. Zahlreiche Eindrücke von dieser Fahrt sind auch im Tagebuch von 1915 aufgezeichnet und ergeben einen reizvollen Vergleich; vgl. Tagebuch vom 20. Februar 1915. Die Erzählung wurde erst in der Gesamtausgabe veröffentlicht.

126 *heilige Anna:* Mutter der Jungfrau Maria; davon der sogenannte Annentag, der 26. Juli.
127 *ma mignonne:* meine Kleine.
128 *petit soldat:* kleiner Soldat.
129 *ma France adorée:* mein angebetetes Frankreich.
129 *Merci bien, Monsieur, vous êtes tout à fait aimable:* Vielen Dank, mein Herr, Sie sind wirklich sehr liebenswürdig.
129 *Grey, Edward* (1862-1937): englischer Außenminister vor und während des Ersten Weltkriegs.
130 *Toute de suite, tout' suite:* Sofort, sofort.
130 *mon Dieu:* mein Gott.
130 *juste en face de la gare:* gleich gegenüber dem Bahnhof.
130 *Je vous embrasse bien tendrement:* Ich umarme Sie sehr zärtlich.
131 *Ma tante Julie et mon oncle Paul:* meine Tante Julie und mein Onkel Paul.
131 *Venez vite, vite:* Kommen Sie schnell, schnell!
133 *Excusez-moi, Madame ...:* Entschuldigen Sie Madame, eine Art Seemöwe hat sich auf Ihrem Hut niedergelassen.
134 *Non, je ne peux pas manger ça:* Nein, das kann ich nicht essen.
134 *Montez vite, vite:* Steigen Sie schnell ein, schnell.
135 *Ah, je m'en f...:* Ach, ist doch egal.
135 *Prends ça, mon vieux:* Nimm das, mein Alter.

136 *Sabots:* Holzschuhe.
137 *Dodo, mon homme, fais vit' dodo ...:* Schlaf, mein Junge, schlaf bald.
137 *Premier Rencontre:* erste Begegnung.
137 *Triomphe d' Amour:* Triumph der Liebe.
138 *C'est ça, c'est ça:* So ist's, so ist's.
139 *Sept, huit, neuf:* sieben, acht, neun.
140 *Il pleure de colère:* Er weint vor Zorn.
140 *Huit, neuf, dix:* acht, neun, zehn.
140 *Mais vous savez, c'est un peu dégoûtant, ça:* Aber wissen Sie, das ist ein bißchen ekelhaft.
140 *V'là monsieur:* Da, der Herr.
140 *un peu de charcuterie:* ein bißchen was vom Schwein.
140 *N'est-ce pas?:* Nicht wahr?
141 *bifteks:* Beafsteaks.
141 *ma fille:* mein Mädchen.
141 *Souvenir tendre:* zarte Erinnerung.
142 *Épatant:* Großartig.
142 *ma petite pair – rot:* mein kleiner Papagei.

Die kleine Gouvernante (The Little Governess)

Die Kurzgeschichte wurde im Frühjahr 1915 in Paris abgeschlossen und im Oktoberheft von Murrys und Lawrences Zeitschrift ›Signature‹ erstveröffentlicht. Sie wurde dann in die Sammlung ›Bliss and Other Stories‹, Verlag Constable, London 1920, aufgenommen.

148 *Dames Seules:* alleinreisende Damen.
148 *St. Malo:* französische Kreisstadt an der Mündung der Rance in den Kanal.
149 *Trrrès bien:* Sehrrr gut.
150 *En voiture:* Einsteigen bitte!
151 *Un, deux, trois:* eins, zwei, drei.
154 *Ow-do-you-do? Please vich is ze way to Leicestaire Squaare?:* Guten Tag. Bitte, wie kommt man zum Leicester Square?
Leicester Square: s. Anm. zu S. 54.

Deutsche bei Tisch (Germans at Meat)

Im Herbst 1909 weilte Katherine Mansfield zu einem Aufenthalt in Deutschland, um dort ihr Kind zu erwarten. Ihre Eindrücke hielt sie in einer Reihe satirischer Skizzen der Kurgäste in Bad Wörishofen in Oberschwaben fest, die 1911 unter dem Titel ›In einer deutschen Pension‹ (›In a German Pension‹) gesammelt veröffentlicht wurden. Später weigerte sie sich, den Band wiederauflegen zu lassen, weil er, wie sie John Middleton Murry am 4. Februar 1920 schrieb, ›viel zu unreif ist und ich mich heute nicht einmal mehr zu ihm bekennen kann‹. ›Deutsche bei Tisch‹, eine dieser Skizzen, erschien, wie die anderen auch, zuerst in der kulturpolitischen Zeitschrift ›New Age‹, und zwar in ihrem 6. Jahrgang am 3. März 1910.

166 *Leicester Square:* Platz am südlichen Rand des Vergnügungsviertels Soho; gemeint ist wahrscheinlich das Hôtel de Paris.
167 *Stimmrechtlerinnentum:* Die Periode ab 1906 war in England durch wachsende Klassenkonflikte und daneben durch eine breite Kampagne für das Frauenwahlrecht gekennzeichnet. Diese wurde von der Regierung brutal unterdrückt.

Der Fremde (The Stranger)

Katherine Mansfield schrieb die Erzählung Anfang November 1920 in Menton (vgl. Brief an Murry vom 3. 11. 1920). Sie wurde im Mai 1921 in der Zeitschrift ›London Mercury‹ publiziert und 1922 in der Sammlung ›The Garden Party and Other Stories‹ erneut gedruckt. Der Hafen in der Erzählung ist entsprechend dem genannten Brief derjenige von Auckland auf der neuseeländischen Nordinsel. Die beiden mit dem Geschehen verbundenen Orte Salisbury und Cooktown sind allerdings keine neuseeländischen, sondern australische Städte. Offenbar beabsichtigte die Autorin, aus was für Gründen auch immer, den örtlichen Hintergrund fiktiv erscheinen zu lassen. Cooktown kann aber unschwer als Wellington identifiziert werden, zumal die Stadt an der Cook-Straße, welche die Nord- und Südinsel des Landes voneinander trennt, gelegen ist.

Je ne parle pas français

Die relativ lange Erzählung entstand im Winter 1918 in Bandol und wurde 1920 von Middleton Murry und seinem Bruder Richard in einem Handdruck zur privaten Zirkulation vervielfältigt. Für die Veröffentlichung wurden aus der Originalfassung Passagen, die für die Zensur zu anstößig erscheinen konnten, gestrichen (vgl. Anmerkung zu S. 240). In seinem Buch ›Bohême d'artiste‹ (1940) beschreibt Carco, wie Katherine Mansfield ihm im Dezember 1913 am Bahnhof Saint-Lazare von Murry vorgestellt wurde. Sie murmelte: ›Je ne parle pas français.‹ Raoul Duquette dürfte danach auch Züge von Carco tragen, obwohl die biographische Komponente nicht überbewertet werden sollte. Die Erzählung hat ihr eigenes Thema.

193 *Je ne parle pas français:* Ich spreche nicht Französisch.
197 *passons outre:* Berücksichtigen wir sie nicht weiter.
198 *bon enfant:* ein lieber Junge.
199 *Kipling,* Rudyard (1865-1936): englischer Schriftsteller, Dichter und Journalist, bei dem sich künstlerische Meisterschaft mit der Apologetik des britischen Imperialismus paarten.
200 *mon vieux:* mein Alter.
201 *Es irrt ein Mann...:* (There was a man/walked up and down/to get a dinner in the town): altes volkstümliches Lied, bei dem jede Strophe zweimal mit einer Melodievariante in der dritten Zeile gesungen wird.
202 *comme il faut:* wie es sich gehört.
205 *enfin:* schließlich.
206 *cher Pinkerton:* des geliebten Pinkerton; gemeint ist Linkerton; Anspielung auf das Ende des 2. Aktes von Giacomo Puccinis (1858-1924) Oper ›Madame Butterfly‹ (1900).
207 *admirable:* vortrefflich.
210 *Gare Saint-Lazare:* Pariser Bahnhof; Endbahnhof der Linien nach Westen und Nordwesten.
214 *notre Paris:* unser Paris.
227 *Nein, Madame, noch nicht:* In Katherine Mansfields Originalfassung ist ein kurzer Absatz angefügt, der zur abschließenden Charakterisierung Duquettes sehr aufschlußreich ist. Er lautet: ›Ich würde lieber mit ihr zu Abend essen. Danach sogar mit ihr schlafen. Ob sie wohl am ganzen Körper so bleich aussieht? Aber nein. Sie hat wahrscheinlich große Leberflecke. Sie kommen bei dieser Art von

Haut gewöhnlich vor. Und ich kann sie nicht leiden. Sie erinnern mich irgendwie widerlich an Pilze.‹

Die Flucht (The Escape)

Die Erzählung wurde zuerst in ›The Athenaeum‹ im Juli 1920 und dann in ›Bliss and Other Stories‹ (1920) gedruckt. Der lokale Hintergrund ist Südfrankreich.

228 *Voiture:* Droschke.
228 *Allez, vite, vite:* Fahren Sie, schnell, schnell!
232 *Cocher! Cocher! Arrêtez-vous!:* Kutscher! Kutscher! Halten Sie an!
235 *Oui, Madame, je suis un peu souffrante ... Mes nerfs:* Ja, Madame, ich bin etwas leidend ... Meine Nerven.

Ein fesselnder Roman über unbändige Gefühle und verdrängte Leidenschaften.

1839: Der Gouverneur von Tasmanien und Polarforscher Sir John Franklin und seine Frau holen das Aborigine-Mädchen Mathinna zu sich ins Haus. Sie wollen »die Wilde« durch strenge Erziehung zivilisieren. Als Franklin Jahre später nach England zurückbeordert wird, lassen sie das Mädchen entwurzelt und zutiefst verstört zurück ...
Zwanzig Jahre später: Im Überlebenskampf im ewigen Eis soll Sir Franklin dem Kannibalismus verfallen sein. Kein Geringerer als Charles Dickens soll dessen Ruf und Ansehen retten. Dabei entdeckt auch er an sich plötzlich eine »wilde« unbezwingbare Seite ...

»*Begehren* ist eine Wucht von Roman, ich habe seit langem kein Buch so gierig ausgelesen, um es dann gleich nochmal zu lesen. Herzzerreißend das Ende, das ganze Buch eine schwere Wahrheit, ich las wie ein Rasender.« *Sten Nadolny*

Richard Flanagan, Begehren. Roman. Aus dem australischen Englisch von Peter Knecht. insel taschenbuch 4012. 302 Seiten

»Was für ein ergreifender Roman über die Wunder des Lebens.«
Freundin

Äthiopien in den sechziger Jahren: Die Zwillingsbrüder Marion und Shiva wachsen nach dem Tod ihrer Mutter und dem spurlosen Verschwinden ihres Vaters als Waisenkinder im Missionskrankenhaus heran. Beide sind unzertrennlich und wollen, wenn sie erwachsen sind, selbst Ärzte werden. Während Marion von seinem Ziehvater in die Chirurgie eingewiesen wird und die Schule besucht, bildet sich der hochbegabte Shiva autodidaktisch zum Arzt aus. Erst die Liebe zur selben Frau lässt die beiden Brüder zu Rivalen werden. Marion flieht aus dem von Unruhen erschütterten Land in die USA, wo er in seiner Arbeit als erfolgreicher Chirurg in einem New Yorker Krankenhaus aufgeht. Doch dann holt ihn die Vergangenheit ein, und er muss sein Leben in die Hände der beiden Männer legen, denen er am wenigsten vertraut: seinem Vater, der ihn im Stich gelassen, und seinem Bruder, der ihn betrogen hat.

Abraham Verghese, Rückkehr nach Missing. Roman.
Aus dem Amerikanischen von Silvia Morawetz. insel taschenbuch 4000. 841 Seiten

Eine Geschichte von Abenteuerlust und weiblichem Freiheitsdrang.

Ein Neuanfang sollte es werden, als Harriet und Joseph Blackstone von England nach Neuseeland aufbrachen. Von einem Leben in Wohlstand träumten sie, aber als Joseph im Fluss neben seinem Haus einen Schimmer von Gold entdeckt, kennt er nur noch ein Ziel. Er lässt Harriet und seine Mutter zurück und macht sich auf zu den Goldfeldern, zusammen mit vielen anderen Glückssuchern. Auf der Suche nach ihrem Mann reist Harriet ihrem eigenen Traum entgegen.

»Rose Tremain schreibt die besten historischen Romane unserer Zeit.« *Evening Standard*

Rose Tremain, Die Farbe der Träume. Roman. Aus dem Englischen von Christel Dormagen. insel taschenbuch 4002. 459 Seiten

Ein Straßenjunge, der mit seiner Musik die Welt verzaubert ...

Die Straßen von Hastinapur sind Kalus Zuhause. Der Junge arbeitet hart für ein paar Rupien und einen einfachen Schlafplatz. Denn er ist glücklich: Er hat Freunde – und er hat die Musik. Mit seinem Flötenspiel verzaubert er die Welt ...
Eines Tages bietet sich ihm die Chance seines Lebens. Doch dafür muss er Hastinapur und Malti, seine geliebte Freundin, verlassen. Er verspricht zurückzukommen ... Werden sie sich wiedersehen?

Der Klang der Sehnsucht ist ein ergreifender Roman über die Macht der Musik und die alles überdauernde Kraft der Freundschaft.

Manisha Jolie Amin, Der Klang der Sehnsucht.
Roman. Aus dem Englischen von Ursula Gräfe.
insel taschenbuch 4121. 309 Seiten

Eine Liebe in Zeiten des Krieges

Am Vorabend des Ersten Weltkriegs. Adèle und Wilhelm kennen sich seit Kindheitstagen. Aus kindlicher Freundschaft wird eine leidenschaftliche Liebe – eine Liebe, die nicht sein darf. Die Tochter eines elsässischen Weinbauern und den Sohn aus reichem Berliner Hause trennen nicht nur die gesellschaftlichen und politischen Umstände. Denn als sich die deutsch-französischen Auseinandersetzungen zuspitzen, finden sie sich plötzlich auf gegnerischen Seiten wieder …

Ein bewegender Roman über eine Liebe gegen alle Konventionen und Widerstände.

Karsten Flohr, Zeiten der Hoffnung. Roman
insel taschenbuch 4146. 365 Seiten

»**Ein unglaublich bewegendes Buch.**« *NDR Kultur*

Es ist das Jahr 1961 – das Jahr, in dem John F. Kennedy Präsident wird, Gagarin in den Weltraum fliegt und der Bau der Berliner Mauer beginnt. Der zehnjährige Finn lebt mit seiner Mutter in einer schmucklosen Vorstadt von Oslo. Er ist schmächtig, aber vielleicht der Klügste seiner Klasse.
Eines Tages steht seine kleine Halbschwester Linda mutterseelenallein vor der Tür – mit einem himmelblauen Koffer und jeder Menge emotionalem Sprengstoff im Gepäck.
Für Finn beginnt ein Sommer, den er nie vergessen wird …

Ein Familienroman voller Wärme und Magie und eine ergreifende Geschichte über die große Macht des Kleinen.

Roy Jacobsen, Der Sommer, in dem Linda schwimmen lernte. Roman. Aus dem Norwegischen von Gabriele Haefs. insel taschenbuch 4127. 294 Seiten

»Wir lieben uns. Wir mögen uns nur nicht besonders.«

Rosalind, Bianca und Cordelia: Die drei eigenwilligen Schwestern – von ihrem exzentrischen Vater liebevoll nach Shakespeare-Heldinnen benannt – kehren eines Sommers nach Hause zurück, in die kleine Universitätsstadt im Mittleren Westen. Die Freude über das Wiedersehen währt nur kurz, denn die temperamentvollen jungen Frauen und ihre gut gehüteten Probleme stellen die familiäre Harmonie auf eine harte Probe …

Mitreißend und tiefgründig, spritzig und humorvoll erzählt *Die Shakespeare-Schwestern* vom Los und Segen lebenslanger Schwesternbande, die – sosehr man sich bemüht, sie zu lösen – doch allen Stürmen des Lebens standhalten.

Eleanor Brown, Die Shakespeare-Schwestern. Roman. Aus dem Amerikanischen von Brigitte Heinrich und Christel Dormagen. insel taschenbuch 4135. 374 Seiten

Eine Geschichte von Liebe, Freundschaft und Verrat – durchdrungen von den treibenden Rhythmen des Jazz

Hiero Falk, ein junger und außergewöhnlich talentierter Jazztrompeter, spielt zusammen mit den »Hot-Time Swingers« im Berlin der dreißiger Jahre in Kellerbars – heimlich, denn »schwarze Musik« ist nicht erlaubt. Seine Hautfarbe macht es nicht einfacher; die Gefahr, als »Mischling« von den Nazis verhaftet zu werden, steigt mit jedem Tag.
Als jedoch die geheimnisvolle und schöne Amerikanerin Delilah auftaucht, scheint nicht nur Hieros Traum wahr zu werden: Sie will die Band nach Paris holen – zu keinem Geringeren als Louis Armstrong, um mit ihm eine Schallplatte einzuspielen. Doch die Ereignisse überschlagen sich und reißen alle Beteiligten mit in eine ungewisse Zukunft …

Shortlist Man Booker Prize 2011
Scotiabank Giller Prize 2011

Esi Edugyan, Spiel's noch einmal. Roman. Aus dem Englischen von Peter Knecht. insel taschenbuch 4083. 395 Seiten

Eine Liebesgeschichte, die ganz Amerika aufwühlte

Es ist eine schicksalhafte Begegnung, als Mamah Borthwick Cheney 1907 den jungen Architekten Frank Lloyd Wright kennenlernt ... Die beiden verlieben sich leidenschaftlich ineinander, doch beide sind verheiratet und haben Kinder. Mamah und Frank fassen einen radikalen Entschluß: Für einen gemeinsamen Neuanfang brechen sie alle Brücken hinter sich ab und fliehen gemeinsam nach Europa: ein Skandal, der ganz Amerika empört – üble Nachrede verfolgt die beiden bis über den Atlantik. Jahre später kehren die beiden in die USA zurück, wo Frank seiner Geliebten die Fluchtburg Taliesin baut. Doch für Mamah scheint es keinen Weg zurück zu geben ...

Ein ergreifender Roman über die Macht der Gefühle, schicksalhafte Entscheidungen und den Mut, als Frau den eigenen Weg gegen alle Widerstände zu gehen.

Nancy Horan, Kein Blick zurück. Roman. Aus dem Amerikanischen von Brigitte Heinrich. insel taschenbuch 4046. 530 Seiten